青碑

QING BEI

谈正衡◎著

安徽师范大学出版社
ANHUI NORMAL UNIVERSITY PRESS
·芜湖·

图书在版编目(CIP)数据

青碑 / 谈正衡著 . — 芜湖：安徽师范大学出版社，2021.7（2022.8重印）
ISBN 978-7-5676-5208-8

Ⅰ. ①青… Ⅱ. ①谈… Ⅲ. ①中篇小说 – 小说集 – 中国 – 当代 ②短篇小说 – 小说集 – 中国 – 当代 Ⅳ. ①I247.7

中国版本图书馆CIP数据核字(2021)第115405号

青碑 谈正衡◎著

责任编辑：胡志恒 责任校对：胡志立
装帧设计：丁奕奕 责任印制：桑国磊
出版发行：安徽师范大学出版社
北京东路1号安徽师范大学赭山校区 邮政编码：241002
网 址：http://www.ahnupress.com
发 行 部：0553-3883578 5910327 5910310(传真) E-mail：asdcbsfxb@126.com
印 刷：苏州市古得堡数码印刷有限公司
版 次：2021年7月第1版
印 次：2022年8月第2次印刷
开 本：700 mm × 1000 mm 1/16
印 张：15
字 数：222千字
书 号：ISBN 978-7-5676-5208-8
定 价：48.00元

序

本可在这片天地野蛮生长

一

《青碑》是谈正衡先生的中篇小说集。这些小说大多创作于二三十年前，正值旺年的作家，完成了一个厚积薄发的创作起跳，呈现的生命直觉、艺术感悟，乃至探索精神，足令当今很多不带偏见的小说家汗颜。

既有深掘人性的纯文学构想，又有引人入胜的大众文学特质，使得《青碑》中的故事和人物，常读常新，葆有持久鲜活的艺术生命力。可能有人会疑惑，你说谈正衡的作品如此之好，为何总难入文学大刊编辑的法眼，而一些实难卒读的小说，却屡屡被行家抬爱吹捧？对此，我的解释是，谈正衡的小说没有上名刊大刊，确实遗珠有憾。个中原因较为复杂：一方面，可能是当过编辑，职业逆反心理使然，文不邀不作，宁肯自赏，无意外投，也知外投难度大，保留点尊严为好；后期的谈正衡于此尤显慵懒，疏淡交往，当下投稿的路径既不了解也不会上网操作。另一方面，如今的杂志编辑口味已不似当年，新锐者多有学院背景，对作品的评判，多源自舶来的西方文学理论，还有个人的阅读积累养成的审美偏好。换句话说，很多编辑是经过职业化学术训练才上岗的，骨子里爱不爱文学值得怀疑，对谈正衡这类感觉细腻、元气淋漓，但不按常理出牌的“野路子”作品，一般很难下定用稿决心。不过，此集有数篇当初曾被刊物发排，后又因故撤下，他在《后记》中有述。更何况，“一代有一代之文学”，“若无新变，不能代雄”。谈正衡以故乡文化随笔写作受到出版社青睐，不把小说列为主攻方向已有多年，日益翻新的小说创作技法，他未能付诸实践，已不大可能与当今一线小说家掰手腕、较拳脚，好比别人都坐高铁了，他还在乘绿皮火车，情志与时尚度均远远不在一个层面。

我认为，谈正衡本可以在小说这片天地大显身手，《青碑》是奠定他野蛮生长的第一块基石。

二

《青碑》由七个题材不同的中篇组成。这些风格各异的小说，把看似风马牛不相及的民间轶事，转化为流动的影像和凝固的画面，耸立于作家故乡的这片瑰丽土地上。

《三棵树》是集子中最具探索性的作品，小说有意突破战争题材的写作模式，先锋色彩浓郁。二十世纪八十年代中后期，受当时西方文学潮流影响，国内一批青年文学才俊，为了让小说变得陌生，同时也更加“真实”，开始探索，从极端重视内容转向极端重视形式，从“写什么”向“怎么写”转变。嗅觉灵敏、文字感觉锐利的谈正衡，很快加入这个实验中来，几乎是与莫言、马原等人同时起步，差缺的可能只是机遇和那么一点后继功力了。与《三棵树》相同，集子中还有一篇《巨鼋》，都是这一背景下的实验性作品。小说采用现代主义叙事圈套，通过时间断裂、空间挪移、视角交错，骤然增加形式上的变化，取得了“意味乃出”的不错效果。我甚至认为，颓靡感伤的氛围营建，有苏童的风格；狂欢粗放的遣词造句，有莫言的影子。

在《三棵树》中，常态的时间逻辑被打乱，回忆遵循的不再是常规线性时间，而是主观的非线性时间。尤其是一只白狐的介入，带来了某种不可预知的神力，给小说蒙上了一层秘幻色彩。当然，时而凌厉，时而轻盈，将时空与情绪聚合在一起的那只白狐，只是一个象征而已。甚至可以说，神奇和魔幻色彩并不是作者追求的目标，小说旨在通过由人到物的变形，深刻揭示某种隐藏着的真实。小说有意淡化人文色彩，不纠缠于男女情事的枝枝蔓蔓；在情节一开始就产生荒诞逃逸力的惯性中，现实的情理逻辑并未紊乱；小说为了让生命本身的绽放最大化呈现，不惜隐藏宏大的背景；故事演绎离奇化，人物设置极端化，情感关系畸形化，使岁月深处散发的神秘气息，竟然有了几分与战争相谐的庄严感。这些都是值得称道的地方。

完全走传统路子的《罪孽》，采取线性叙事，语言严守秩序，情节生动曲折，故事性强，全程高能。人物塑造上狠下了功夫。在故事情节引领下，通过主要人物的处事处变，将其全方位刻画，面目越来越清晰，就像凿开了一条越流越大的河流，在向一个明确的终点奔腾而去。主人公张正道嫉恶如仇，机警狡诈，但也嗜杀成性，罪孽深重，拒不悔改，最终遭人暗算，未能善终。张正道没有走上正道，完全是“以黑暗为养料的人物建构上的残酷”。是的，小说的传奇色彩和求异特质，凭依的正是你死我活的生存环境对人心的残酷挤捏。就如同有了妖魔鬼怪，你就可以让孙悟空去七十二变。

谈正衡说，这一篇是从方志中剥离出来的，属于非虚构地方史实。张正道实有其人是大概率。章德卿老人是否有原型，我也不会怀疑。这位集道义与智慧于一身的儒雅长者，当是中国传统社会精英的凛然存在，小说成功将其塑造成传统文化卫道士的形象。在崇文重教的江南水乡，任何时候都应该有这样的“文化旗手”“道义楷模”出现。寡妇许多妮着墨不多，也很出彩，她的机智和贤淑，展现了水乡优秀女性应有的风范。由此可见，《罪孽》深植于传统文化，浸润了民间滋养，写出了地方历史特有的沉淀与厚重。没有人有责任铭记这些，深刻揭示并留下这一切的，只能是文学。

《青碑》这个单篇与《罪孽》一样，都是围绕矛盾展开。从不可调和的矛盾冲突中，我们更易看到人心，也更易见到人性。在靠水吃水的江南水乡，最大的天灾也与水相关。小说将陶、凌两大家族的上辈们，围绕争夺灌溉水源产生的深仇大恨，通过一场来势汹汹的洪水，给全部激荡冲刷出来。陶满月和凌妹妮作为两大家族后人的代表，不是冤家不聚头，他们的爱情非常不合时宜地掺和其中，以至于爱恨情仇一样都不少，每一样都很难处理。当又一次严峻水患，将各种矛盾汇流并产生了狰狞的漩涡，一场家族间的较量无法避免地上演。

这篇小说头绪纷繁而不凌乱，原因在于很好地杂糅、处置了各种关系。伏线、铺垫、呼应，设悬、暗示、解密，尤其是借助故事的上溯和延宕，一次次阻碍小说结局的速成，只是让一河涟漪随波散去。当棒槌上天、即将落地一刹那，又总是弹射出去，形成了小说八面出锋的牵动感。随着故事脉络向纵深推进，当事人情感起伏张弛更为剧烈，带动了读者从局外人角度，自觉进入窥探者角色。在一个看起来不太出色的乡土叙事外壳下，小说闪回展现了逝去的粗砺、剽悍而纵情的水乡样貌。这个水乡与人们固有的种种美好认知差别甚大，更让人感慨万千，一言难尽。在天灾面前，还应该警惕人祸。只有不把故事当作只是娱人耳目的故事，我们方能真正领悟其中的那份深意。

《静静的茨菇河》是我特别喜爱的一篇。作为中篇小说，字数上有些勉强，更为勉强的，是没有自成体系的故事。不过，它有纯文学的诗性品质，散文化的笔调与水乡凉润的夏日图景，构成了此篇清新天成的独特气质。任何具有文学悟性的读者，都不会轻视这种洗脱了传奇色彩，类似萧红《呼兰河传》那样灵性飞扬的作品。

故事源于作家一段少年经历。从城市转到水乡圩村“莲花落”的男孩西宁，正值青春萌动的年龄，突然就与乡下一群情窦初开的少女厮混在一起，新鲜刺激超过了刘姥姥走进大观园。小说以西宁满目新奇的视角，不停地转换场景，万花筒般的旋起所见所闻。青春始萌少女特有的感伤和冲动，初涉尘世的隔膜与依恋，这些美妙的感觉被精准捕捉并描写到位，深切而朦胧，时时泛起江南氤氲的水意。在缺少引人入胜情节之处，写得惘惘依依令人灵魂出窍，还源自一字一句都有作家的呼吸和心跳。以如此轻盈的方式，深入读者的内心，仿佛“在这静寂得如同被遗忘的天地里”，我们恍惚也经历了这样的秘境。一般来说，童年生活中即使没有惊心动魄的个人大事发生，也不会因年深月久而减色。恰恰相反，当岁月逶迤而去，清纯无染的生命初期那些原本较为平常的记忆，就会熠熠闪动着温情的光芒，令人津津有味，念念不忘。若说此为人世间最美的情愫，也不为过。这样的作品聚焦生命的元气，触摸心灵的柔软，关乎来路，关乎成长，延伸了生命的尺度，丰富了心灵的图景，怎不令人出神遐想？

《哗变》是集子中另一篇战争题材的小说，也是一篇依据牢靠史实虚构的作品。对于这段地方史实，谈正衡可没少做功课，我们读他的长篇小说《芙蓉女儿》就可知悉。有意思的是，谈正衡的父亲是行伍出身，他本人没有当过兵，却对军事知识了如指掌，尤其是非普及性的细部知识，甚至超过了许多业内人士。一半是兴趣，一半是天赋，我只能作如是观。

在抗日战争大背景下，《哗变》以民间为切入口，布局曲折有致，冲突紧张扎实，悬置与摇摆，交错与层递，偶然与必然，通过串联明暗两条线索，始终做到环环相扣、节节生长。小说没有一味冲着主旨而去，被打死的乌梢蛇与青蛇，惨死的戏子与纪青梅之间有何关联，已不重要，与深化主题有何关联，亦不重要。但恰恰是这些无关紧要的细枝末节，参与了影射小说的质地和光泽。我怀疑谈正衡对尘封历史的隐秘处有窥探癖，他把宏大的历史隐匿在叙事现场背后，用这种绵密的透视点，层层照见历史的褶皱，使其纤毫毕现。当所有的重要人物，在最后一刻汇聚，所有的悬念，在最后一刻就要解开时，故事情节再次发生了反转。其实，这种反转并不喧哗，却有一种人算不如天算的突兀。毕竟，在那样错综隐秘的环境中，螳螂捕蝉，是否有黄雀在后，谁也无法逆料。当然，神秘的气息与暗藏的力量，不可能是小说取名《哗变》的理由，而那种有意识的行动，被暗度陈仓、惊魂摄魄地叙述出来，才更有资格。

从《脚鱼阎王》可以看出，谈正衡对民间奇人素有顶礼膜拜之心。“英雄救美”桥段，是小说一大看点，将其嫁接到鱼佬隗双九身上，完全符合传统中国社会奇人必有奇事奇缘的思路。在满足读者期待的同时，又有利于观照世道人心，提升艺术震撼力。这说明，只要善于把生活的不同细流，疏引汇合到作品宽阔的河床上，就会产生一加一大于二的效果。小说旨在反映纯粹的底层生活，人物语言较为粗粝，甚至粗俗轻慢，只因都是来自民间的原汁原味，并没有冒犯读者的意思。需要指出的是，这篇小说因结构上的欠缺，影响了文本的完美。小说虽有很好的故事情节，却因前后两大版块之间，缺少必要的卯榫与贯穿，显得不像一个浑然的整体。这是惯于感性叙事的谈正衡在小说创作上应该注意的地方。

当下，在日渐被疏离的民间，乡人的秘密心事，不仅出现了断层，甚至已经很难轻易传递给下一代，只能藏在越来越收缩、越来越稀用的俚俗话语中了。这片“脚鱼阎王”赖以为生的水泽，已然物是人非，遥不可及。幸好，小说复魅了这些，使得“脚鱼阎王”曾经不同凡响的一切，水灵灵地活着。

传统小说本是道听途说的东西。之所以被道听途说，在于有新奇怪异的内容，所谓传奇轶事、无巧不成书，正是这个意思。《巨鼋》的奇异不完全在于内容，更在于一味深掘人心的形式上。小说讲述了一个心灵负重到几乎窒息的青年手搏巨鼋的故事。魔幻现实主义的手法，暗示、隐喻、象征、联想、通感等技巧，将人的情绪与意识流动摆上台面。这些情绪态势、意识流布，表面上好像不受时空拘囿，可自由驰骋，飘拂流荡，实际上，只要稍加辨析，就会发现它们牢牢依附于一条若隐若现的理性轨道。小说的主人公极其异质而敏感，他逞能使气，乖情悖理，为若有若无的情节推动蓄足了势能。谈正衡尤为看重的此篇，因致敬现代派小说的复杂多义，故将父子仇恨、兄妹恋情，巧妙缝合进破败、混乱、隐晦的生命景象中，让人很难摸到头绪。好在作者的解密紧跟读者的疑惑，高超的身手和暗黑孤僻的性格，最终会从一点点透露的家庭背景中找到蛛丝马迹。在这一过程中，不同时空的叠合，回忆与现实的叠合，就像诗歌的意象叠加，都是为了撞击出明亮异常的人性火花。

《巨鼋》写出了一个破碎家庭之少年遭遇的残酷成长，有着与温柔水乡大异其趣的雄劲苍凉、沉郁冷峻，还有一层淡淡的苦涩与忧伤。小说隐去了很多必要交代，始终将一个人的生存之谜、对抗之志，安排在特定的、情景交融的神秘氛围中审视，需要我们点滴不漏地读到结尾，把紊乱的局部印象拼接成整体，才能最终勘破谜底，满目惊奇。

三

如上所述，《青碑》中收入的七个中篇，题材不同，手法各异，充分彰显了谈正衡不俗的小说驾驭能力。我说《青碑》奠定了他在小说这片天地足可以野蛮生长的第一块基石，并不是评论者惯用的溢美套路。如果有人还有疑问，下面，不妨从优秀小说家具备的素质能力，来继续探讨这个问题。

大致来说，小说源于生活，有什么样的生活就有什么样的小说。谈正衡从小生长在南陵水乡，江南风物的清嘉，秀水灵山的婉约，社会民俗的丰博，这一切于自然和人文两端，对他构成了一种精神性的泽润与感召，决定了他特有的文化性情、艺术感觉和审美趣味。巴尔扎克说，小说是一个民族的秘史。在我读了《青碑》之后，突然认为并非仅仅如此，小说也暗藏写作者人格的密码，是其精神的外化，灵魂的模样。

从谈正衡发表、出版的数百万字作品来看，他对乡村生活的体验极其深刻，他以文学家特有的艺术感悟与领地意识，创作了大量故乡风物系列散文随笔，构建了一个知识和美感并存的文字王国；而数量可观的底层人物系列随笔，以并置敬仰和悲悯之心，关注草根者的身怀绝技与生存之道，通过对底层群体的透视扫描，折射出生命的隐痛和大美，讴歌了普通人身上隐藏的纯真人性与进取品质。

有人说，最终决定一个作家上限的，是思想和精神。这一点谈正衡并不高蹈。但他在文学创作上有自己的精神皈依，乡村那条血脉相连的故土，他不仅割舍不掉，还在头脑中经年累月地发酵，构成越发强大的精神性场域。从《青碑》来看，他的小说关乎生命、关注生存、感叹命运、活化欲望，致力于普通人灵魂发掘，以及对尚处于无意识状态的精神萌发的展示。谈正衡又是有世俗心的人，善于俗中寻雅、化俗为雅，无论是生活还是小说。《罪孽》直指道义，打通了俗与雅、浅与深、粗与精、草莽与枭雄之间的界限，赋予作品难得的文化况味。《静静的茨菇河》美得让人怜惜，好像不属于熙熙攘攘的世间。小说将生命灵性、理想色彩及浪漫气息蕴含其中，拓展出的一片绮丽幽微的审美，有打通灵魂、确证精神之功效。从俗世中翩翩走来，向灵魂里袅袅而去。谈正衡以此精神境界，把小说文本拉回到小说艺术最本真最洁净的品质层面。换言之，他已不再把小说当做现实的摹本，而是心灵的抒写，思想、文化、灵魂的载体。当下很多网络小说，即便读了上百部，也不一定有收获，而谈正衡的一部中篇乃至其中一个片段、一句话，就可能给你留下难以忘怀的印象，原因即在于此。

艺术发展，外在的形式演进必不可少。时代不同，小说的审美形态肯定有异。善于借鉴新的艺术观念和创作技法，是谈正衡与时俱进的创作意识决定的。《青碑》中的实验性作品，很大程度体现在形式上，但又不形于一态，有着多向度探索。《巨鼋》《三棵树》等作品，那些没有生命的自然景观，被赋予人的感觉、情感、思想、意志，并把它们揉进作品的整体构思之中，与人物特定阶段的特定情绪，以及情节的进展、现场的氛围相吻合。这些小说的显著特征是"向内转"，凭靠一种无形的心理聚合力，把许多芜杂散乱的场面、细节、感触、联想，强有力地黏结起来，再造一种新境界。这样的境界之所以称秘境，就是用寻常的方式看不到，借助小说家的引导，我们才得以身临其境。因风格不同而手法有异，《三棵树》采取现代小说常用的情绪结构，不仅依据情感逻辑组织情节，还大量采用非情节性因素，消解过于"人造"的情节模式，以增强生活的真实感。《巨鼋》为了不使人物在故事情节的安排下无所作为，特在闪回的记忆中，充塞了大量的细节和片段。这些生动细节、华彩片段，生成了多重画面空间，是少年生活的积累，也是其内心的影像化，相互之间大多没有直接的因果关系，是作家通过自己的思想感情，将它们连缀成一个有机的整体。这也符合好小说是艺术逻辑统领生活逻辑的原则。深受中国古典小说影响的谈正衡，在这样的探索中，并没有数典忘祖一味西化，那种“不到火候不揭锅”的叙事策略多有保留。因为没有谁规定，小说要怎样写。只要写得好，就有道理，就有价值。

小说有无夺人之处，多数时候取决于叙事能力的高低。谈正衡自认为这方面有差距。我倒觉得，充沛而内敛的情感、广博而专业的学识、良好的文学禀赋和艺术感悟、直入肌理扎针见血的表达能力，他样样不缺席。作家之笔与学者之识在他身上赫然并立，又水乳交融，互促互进。他把喷涌的激情一次次点燃，赋予每一部作品新内涵、新审美、新修辞。

早年读谈正衡的小品文，我就认为他对人伦物理，有着无师自通的早慧。加之上大学前的坎坷经历，造就了他内热外冷的性格。表面上“白眼看鸡虫”，实际上人情事理，桩桩留意、件件上心。乡村各色人等的爱恨悲欢、农耕社会的耕耘稼穑、自然万物的繁衍生息，他无一不究无一不精。因为懂得，所以他的内心拥有慈悲和光亮，对人世宽暖，对万物珍爱。特别是故乡，故人，故事，他念兹在兹，总是不动声色地把情感灌注在饱满律动的文字中。尽管时代变了，生活变了，情感也随之改变，但对持守生活本根的大爱大慈，是他一辈子都无法摆脱的生命底色。

腹笥渊博的谈正衡，书本知识自不待言。早在二十世纪九十年代就有藏书数千册，内容五花八门，越奇异他就越爱读。自小混迹民间，尤感兴趣于手工百业及地域文化，后来有了“度娘”，他饕餮知识的肚量更大了。于现实世界，他锐于观察，既眼透三层、鞭辟入里，又能一叶知秋、触类旁通。因此，他笔下的自然生物和景观，多被局部化细微化地镂穿肌理、擦显纹痕，呈现出人们隐约有所感觉而不曾留意到的东西，极大地丰富了读者认知。驳杂的知识框架体系内，兼收并蓄了许多边缘性学问，使得谈正衡在小说题材上，具有不重复他人，也不重复自己的求异能力。当下许多小说要么题材狭窄，要么内容空洞，很难调动阅读趣味。谈正衡的小说既有古典聊斋式的奇情异想，又有当代小说家擅长的象征隐喻，满足了很多人潜在阅读需求。

良好的文学禀赋，是创作的敲门砖；上佳的艺术感悟，是创作的垫脚石。

首先，谈正衡有想象力这柄神奇魔杖。他将生活中的素材融合、捣碎、发酵、提炼，凭借的是想象力，完成了大白鹅转化为白天鹅的惊艳。在天马行空、乾坤挪移之时，又有很强的坐实能力，体现在细节的不同方面。有些是给人物容貌、言行添加的一笔重彩，有些是引爆情节的一笔点染，有些则是具体环境中的一个特写镜头。这些细节，是真实中的想象，也是想象中的真实。《静静的茨菇河》充满童话般的纯净和洁白，《巨鼋》中充满神话般的魔幻和迷离，这些灵魂中脱俗超凡的质地，尽管离不开氛围渲染，但更是通过有效细节支撑合理想象，具体达成的。

其次，捕捉形象的能力尤为出色。文学创作始于诗歌，受俄罗斯传统抒情诗歌流风所及，谈正衡很早就掌握了高贵的形象叙事。加之在广阔天地养成观察自然万象的宏阔视野，故性情所至，多能随物赋形，创造出繁复酷烈的美学形象。与其散文相同，谈正衡的小说叙述擅长将形象凝成文字，让文字生成画面。《青碑》中的作品不仅画面感超强，还有色彩感、流动感及质地感，有些段落好像就是按照拍摄镜头来写的，非常适合改编成光影斑驳的影视剧。

此外，在人物塑造上匠心独运。谈正衡认为，杜绝人物形象的扁平化、脸谱化，必须在洞悉深幽人心、诡谲世事的基础上，赋能于笔下人物，让他们超越平凡而又不脱离时代。为此，不仅主要人物，许多次要人物，甚至龙套人物，都能在生活中找到原型，进而在多个原型基础上，对这种类型人物的本质特征进行重新组合，熔铸成更具个性、活生生的独一个。有了这个“复合型”人物，人性的美好与丑陋、社会的光明与黑暗，更易在对抗与撕裂中彰显，才能更好地承载起小说精神的复杂性。

最后，还是想谈谈谈正衡的小说语言。好语言后天习得成分常常被夸大，事实上，它离不开文学禀赋与艺术感悟。创作一门，说起来容易，操作起来可能千难万难，最大原因在于文字上的力有不逮。

谈正衡的小说语言有风格，有绝活，有趣味，苍凉而炽烈，丰赡且华美，刚柔两股气都在文本中劲爆生长。这种与江南精神、文化、风物相匹配的个性化语言，自带光芒，是作家每每一招致胜的法宝。从《青碑》中不仅可以窥探谈正衡思想境界的源头，更可以窥探其文字的源头。《哗变》的引而不发、持重老道，《罪孽》的剑啸刀飞、畅快利落，《静静的茨菇河》的乳莺出谷、晨风拂面……仰仗的就是语言奔放不羁、无所不能的表现力。这些语言上的探索，可惜没在小说上更进一步，却在他的故乡风物系列丛书中，得到了延续。

谈正衡的小说对话占比很小，他已经跨过了依靠对话推动情节的阶段。他的小说往往从具体场景切入，抽丝剥茧，深描细绘，很多时候是语言自身内涵，把令人怦然心动、难以言表的潜在感觉一一呈现，形成神传境出、耐人寻味的诗意幻境。做到这一点，必须在遣词、腔调、修辞、文气、情采、格调、氛围上考究，让每个字都有催化作用，每句话都形成新一轮冲击波。在语言的节奏上，谈正衡考虑不多，有时凭着语感也能把控自如。譬如，《哗变》的调子时而舒缓，时而急促，张弛有度，刚柔相济，辅之以忽明忽暗的色调，与各方明争暗斗的氛围极为吻合。谈正衡的小说大多缺乏集中尖锐的冲突，难以生发扣人心弦的故事情节，语言弥补了这一不足。

从传奇故事到现代小说，是视域逐渐收窄、理性更多注入、诚实面对自我的智慧过程，在语言上则更强调节制、内敛及陌生化。谈正衡的小说一旦写开来，语言就会不受约束、信马由缰，有时难免会陷入过度修饰的陷阱。在运用语言上，他永远是浪漫主义诗人，而非现实主义作家。

四

一个人的成功，必然有一段多种机缘相继成就的过程。如果中间调换或缺失了某个环节，就可能演变成另外的样子。谈正衡因经营管理报纸副刊，习惯了写短文后，小说上的跋涉未能持续，却在散文随笔上大放异彩。可谓失之东隅，收之桑榆。

历经数十年努力，文学创作成果丰硕，奠定了谈正衡不可撼动的地域写作“旗手”地位。《青碑》作为杨柳新唱的一部中篇小说集，个人的思想、学识、气质、感情、修养、艺术追求，书中均有所体现。随着作家的代际更迭，小说读者趣味的转移，我相信，他不会喟叹时代的滤镜对文学审美的影响。他已圆满完成属于自己时代的职责使命。至于小说上能否重振雄风、“野蛮生长”，那要看造化了。

引为知己者，定有会心处。《青碑》就要付梓，我勉强答应写个评论。作序，我当然不够格，自己几斤几两还不知道？看了谈正衡发来的《青碑》后记，面对他先斩后奏的伎俩，无奈之余，只能大姑娘上轿了。

感觉尚行，当不是佛头加秽。

姚　祥

二零二一年三月三十一日

于江城华仑小区绮芳斋

（姚祥：基层公务员，业余写作兼评论，著有长篇小说《荆棘中的野百合》、文学评论集《探珠采玉》等。安徽省作家协会会员，芜湖市作家协会副主席，安徽省文艺评论家协会会员）

目录

㊀壹

哗变

那时，川军一五四师两个团，就驻防在三战区皖南境内鸡公山至牌坊岭一线。师部设在七星镇上参议员汪益三家里。师长刘国义同他的太太及一干参谋连同护卫勤杂人员，带了一部电台住汪家大屋。另外还有警卫连百十号人，分散守护在这个依山临水状如北斗七星般曲折拐弯的小镇上，担负着师部警戒任务。

师长太太纪青梅是长江边芜湖人，原在新四军战地服务团干过，后转入中央军校第十八期政治科及军统的战地干部训练班特训了一段时日，戴起耳机能收发密码电报，实际上，她也是刘国义的机要秘书。

怪就怪在这瓜子脸、杏仁眼的纪青梅像极一个人，见过的人都说，活脱是汪益三家老爷子当年在汉口带回的女戏子。不过，早在二十多年前，那个平日里总是柳眉微蹙、皓腕上戴一对惹眼碧玉镯的女戏子，不晓得哪桩风流事做通了底，大冬天早上被老爷子命人拖到后园东边那棵老梨树下沉了井，连遗下一个女婴据说因为不是老爷子骨血也失去下落……这纪青梅莫非和那女戏子有什么关联？

不久，上街头另一户大地主陈祖显家里也架设了电话，住进一位身带数名挎枪提鞭随从的军官，叫邵继勋。这邵继勋本是川人，却做过中央军嫡系五十二师参谋处长，在日本早稻田大学预科读过书，能讲一口不算太流利的东洋话，现调任一五四师副师长。有消息说，不日后将要正式佩少将衔，接师长职。

邵继勋白净面皮，金丝眼镜白手套，膝下马靴乌黑锃亮，倜傥风流。人们常见他和刘国义遛马野外，沿着浅瘦的河水并辔缓行，马蹄嚓嚓地刨着枯白的卵石，几只垂头呆立恹然无色的水鸟给赶得飞起又落下。抑或，两人手持“司的克”文明棍，漫步在自街尾延出的那条古驿道上边走边谈。有时争吵得厉害，那络腮胡子的刘国义，眼底泄出一股冰冷杀气，冷不丁会张开嘴爆出大笑，跟后必是一串高声斥骂：龟儿子！敢跟老子踩假水，打黑枪……当老子是虾趴？把老子逼狠了，老子甚球都敢咬！远远跟在后面的几个护卫，常给惊得一耸一愣。

青山绵延，风云漠漠，夕阳残照之下，“嗒嗒滴——嗒嗒滴嗒——”阵阵蕴含杀伐之气的军号声响起，悠长，凄壮，而略显阻塞，划破群山间黄昏的天空。鸟雀仄翅急飞，投林而去，留下一片凄旷萧凉。

转眼已是春深，草木葳蕤，鸟鸣清悠。邵继勋似乎益发加紧了他那包隐了某种不祥动机的扯把子劝说，有时甚或直接引来几个腰板挺直气宇轩昂的陌生人，据说是三战区长官处的。他们显然已察觉了在这个小镇上还藏有另外一部使用可疑电码讯号的秘密电台，所以每次谈话都是一个内容，要络腮胡子刘国义以民族大义和党国事业为重，说在四川可以姓刘，听刘湘的，做“刘家军”袍哥大爷，但出了川就要坚决服从一个政府、一个领袖，切不可受奸人唆使，铸下大错。

到了菜籽鼓荚小麦收浆的五月初，一五四师之二四八团在鸡公山防区与日本华东派遣军一一六师团川月联队交了一回火。川月联队出动了步兵、骑兵、炮队和机枪队，举着圆粑粑膏药旗从湾沚出发，加上从宣城过来的“黑头鬼子”皇协军独立混成第四旅团两个中队，共约两千余号人，一路扫荡，三天后，进占至离七星镇纵深距离不足十华里的大洋桥、小河口一线，大有彻底摧毁国军皖南山区第一道防线将一五四师全面包抄一口吞下之气势。

二四八团占据有利地形，在新四军三支队有效的两翼掩护和侧击下，同川月联队自早到晚乒乒乓乓打了一天，抵挡住步骑数番冲击，还有两回飞机投弹轰炸和俯冲扫射，愣是没有动摇。川月没想到啃的是块硌牙的硬骨头，更惧怕新四军从两翼运动抄了后路，在泄愤一般打光所有迫击炮和九二式步兵炮弹药后，只好下令撤退。

这撤回去了的川月改变战术，不知使了什么法子，竟然在半个月后诱使二四八团一个营扯垛子反水过去。幸亏发现及时，刘国义急令防线稍稍后缩，并连夜从二四六团抽调一个营顶替上去。同时电告军部并呈第二十三集团军总司令唐式遵长官，要求将抽调在贵池东流江段掩护海军布雷的二四七团尽快归还建制，固守皖南防线，确保无虞。

日本人没见再有动作，倒是三战区长官处那几个时而穿军衣时而着中山装戴礼帽的人将刘国义盯得愈加紧迫，训令他严密管教部属，加强策反防范，并对全师营长以上校级军官都放线布了控。

刘国义情知屁眼虫邵继勋在里面下了不少蛆，扯把子蹚浑水，直把这白眼狼恨个咬牙切齿。邵继勋却是云淡风清，表面上什么事也没有。有一天他用一本《增广贤文》给刘国义算命，居然得了句“留得五湖明月在，不愁无处下金钩”，遂连说要得要得。正好参议员汪益三也在场，他刚刚亲手示范炒出一锅夏茶，撮一把新叶泡入紫砂壶中等着品味，听到那串川味浓极的“要得要得”，不禁甚为莞尔。

“哈哈，读了幼学走天下，读了增广会说话……”汪益三极口称赞邵继勋明察经纬，神判时宜，说师座逢凶化吉，前途未可限量，将来必是后福绵延无尽！

刘国义仰头爆发一阵大笑，抬手朝邵继勋戳了戳，道：“要得个槌子！我说你净给老子灌迷魂汤，弄暴了，当心脱不掉爪子哟！”

自邵继勋愈来愈频繁出没于师长的寓所后，本来就寡言少语的纪青梅，更是难见笑脸，走路瞻前顾后，见人佯装无视。和汪家的姨娘小姐打牌，有时会出错犯岔，把一副听了的牌弄荒了。

这天上午，汪家两个年轻长工到稻仓里扒稻送到砻坊去碾，撵出一条少见的秃尾乌蟒蛇，有茶杯口粗，丈余长，通身像裹了黑绫缎，熠熠闪亮，尤其头上黑白网纹交错排列，竟似阴阳八卦图案。那乌蟒蛇先是借助尾部摆动钻入夹墙，被捅得从墙的那一边游了出来，急了，往前一蹿，射入后一进院落，竟昂起头顺着楼梯朝很少有人上去的堆放杂物北屋楼上游去。

没料想，楼梯口上什么时候站着青衣薄衫短发垂肩的师长太太纪青梅。大白天，楼上亮着灯。背着灯光的纪青梅一语不发举起一把小手枪，瞄着左右晃动的蛇头"啪、啪、啪"连放三枪。蛇给打中，一蹦老高，在空中造了个十分规整的空心圆环，喷下一地腥膻血雨，直直摔下来，搅扭一阵子秃尾梢，死了。楼上灯倏忽间也灭了。

正当两个年轻长工拖着蛇尸出北屋侧门时，洪七爷迎面晃悠过来。他要搞清刚才汪家大屋里为什么响枪……问明缘由后，洪七爷倒是对那条死蛇大有兴头。问怎么弄？两个长工相互看了一眼，说，怎么弄，扔了呀，还能怎么弄……

洪七爷出神地望了一下从北屋侧门那里一路淋淋漓漓滴出的血迹，说，日他妈的，这活交给我吧，看老子怎么拾弄。说着，脱下身上黑香云纱对襟衫，一甩，自有随后而至的闲汉接过。洪七爷抓起那条大蛇吊到巷子口一棵树杈上，蛇尾还有好长一截拖在石板条地面上。他自右小腿肚子上抽出柳叶子刀，攥手里晃一晃，刀光森然一闪，便在那隐然有"山""天"字样的蛇颈部圆整划了个环。然后刀子朝树干上一插，将蛇头揪紧，另一手狠命往下一撸，整张蛇皮就干净利落地脱下，剩一个白得几近透明的蛇身悬垂着。洪七爷从树上拔起刀子再一划，剖开蛇腹，掂出一颗乌中透紫、形如黑枣的蛇胆，对着太阳照了照，仰面撂向口中，咕噜一声吞下。滑嗓冰凉，要是来两口酒咪一下才好……他只是有点搞不懂，那些四川佬为何把蛇喊作"梭老二"？

很快，七星镇上都晓得汪家打死了护宅守院的家蛇，而且是活脱像女戏子转胎的师长太太打死的，怕是报应汪家。汪家的气数真要尽了，凡是和汪家大屋有粘带的，都在劫难逃……

这天夜里，天上没有月色，整个七星镇都隐没在黑暗中，四周静极了，只有巷子深处隐约传来几声野猫的叫声。

梆！梆！梆！三更敲过，七星西沉。一个黑影悄悄地向汪家大屋摸来。到了北屋外面围墙下，黑影停住，用那双像是常年吞服蛇胆的夜猫子一般的眼睛朝四下里看了看，一切都是死一般寂静。

黑影攀上围墙旁一棵桂花树，身子跃起，双手一搭，就骑马似地上到了高高墙头，再跳下去时，也无半点声响。轻轻拨开门闩，进了北屋后一进大厅，收住脚尖，屏气听了一下，然后，绕开照壁墙，穿过天井，在西厢房外停下来。照样用刀尖拨开了门闩，猫着腰，踮脚跨了进去……

约摸一袋烟的工夫，黑影抱了一件东西悄无声息从原路退出来，贴着雕栏屏风，过北屋楼梯口，朝后门摸去。哪知，在楼梯口却劈面撞上另一条黑影，这黑影刚从那处通常白天也亮灯的北屋偏楼摸下来。显然，两边都吃一惊……恰在那时，从天井里猛然扫进一股风，吹瓶子口般一阵长啸，屋瓦掀动，阴冷彻骨，竖人毛发。那风好怪，无端凭空而来，又无端御空而去！

立着的两条黑影，瑟缩了一下，几乎同时闪开身逃出门。汪家养的一窝狗，那时方才一齐放开嗓子惊天动地狂吠了起来。

一大早，警卫连的连长、连附连同一干班排长，先后让传令兵给叫进汪家大屋。很快，门外加了双岗，放了游动哨。汪家的一些佃户长工，除几个上了点年纪的女佣外，余下一概不让进入正屋，赶到前大厅西南偏屋里呆着。一时，搞得人心惶惶。

吃早饭时，更棚老板洪七爷给请了来。跟洪七爷这号人物打交道，堂堂的国军师长刘国义肯定面子上挂不住，怕潮了自己手掉价不起，却一时又没别的法子可想……出了这种事，叫那排长班长几爷子去干侦缉，放眼线，寻觅耳报神，恐怕是地地道道狗拿耗子——没路数！刘国义便托汪益三出面召见这位帮主丐头，把昨夜间发生的事，略约讲述了一下。

换了一身戎装的纪青梅也在场。头一次跟师长太太离得这么近，洪七爷眼皮子一阵发跳，禁不住提紧底气多睃了几下。那亭匀身材的纪青梅薄施脂粉，丹唇凤眼，眉间轻蹙，略带忧色，尤其是那向上挑起弯如弦月的嘴角，果然像煞二十多年前那个人……洪七爷心头突突跳着，但他十分清楚，眼下还不是挑明的时候，只得狠狠咽下一口粘巴巴唾沫子。

在七星镇，无疑要数汪家大屋最排场，高大的门额下，是伸向沿街连着一排大商行的前厅，再往里走便是中堂客厅，大院共有四进，东西各具两排厢房。汪家祖上做过京官，后靠做盐商和营销蚕茧丝绸生意敛财发家。这所极尽徽派气势的宅第，内部布局装饰极为考究，门坊、门罩、园额、漏窗的砖雕石雕，隔扇花门、窗槛、裙板、梁垫、雀替以至木柱、栏杆上的木雕，连同那个带有假山鱼池和翠竹叠石的后花园，无不精美绝伦，千状万态，显示着往昔的富贵繁荣和气宇恢宏。

汪益三和细眉微蹙的纪青梅领着洪七爷沿屋子周遭查看了一番，又来到后花园围墙下。尽管洪七爷划拨得很仔细，草间砖缝，到底没遗留下标记或什么蛛丝马迹。

在后院老梨树下，洪七爷神色凝重地看着那口被两块大石板合盖的老井。井栏一圈，雕成八面莲花瓣形，一点损破也没有。掀开半边石板，沿口有数道绳索勒出的深痕，井中已填满残砖碎石，浅浅地汪着些水，一人多深的井壁上长满绿苔幽草，映射着黯黑的水光，似深埋着不可言说的往事……洪七爷怔忡地盖好石板，擦着一双沾有露水和草叶屑的手时，便抬起头来，死劲不让眼皮发跳，望着纪青梅说，太太放心，蠓虫飞过还留下个影哩！这事今日不成明日成，我打保票了！

洪七爷说得如此肯定，纪青梅仍是沉吟未语，只抬眼朝汪益三望去。迎着师长太太目光，汪益三兀自震颤了一下，随即沉声道，事有备而不凶，洪七爷是响当当人物，把话说到这份上了，定会全力而为……太太还有什么放心不下？

纪青梅方才勉强一笑，把头点了点。

太阳升起丈把高时，洪七爷挺胸提腹，敞着黑香云纱对襟小褂，从汪家后院侧门大步走出来，踏着小巷里湿滑暗褐的麻条石路面，转上街角。洪七爷走路臂不摇，身不晃，脚下断无踢踏之声，据说，练过武功的人，脚掌抓地，走路都是这架势。街筒子上，早候了许多忙人闲汉，还有紧拢在茶棚、小吃摊上的一干茶人食客，见洪七爷走来，一起争着趋前奉承抬举，赛着喉咙喊：

七爷您老早哇！

七爷您老这一晌子好气色哟！

七爷不到屋里来坐坐喝碗茶！

七爷，这有大炮台还有哈德门……要不要来一根？

洪七爷伸手一拨，横着膀子撸开那一啷摊子各式脸面，越过米糕摊，抢步跨到左侧墙拐角一方芭茅遮拦的处所，赶出一条觅食黑狗，叉腿捋下裤子，迫不及待放开小腹下那股游钻的胀坠感。哗哗响声，尿臊味随风扬开，洪七爷松爽地嘘吁着。屁股后跟着的那一长串人，不免拱背缩肩，一脸尴尬，无趣地转过身去。

在早上晴朗的阳光下，人们两两三三接耳交头，猜度着事态。有说汪家丢了祖传宝物七星金晕龙尾砚，有说要做喜事的四小姐失窃了贵重的西洋首饰箱，更有人说，那活脱脱女戏子转胎的师长太太，昨夜里在床上给人“掉了包”，气得火爆脾气的大胡子师长一大早就毙掉了昨夜站岗的哨兵……总之，这是汪家打死乌蟒家蛇后很快来了报应，而且事情弄到要洪七爷亲自出马，定然非同小可！

晓得一点根底的人，都能摆出谱来：在青帮“灰窝”里，洪七爷虽未曾开香坛收过门徒，但辈分高是数一数二的。洪七爷有两个换帖子磕头兄弟，一个是文把式蓝廷芳，一个是武把式张天龙。洪七爷十八岁就出道了，投帖子拜在芜湖“大”字辈阮仲轶门下，成了阮老头子关山门前收下的最后一个徒弟，排行“通”字辈，被人尊为“小爷”，常于腕间缠一条翠绿小蛇当镯子，在码头上吃一碗滚刀饭。

当然，人在江湖混，应守江湖规矩，“四言要诀”一定要常挂口边的。“四言要诀”又称“四句头”，即：一字大来一字大，五湖四海我不怕；有人要得一字大，群英会上去讲话。还有“江湖总提”，洪七爷更是烂熟于心，所谓“江湖总提”，乃是老头子传的入室秘诀，关键时用来表明身份。问何为江湖？答眼为江口为湖。问江湖轻重，答有四斤十三两五钱四分。哪四斤？东京西京南京北京。十三省为十三两，五钱为五湖。哪五湖？

答：饶州之鄱阳湖，岳州之青草湖，润州之端阳湖，鄂州之洞庭湖，苏州之太湖。四分为四海。哪四海？青龙王敖广的东海，黄龙王敖顺的南海，赤龙王敖清的西海，白龙王敖丙的北海……

由此而知，经多年江湖混迹，性命双修，洪七爷也是饱饱一肚皮学问的人。

日本人打来那阵子，七星镇这块地面上很不安生，那些船帮箩帮轿夫帮，挑牙虫卖鸡药的，耍蛇捉鳖做窑的，抽牌看相演扁担戏唱小调的，外加散兵游勇，就和秋后稻田里蚂蚱一样，一拨一拨纷纷涌来，分不清哪是驯良百姓，哪是偷盗扒窃之徒。倘若再加上渗入的各方政治势力：国民党的，共产党的，日本人的，南京汪伪政府方面的，以及画符念咒的大刀会徒和伺机下"票"的抹胡子绑匪……刀光剑影，暗流涌动，小小的七星镇，竟不知成了多少人施展手段玩弄绝活的地方，这真让人难以想象！趁着战事的空隙，几家茶肆和青楼酒馆整天人进人出，生意愈加繁忙。

洪七爷吃包子不问麦价钱，向来活得逍遥自在，是汪益三再三邀请，才答应回乡出面主持"更棚"，防盗戒火，维护治安。自此以后，倒也街市安定，民众乐业，地面上相安无事，疏枝横斜，月色清明。中间虽有过几起风波，但只要传了洪七爷帖子或送上翠绿小蛇过去，不出二日，被扒拿劫掠的财物，自会有那穿了长袍的中间人如数送还。

扑面的太阳渐盛，洪七爷走在街上，心里压着几桩事，懒得应酬左右人众。伢子不哭奶不胀，这回，汪家大屋里究竟失窃了什么要紧东西？汪益三没跟他透底，只说是四川佬丢了东西，电台上用的，军事秘密，最怕落到日本人手里。什么军事秘密，洪七爷想不通，比百来根金条还要紧得多，会有这玩艺？娘卖X，四川槌子全是吃枪药的，犯不着替他们赶尸！就凭这码生分和不会抬举人，愣是没把土地老爷当神仙，依了洪七爷以往脾气，早甩手不管了。但话讲回来，这些吃抢药的槌子到底是开过来打日本人的，而且真刀实枪干了几仗，日本人一时还真拿他们没法子。这就成了面子上事了，树要皮，人要脸，洪七爷一生，最是看重面子……何况这事也着实要紧，又是参议员汪益三出面再三拜托，而汪益三的学识人品，素来让人敬重。洪七爷谙熟的《江湖诗》里就有"诗书礼义通九州，仁义道德不可丢"两句……要不是当年大少爷汪益三遮带说托，洪七爷二十三岁那年闯下的风流纰漏，就得丢了项上九斤四两，逃不到芜湖码头上混饭了。江湖是什么，江湖就是人情世故！

娘的蛋，这号事究竟会是哪条路上人干的？洪七爷直觉得眼角发黏，伸出小指去勾，弹出一粒硬亮的眼屎；接着，又去勾另一只眼，再一弹。全是熬夜熬的！

半夜里吃黄瓜，头尾难摸呵。洪七爷仔细排排，要说是自己"灰窝里"人干的，不大像，即使有个别放单漂打游食的，量也不致如此胡作非为，敢来扫他洪七爷面子？

谁不晓得洪七爷江湖上名声响，所以不管是讨冷饭的艺丐，还是讨热饭的普通化子，混江龙也好，鼓上蚤也好，江湖过客，宵小之徒，都须先到他"更棚"拜访，挂个号，然后才可放手"做买卖"。但在本土地面，是绝对不得放肆坏了规矩。否则必受惩处，或"杀灰"处死，或手足眼鼻耳，加上胯裆里那挂玩艺，"六根"除"一根"，还有便是"三刀六眼"，白刀子进去红刀子出来……

其实，十多天前洪七爷为要寻得一个人底细，就找了崔半仙。崔半仙让他在一个筒子里放上三枚铜钱，呵口气，摇了七七四十九下，再把铜钱倒在桌子上。几下一划拉，小眼眯成缝，说起的是个"坎上坎下"卦，本卦相叠，两坎相重，坎有险，违反水道，习坎入坎，失道凶也；接着，就念叨了一句"草蛇灰行由来空，走失行人不见踪"……横竖不肯再往下细解。洪七爷便又专程去找大有修为的磕头兄弟文把式蓝廷芳重占一卦。在望春楼馆子里，蓝廷芳以食指蘸酒在桌面上画了个爻符，长一横短一横叠了好几层，也是第二十九卦"坎上坎下"，"本卦""变卦"地绕缠一通后，道了个四句头：一弯残月照井中，只见影子不见踪；夜色茫茫探身取，摸来摸去一场空。一阵不语，好久才缓声道：通者不占天意，蹇者不贪地利；独豖封穴，命中犯巳，巳就是蛇呀……凡事皆有因果，欠债总是要还，这是一劫啊，逃不过的……至此，便再也不肯多放一个屁了。娘的蛋，哪来这么多坎子，还有巳呀蛇的……洪七爷本想问问有无祈禳消灾的法子？却又不好自己说破根底，索性闭紧口。打那以后，再没见他腕间缠个翠绿小蛇了。

不知不觉间，洪七爷来到街尾城隍庙前。

一带清亮的水，从一座布满裂缝爬满野藤的小石桥下流过，流向远处的河滩，而河滩一棵老桦树新浓绿叶枝上，正呆立着一只无精打采的黑老鸹……洪七爷不想沾这晦气，将眼光收回时，便望见前面晃悠悠走着一个人，长脚鹭鸶一样细瘦个条，戴顶旧礼帽，罩一件灰布大褂，手提乌漆镂花木盒，里面装有文房四宝，胳膊下夹一卷叠起的细水竹摊子。

这人脚步轻浮，摇着身子往右拐个弯，在斜对半月庵大门一侧通往街口大道边站定，若有所思地四下里望了一下，遂放下木盒，支起竹摊子，铺一块八仙桌大的方形白布。摊子前用细竹竿挑着尺来长小木牌，上有"代写文书契约"几个字。旁边还有一小堆待售的"龙虎牌"万金油和安庆余氏眼药膏。

洪七爷不晓得撞动了哪根脑门筋，当即绕过一摊正冒热气的新鲜牛粪走上前去，抱了抱拳，说罗先生这么早就出来揽生意啦？

见是洪七爷，罗先生忙不迭躬身说，在下一日不作，一日无食……七爷您老稀客呀，打哪来？

洪七爷把鼻孔哼了一声，人不辞路，虎不辞山，打哪来，还不是打汪家大屋来。

罗先生忙点头，说七爷大忙人咧！

洪七爷笑笑说，哪晌子也来打卦测个字，照顾罗先生生意，捧捧场子，算是打更的照顾卖汤圆子的。

罗先生便赔笑脸，说只要七爷有吩咐，尽可效劳。唉，要不是日本人打到汉口，一把大火烧了我那药庄，何至于流落到眼下这地步……国难当头，时运不济，是桑梓父老给了我容身之地，赏一口饭吃，不使冻馁而亡。走遍天下，还是祖宗先人的热土好哇。

好，好。洪七爷挥挥手，说罗先生忙……什么热土不热土的，罗先生该去街筒子上赶那些热闹处才是，这鬼场子也太清冷了。

两人说着话，就在洪七爷要走过去时，忽然眼皮子轻轻一跳，忙盯住了罗先生脚上。罗先生穿一双半旧圆口橡胶底黑布鞋，左脚一只鞋，后帮上蹭有一道石灰印，不经意看不出来……而汪家大屋天井一侧，正搁一堆石灰，有半只左脚踩下的印迹。罗先生这里似有觉察，身子微微一动，眼里飘过一丝云翳。

仅此细枝末节，洪七爷那双比锥子还厉害的眼睛，哪能放过。嗬，罗先生我怎么今朝看你面相有点逮眼？洪七爷面皮上放出笑来，眼光罩住对方，却是只拉弓不放箭……稍过一会才又说，罗先生，我也曾跟高人学得一星半点相面术，不晓得可能拿出来摆摆谱。

罗先生一愣，接着也很松爽地笑笑，说七爷您老讲笑话了。

笑话不笑话，讲过不算话。洪七爷把眼光渐渐拧紧，说，女人贵在齿，男人贵在目，罗先生面有晦色，目带散光，怕是夜间困觉没困落实，不对劲哩！

嗯……是咧，是咧，罗先生口里应着，说没承想七爷深谙麻衣八卦文王之术……确也如此，眼下战乱不已，灾祸横生，食不甘味，寝不安席，哪夜能困落实哦？

哦。说的是，说的是，两个癞痢头打架，逮不到一根辫子。我是逗逗乐子，哈哈哈……罗先生，你忙！你忙！洪七爷客气地抬抬手，转身走开。

忙，忙……七爷您老倒是龙骧虎步，目藏真光。罗先生脸上堆笑，将一只手频频抬起送着洪七爷，说罗某不才，蒙七爷看重，往后多承关照，您老走好！

洪七爷不能想象，就凭罗先生这副软塌塌相，会能身轻如燕地蹿屋上梁……不过，自古道真人不露相，浅水也当深水探……洪七爷吐了一泡口水，正边走边回头张望时，不提防，在墙拐角处软软撞着一个人。

撞鬼了！洪七爷回头，正恼恨这人，却见是庵里尼姑慧清。

阿弥陀佛……慧清竖一只手掌到鼻梁前，身子朝前一倾，呈现在洪七爷眼下，是一片白嫩的颈项，还有青灰僧帽下露出来的两片贝肉一样诱人的小耳垂。

洪七爷笑眯眼说，哎呀呀，冲撞小师妹了，真是罪过。

阿弥陀佛……慧清竖着单掌，娇小的身子又是一倾，粉腮皓腕，梨白桃红，轻声细语，若娇莺初啼，胸襟前挂着一串精致白兰花，俯仰之间，芳香袭人。

洪七爷吸着鼻子，胸臆间陡至突来一股豪情，哈哈哈……不错！不错！修炼得如此好功课！七爷就喜欢你心眼好，模样疼人，声音又入耳好听，快莫这般客气了！

洪七爷说着，心里头痒痒的，周身好不杳杳绵绵一阵快活，便动手来拉慧清竖在鼻梁前那只手掌，却被轻轻闪过。再去扯拉时，慧清伸手挡架，指尖稍勾带了一下，洪七爷腕间，竟被狠狠一啄，一股酸麻的感觉，闪电般直袭肩肘处云门大穴。

洪七爷一愣怔，丹田不守，豪气全无，举止失措间，慧清已低头裹着急促碎步从身边擦过，上了不远处门阶。

半月庵两扇乌黑厚沉的大门，在她身后哐当一声关上了。

洪七爷立在原地眼皮子跳了好一会子。稍后，鼻尖耸动使劲嗅了嗅，除了白兰花留下的袅袅余香外，尚有另一种说不明的气味……这难道也是她身上带来的？

远山之间夕阳的余晖一层层退去，昏蒙的大幕徐徐扯起。傍晚，暮色四合，敞着缀有长长一排布纽襻的黑府绸圆领对襟衫，腰间缠一条巴掌宽黑绑带的洪七爷，手里扣一支两尺多长包了黄铜饰头的沉笃笃竹蔸烟管，跨进罗先生屋里。

这是位于七星斗勺底部街尾静僻处一幢由陈腐的椽檐栋柱勉强支撑的累世富户豪宅，四角的兽脊飞翼早已残破缺损，不知哪个角落里还残余着一只孤独的风铃，清风吹过，尽是旧时往昔幽暗回音。一只秃了半截尾巴的黑猫，从破窗棂那里跳下来，冲着来客眼放绿光怪叫两声，竟有一股凶戾之气……邪门了！洪七爷瞅准一块瓦砾伸脚踢起，正中猫身。那畜生一惊之下，凌空跃上断墙，三蹿两跳，便遁形无迹。

旷野之外，有薄雾飘起，暮色更添迷蒙。

在这以前，洪七爷已寻来一趟。替罗先生守门的罗家驼背老姨娘说罗先生不在家，去了上街头陈祖显屋里。洪七爷来的时候，就是打陈祖显宅边走过的，望见一队端着枪刺士兵正押着一串五花大绑穿同样灰布军服的人进了那幢屋子。刚好，那个戴眼镜吊着武装带、膝下马靴乌漆黑亮的邵继勋在十多个提着清一水盒子炮的马弁簇拥下，匆匆自另处奔来。陈家屋子人进人出，显出一种不同寻常的气氛，就凭洪七爷也能感受出来。但他搞不清楚，罗先生为什么也要往那里去凑热闹……

这会子，罗先生正坐在里屋一进厢房门口高大照壁下暗影里，摆弄一把二胡。听到声音，抬起头来，说七爷料着您老要来。

洪七爷闻言耸然一惊，恰有一只黑老鸹般大蝙蝠，裹一团冷森森凉风，贴额际头边擦过……但洪七爷到底不是等闲之辈，稍一定神，立马朗声笑道，罗先生真是料事如神，怕不是我肚子里蛔虫吧？

承蒙七爷如此看重，惭愧了……屋里坐，屋里坐！罗先生打屋黑处拖过一张高背太师椅，随手划根洋火，合掌遮风把一盏带玻璃罩子的美孚洋油灯点亮。屋子里散发着一股灰尘的气息和年代久远的木板霉朽味。灯影里，洪七爷转着头四处瞅了瞅，才一屁股坐下来，那把四脚不稳上了岁数的高背太师椅吱呀嘎呀一阵呻吟叫唤。

罗先生问，七爷您用过饭了？

洪七爷顺手把烟管搁到桌子上，说才丢的碗。

罗先生起身说，我这里备有薄酒，还有一包油氽花生米，专候七爷来饮几杯。说着便要到里屋去拿。

别客气，别客气。洪七爷不敢托大，摆摆手站起身来，借着推拦，暗一运气，绵里藏针，力道聚拢指头，直插罗先生右侧软肋下冲击肝脾脏器之章门穴。这一招，称为“硬靠”，稍不慎，不置人死也致人伤残，甚是险恶。大凡身上有点功夫的人，都要设法闪让开这一手。

罗先生却似懵然无知，一点闪避也没有。洪七爷这才翻转手掌，化开那股力道，却又顺势伸腿朝对方裆间一磕，似是不经意蹩了一把。那被磕到的两腿，虚瓢瓢的没一点定力。俗话说，行家一出手，就知有没有，虽说洪七爷仿佛一脚踏了个空，但心下多少着了点底，这根本不像有功夫在身的练家子嘛。

拉扯一番，罗先生见洪七爷执意不肯，也就作罢。口里不免仍在念叨，七爷，您老难得光临，既是看得上罗某，就不能让罗某作愧……

你讲哪里去了，罗先生，挨船下篙，有屁股还愁没板子打么？洪七爷边说笑，边打腰后摸出黄烟匣子、纸媒子。

罗先生忙掏一根纸烟敬上。洪七爷没客气，接过来，直直戳到烟管头窝孔里，凑灯盏头上点燃，狠狠吸了一大口，一股猛烈水湿的劲道，直捣嗓门根。洪七爷自然不晓得这是东洋烟，但那个头堆高髻、裸出大半个耸翘肥白奶子在烟盒上仰面灿笑的，却识得是东洋女人……操！洪七爷舒畅响亮地连打两个烟饱嗝，感到自己正在抽着这骚哄哄女人，连骨带皮肉地使劲抽着。

罗先生从炉子上提起一只瘪歪嘴子的铜炊壶，给洪七爷沏了一杯酽茶。

洪七爷问，罗先生可有闲暇？

罗先生就说，七爷找我有事？

七爷说没事，就是闷得慌，出来想听罗先生拉个曲，都讲罗先生胡琴拉得好。

罗先生说，难得七爷赏脸，只怕是污了七爷耳朵，担待不起。

七爷把手摇了摇，说呃呀呀，别酸倒了牙齿没人扶，哪个不晓得罗先生好身手！

这么讲，恭敬不如从命……这就献丑了。罗先生也不再客气，转身从墙上摘下那把紫黑乌亮二胡，坐下来把合上弓子抽开，调理一番，在膝下摆弄妥当。稍闭目一会，然后肩头一抖马尾弓子往弦上内外一锯，拉将起来。洪七爷听了一会，听不出个子丑寅卯，就问拉的是什么调？

罗先生微侧过头来，眼皮子却没抬起，答是一支《柳青娘》。

洪七爷嘴里哦一声，就说怪不得了，像是在目连戏里听过哩……目连戏全他娘的是小鬼龇牙的拉魂腔，钻入耳里，说不尽晦气！

罗先生没答话，自顾拉着。接下，倒真是一支目连戏杂曲调《风入松佛祖坐台》。罗先生忽然就抬起头，迷怔怔瞅着洪七爷，口里起出腔来：

> 菩提世界宝莲台，
> 莲座上逍遥自在。
> 天花散乱生光彩，
> 看善信，脱化灵胎。
> 当今朝，齐来佛海，
> 成佛果，乐徘徊……

似这等精致文诌的曲牌调，洪七爷自然消受不了。洪七爷要罗先生拉《十八摸》。

罗先生半睁眼望一下洪七爷，脸上仍旧迷怔怔没改容相，只将弦子紧了紧，手腕一抖晃，一支马尾弓子便如游蛇般滑行起来。

此时，夜色浓如汤汁，厚滞粘手。洪七爷朝脚底下吐了泡痰水，便扯开嗓子，粗哑地伴唱：

> 半（啦）夜里醒来，
> 困（呀）困不着（哎），
> 困不着起来唱个十八摸，
> （哎哟）（哎哎子哟）（哎哟）（哎哟）（哎哎哟）……

洪七爷只哼了开头几句。罗先生那边忽然打住，将马尾弓子靠挂起来，端起脸望着洪七爷，嘴角掠起一丝意味深长的笑意，说七爷我猜到你今晚要摸一摸什么人。

洪七爷问是哪一个。

罗先生眼角余风扫过，答是慧清。

洪七爷倒也不慌不忙，说怎见得？

罗先生问，七爷今日可在庵前走神的？

洪七爷说倒也是。

罗先生哈哈一笑，说这就对了。

洪七爷并不计较，随着吱呀一响，身子往那破太师椅上一仰，屈指在桌上敲出一串笃笃钝响，说，这都是些顺大腿摸卵蛋插不上帮的事……也好，那就烦请罗先生给刨一刨根底哦。

罗先生给洪七爷壶里续上水后，重新坐下来。放低了嗓音说，七爷要刨小尼姑根底么？那我就知无不言了……只听讲她父母双亡，靠熬膏药专给人医跌打损伤的娘舅领养大，跟着娘舅念过几年书，并习得一套螳螂拳以助打场子卖膏药。后来娘舅要把她当做摇钱树，许给徽州一个茶叶商做偏房，这才逃婚出走，流落到七星镇，是师长太太托汪参议员出面担保，削发入庵成为比丘尼。终日梵音黄卷，暮鼓晨钟，打坐参禅，礼佛诵经。可叹黄花般岁月，俱隐没在那蒲团上……七爷慧眼，莫非已瞧出了什么端倪？

洪七爷拿眼乜斜着罗先生，嗤笑一声，说慧清的事罗先生一竿到底，晓得好清爽，真不瓤筋……罗先生可是回乡躲灾避难的哟。

罗先生便也嘿嘿一笑，说小小一个七星镇，弹丸之地，有什么事能遮掩藏匿得住？就说这慧清，七爷晓得的断不会比我少。不过，七爷，不是我说你，欲速不达，心急难吃热豆腐……就算把人家棺材拉到自己屋里哭，保票可不能随便乱打呀。

洪七爷倏然收起笑脸，定睛细瞧着罗先生，说，罗先生果真不凡！这槌棒上天，总有一头落地，我今天来就是要锯倒树捉老鸹，罗先生能讲一讲昨夜里……嗯，到底是什么人进了汪家大屋？

罗先生自顾打烟盒里抠出一根烟点燃，笃悠悠深吸一口，又全吐出，望着昏暗灯影里飘拂游离的袅袅青烟，缓声道，真要罗某往深处说，罗某便顾不得忌讳了。七爷您是做事符合江湖规矩的更棚老板，负有维护一方平安之责，当然不是没有见识的孤陋寡闻之人。国势日颓，山雨欲来，就说眼下这帮四川棒子，有多少人在打他们的主意……日本人要招抚，共产党要统战，重庆戴先生军统局的人欲加控制，而川人则设法相互结联，欲图自保实力。刘国义、邵继勋争夺兵权，各有后台，互不相让……鹿死谁手，很难料定，必有一场好戏在后头。七爷只一门心思用在师长太太身上，恐怕压根未曾料到这几天夜里半月庵大门什么时辰悄悄打开，那小尼姑都同什么人来往。七爷可是做惯夜生活的老手，这回却灯下黑，让自己眼皮子给蒙住了……

正讲到这里，罗先生猛一下打住话头，洪七爷这里也遽然神色一变，仄愣起脑袋，将耳竖起……就在洪七爷跃身窜起猛拉开门时，一个身影倏忽一闪，过了屋角。洪七爷一顿脚，提着那支包了铜箍头实沉沉的长烟管直追过去。

前面那身影好功夫，跑得一溜烟，出了空落无人的街巷，折转身，朝着野外一片黑黝黝竹林子跑去。

洪七爷睁大夜猫子一般眼睛，一气追到竹林边，收住脚，蹲下身摸到一团土坷垃，扬手朝竹林里丢去。扑喇喇一阵响，枝头宿鸟惊飞，本人则纵身一跃，到了林子另一头，果然截住一条黑影。洪七爷猝然厉声喝道：哪里来的蟊贼！举起手中长烟管，泰山压顶般扑了过去。

黯淡光亮中，那黑影却将身一拧，犹如狸猫般轻巧躲过，朝斜刺里跑去。

洪七爷哪里肯放，眼见要追上，却听得呼一声响，有物件贴着耳门飞过。洪七爷素来忌惮暗器，赶紧将身形一矮……一惶愣间，那黑影已跑远了。洪七爷性子上来，将心一横，瓦罐不离井上破！咬咬牙帮子提紧丹田之气，一运劲，又追了上去。

几个圈子兜下来，耳里传来河滩上哗哗淌水声，潮润夜风中，一股浓烈的辣蓼花气味扑进鼻孔。见鬼了，前面影影绰绰竟是汪家大屋！

猛地，砰砰响了两枪，洪七爷只当是朝着他打来的，慌忙跃身扑倒在沟坎里，大气也不敢出……砰砰砰！又连响几枪。洪七爷此时才听出，枪响处是在汪家大屋。紧接着，清脆而杂乱的枪声如同放爆竹一样响起，人喊狗吠，嚷叫怒骂，乱成一锅粥……只听得一个粗嗓门大声嚷着，格老子，给我抓住邵继勋，别让龟儿子跑了！

弄了一身臭哄哄烂泥的洪七爷趴伏在那里，两腮帮一阵阵发紧。起先，闹不清出了什么事，但已隐约觉得，这事恐怕和昨夜汪家大屋失窃有关……倘果真如罗先生说的那般，这事怕就很有来头了！一想到师长太太纪青梅，心里不免异常焦急。洪七爷将两手上摸的黏稠湿泥使劲在身旁的草地上擦揩着，眼皮子又不自在地跳了起来。

就在这时，对面河滩那边汽车路上，倏地飞起三团绿莹莹光亮，划破夜空。那光亮蹿到高空后，就放慢了颤悠悠往下落——洪七爷晓得这叫信号弹。刹那间，哒哒哒，哗哗哗，围住汪家大屋从街巷到野外，各种枪弹爆出耀眼的光亮，如无数疾蹿乱钻的飞虫！就见汪家大屋那里升起了一团火光，那火光摇晃着，跳跃着，越烧越高，烈焰窜入空际，发出强烈的火啸声，顷刻红了半边天。杂乱的枪声中，夹着屋瓦炸裂的劈叭声响，大火映晃着许多人影钻来窜去……洪七爷认出，那屋架塌落，烧得最惨烈的地方，正是汪家最后一进大厅的北屋。

打了一阵，枪声渐渐住了点，听见有人炸着嗓子喊，跑了……刘国义跑了！格老子，快追！人声喝呼，一窝蜂地往河滩边赶来。

洪七爷从隐身的沟坎里爬起来，迎着火光高一脚低一脚朝汪家大屋一气猛跑，心头咚咚跳，已顾不了许多……忽然，有一先一后两条黑影迎面跑过来，洪七爷不免有几分悚栗，赶快又伏地趴倒。

一个黑影气喘吁吁地说，刘师长……快，跟我走这边。

另一个出气较粗的黑影恨恨地说，格老子，没先毙了邵继勋，倒叫他龟儿子反过来咬了一口！

先一个黑影又说，你冲出去先稳住队伍……邵继勋这回是谋划好了的，勾引了日本人，来者不善……我们死也不能当汉奸！

洪七爷听着这声音好耳熟，原来是汪益三，不觉心头大受感动，眼窝子一热，正待要站起来，突然贴近面门啪啪响了两枪……眼前两条黑影应声栽倒！

洪七爷霎时呆愣住，脑门子里面一片空白。只听见身后一个压得很低的冷飕飕的声音说，起来，站好别动！

提在手里包了铜头箍饰的长烟管一下让人夺了过去，插在右边小腿上的柳叶子刀也给抽走。洪七爷便如钉桩一样站着不动，一股凉气游蛇一般从胯档底往上钻进后脊梁。洪七爷颤颤嘟噜一声，问是那条道上好汉？

半夜里困不着，起来唱个十八摸……背后那嗓音放了开来。

洪七爷大吃一惊，说，你是罗先生？

罗先生仿如森森蝙蝠，一照面，连道两声得罪得罪。说今人故人非为一人，七爷摸来摸去摸个空，不济事呀……恕我直言，您这是满山打鸟，家里丢了老母鸡。这回跟我去见见日本人吧，把你昨夜摸到手的东西，就是那个密码本子拿出来，日本人不会亏待你。

洪七爷反倒沉住了气，说我听不懂你的话，罗先生不是吃竹子屙笊笠，肚子里瞎编吧……

你看像瞎编么？罗先生拉起腔调来，日本人可是等不及要你那东西……你开个价吧，要什么奖赏？我帮你传个话……

洪七爷脑门子一热，猛转过身来，冲着罗先生破口大骂，狗日的番邦奸细！不忠不义的乱臣贼子混账东西……老子操你祖宗十八代！

罗先生却不恼，说洪老七你慢慢操，操够了，老子把你也送上西天，你信不信？言毕，手持刚才夺过的长烟管，迅疾往前一递，又准又狠捣在洪七爷耻骨上方凹陷处曲骨穴上。洪七爷锐叫一声，躬身双手抱紧小腹，拼力熬住震荡内脏的酸麻胀痛。

罗先生似鬼魅般嘶声一笑，说怎么样，洪老七，罗某没跟你开玩笑吧？现在就等你一句话，拿出来还是不拿？说着，慢慢地又抬起手来……

洪七爷只当是伸腿的大限已到，把双目一闭，娘的，这回眼皮子再没得跳了！顺口便哼出一段西皮导板：叫一声众兵丁细听分明，萧天佐摆下了无名大阵，他要夺我主爷锦绣龙廷……

没料到，耳边扑的一声闷响，什么东西砸倒了下来……洪七爷不晓得是怎么搞的，把眼睁开，映着远处大火余光，却见罗先生已被什么利器击倒在地，吧嗒吧嗒踢登着两条腿，喉头打嗝一样哨响着。不远处，正立着另一条有点眼熟的黑影。

不待洪七爷开口，那娇小的黑影轻巧地将身一拧，连跃过数道沟坎，朝野地里奔去。洪七爷抬手擦了擦脑门上的冷汗，心里暗自嘀咕：方才这救命的，莫非就是小尼姑……

次日，才晓得头天夜里打死了好几十人，死人拖到河滩上码了长溜溜几排。另外，从大火后的灰烬瓦砾中，还扒出几具烧得焦黑的尸骨。师长太太纪青梅没了下落……清理火场时，有一具尸骨旁遗着那把镀银小手枪，但还不能据此肯定枪主人已丧命。倒是汪家两个年轻长工亲眼看见，事情发生时，有一帮子士兵端着枪直往北屋楼上扑去……那时楼梯口突然就立着师长太太，就像上回打死乌蟒蛇那般，举起小手枪啪啪连着打翻了底下好几个人，后来那些士兵就开始放火烧楼……

位于七星柄轴中端一叠四进气宇恢宏的汪家大屋，一夜间成了残垣断壁，烟熏火燎惨不忍睹。幸得有封火墙截住火势，才未酿下火烧连营将七星镇尽数焚尽的惨祸。钟鸣鼎食，亦有散时，前人作孽，后世遭殃……至于在这之前，汪家究竟失窃过什么，已无人知晓。

好多日子过去后，才发现那次失踪的还有半月庵小尼姑慧清。提起汪家打死那条少见的秃尾巴乌蟒家蛇的事，人们更有理由认定，这便是所有灾难事件的起源——家蛇是什么，是“原龙”呵！

只是有一桩事却又怪，汪家后园东边老井旁那棵本已枯死的老梨树，倒让大火烤得活转过来，竟开了满树白花，秋风乍起，纷扬似雪，洒落在满地瓦砾上，光景好不凄凉！后来，结了果实，十月底，便有鸭蛋大小，但没有人敢吃。

洪七爷不信邪，摘几个吃了，说好味道，又连吃了几个，并坐在井边一气喝下两碗老酒，直将眼泪都喝了出来，口里喑哑不清地唱着西皮导板。岂料半夜时分，腹痛如绞，号呼惨烈，不到天亮，竟给绞肠痧生生绞死了。

洪七爷死后，人们在他独居小屋神龛中找到那条翠绿小蛇，长不盈尺，以竹竿挑之，蜿蜒盘旋，纡结倒悬，十分可爱。于是拿点米撒它身上，对它说，哪里来的还回哪里去吧，送户外放了。随后，又在里屋床头发现一只镏金首饰箱，打开来，有一对惹眼的碧玉镯。有人认出，是二十年前那女戏子戴过的，也有人说，好似在师长太太雪腕上见过。

和碧玉镯放一起的还有一个小本本，里头夹张巴掌大红纸片，墨笔小楷写着丁巳二月二十五时，似记的什么人生辰八字。丁巳是民国六年，属蛇的都摊着一个巳，算来师长太太纪青梅好像正是这个岁数。再翻看那本子，上面全是一些谁也看不懂的数码字，诸如a8、b02、c4、d25，还有275中、834上、253出、901海……旁边还有锥针扎过的洞眼，这弄的什么弯弯绕哩？于是那已被撕去不少纸页的小本子，便当场给一个无儿无女绝户老太太要回去，糊了鞋帮。

镇上人都说，洪七爷这人一生不贪财，倒蛮仗义，只是不知为什么要弄来这些东西？至于那一对碧玉镯和镏金首饰箱，则由地保画押按了指印后取走，说是要送缴县上。

——白云悠悠，黄鹤邈邈，那已是洪七爷死去两个月后的事情了。

腊月里，天气少见的阴冷，驻防在鸡公山至牌坊岭一线的川军到底易帜投了南京汪伪政府做了皇协军，正式番号是“皖南独立方面军”。挂着中将衔的司令，便是那个白净面皮戴金丝眼镜膝下马靴乌漆黑亮的邵继勋。但老百姓仍称这支川军为“槌子”，有时也喊做“黑头鬼子”。

贰

三棵树

月亮下去了，青灰的原野一下跌入昏暗里。步履如铅，费着力气，方能踩稳脚下一条朦胧泛白的路。迈出两腿，老往一边打飘，犹如一只漂浮水面正缓缓下沉的漏船……有生以来，这条路是走最后一遭了。

说来有谁相信呢，这一辈子，都未能摆脱开一只狐狸——一只银白色狐狸的身影。

那一回，队伍在泾县石井坑打散，左肩头锁骨下胳窝给打穿一个血窟窿。跟着黑佬，还有鹭鸶腿痞子班长，在山沟里东躲西藏，钻了十多天，衣裳让刺蓬子挂烂，到底从五十二师搜索队的网眼里漏脱。哪晓得，半道上又让一帮子便衣礼帽家伙咬上，山老鸹一样呱呱叫着撵。头一颗子弹飞来，扑的一声咬穿黑佬裤裆，翻白的棉絮发出一股难闻枯焦味。跟着，又一颗子弹不偏不斜打飞他手里枪托。

黑佬火了，转身冲后面骂道："……日你瘟娘的，这等烂货也来欺负老子！"一把从痞子班长手里抄过枪，卧倒在大石头后，一连撂翻三四个，余下的全吓趴地上。

等那帮家伙再弓起腰大呼小叫吆喝着追上来，他们已冲过铺满鹅卵石的干枯河滩，一头钻入对岸绵密的竹丝林。

在山脚底一棵两人合抱的皂角树下，把枪埋了后，黑佬要过江找队伍，他不相信三支队会打光了一个没冲出来。两天后，走到一个叫合村岭的荒庙，听守庙老和尚说，数日前过来一批衣装不整、带着伤员的新四军，约有四五十人，天亮时来到铜陵坝坎头，缴了乡公所的枪，在村子外下了岗哨，隐伏到天黑才搞到船过了江。

老和尚当然说不清楚那是不是他们三支队的人。

那一夜，在荒庙火堆旁，鹭鸶腿痞子班长提出要回家，说家里有从小收下的童养媳，有牛，还有七亩半旱涝保收的水田，够混个日子了。接着又说起那个等着他回去圆房的童养媳长相如何俊气，侍候他如何周到，那条盘筛角大牯牛如何好使唤……痞子班长一双眼睛定定盯着取暖的火堆，仿佛刚才所说的一切，都藏隐在闪动跳跃的温暖而微红的火苗后面……

于是，他也动了心，想回家看一看。分手时，痞子班长喑哑着嗓嘤嘤哭了，气得黑佬差点要跳起来揍他一顿。记得最后一夜赶路，靠着黑佬搭膀搀扶，咬牙一气翻过两道山岭。那十多天里，除了在老和尚那里弄来一布兜冷饭团外，其余日子，全仗着十来个从地里扒出的带泥的生山芋抵撑……

这都过去多少年了？那么多经历的往事，一码望去，闪闪烁烁，穿穿错错，像走马灯一样。重重叠叠的光影交错一起，瞅不准到底谁跟着谁转，反正是光旋影动，万千缝隙，皆透斑驳……就在这树林子一样稠密的光阴缝隙里，有一只狐狸，灵活地跳跃穿行，那晶莹光滑、如缎如绫的皮毛，每每掠过一道白光！

收住那只总是不听使唤的左脚，两头瞧了一遭，不错，无比熟稔的在城里很少见到的启明星，偏斜在右前方，遥遥闪烁，一如既往地宁静安谧。舌下顿时生出一股微甜津液，他轻轻咂了咂嘴，摸索着踏上窄窄的田埂小路。季节的枯草，干硬的土疙瘩，使他的脚底磕磕绊绊，深深浅浅。

——三棵树呀，是说一个年轻后生去了很远外乡。出门时，家人特意让他背上一袋树籽，叮嘱他在外想家了就寻地头撂下三粒。此后，不管走到哪，只要一回头，就能望见远处有三棵树，三棵曾是自家后院里大树结下籽粒长成的青活活树。

这三棵树呀，说是一棵起屋架梁，一棵娶老婆打床，一棵死后挺尸割板……

离乡背井的后生一直走下去，走到一处有山有水的圩畈，月亮很亮，蛙声四起，当他撂下最后三粒树籽，覆好泥土，磕三个响头站起身，眼里已贮满泪水，是想家了。便回头朝身后望去，看到一只狐狸跑过来，一只世上少见的白狐狸。那狐狸一阵嘤嘤细鸣，在他脚边打了个滚，站起来时就变成一个含娇带羞的年轻女人……他们便在最终的三棵树下安了家，男耕女织，生儿育女。

他晓得，面前这堵尖耸、厚重的阴影，确实只是三棵树，三棵枝干扭曲、虬根争突的老柏树。其中一棵遭过雷击天火，树干从中间劈开，撕向两边。半边焦枯炭黑，嘴脸狰狞，朝天伸出乌龙爪，似欲揪住什么扯掳，或要指点不可道破的诡秘；另一半边却尽得精华，青枝绿叶，翠盖斜撑，氤氲着一团绿雾……对比如此强烈，却是同一根基！早在他和黑佬还是穿开裆裤顽童时，常到林子里寻找野鸡蛋或是小兔子，在靠近水塘处能捡到“犁头鬼子”下的麻壳蛋，一窝有十多个。有一回竟从鹰爪下救出一只小狐狸，温软软肉嘟嘟的，毛色金黄，两眼如闪亮黑豆，完全跟一只小狗相似。最令他们惊奇的是小狐狸一只眼灵活地眨巴转旋，另一只眼却睁着不动——原来那只是瞎眼！他后来才悟出，这正是自己一生的运兆。

那时，这里是一片密密的杂树林子。杨树、檀树、榆树和香椿树在这里肆意挤占空间，纠缠着一些藤葛茎蔓，绵延数里路。林间空地有一间小庵，供奉着一具不知年代的条石神案和一只积满黑垢的铸铁香炉，青石凿成的白毛仙姑，跟真人一样身量，就仰躺在一旁草丛里，空洞无神的双目漠然对着天空。

传说白毛仙姑本是个眼波若水、腰身闪闪的女子，不知颠倒过多少男人，生出来多少风流事端。只因千娇百媚，太愿意施爱给众人，便成了罪恶的渊薮。美丽善良的姑娘没能逃脱人们给她编排下的罪名，被关入密林一间石屋。多少年后，有个打猎人从送饭递水的窗洞朝里看了一眼，姑娘原先瀑布一般披散的黑发已全白，那幽怨眼神，更让人看了不忍，于是动手推倒石屋。再后来，林子里便有了白毛仙姑，而且专在明星亮月的晚上出来游荡。她的胸前，也有两个丰满圆润的月亮跳荡着……

最叫他不能忘记，是那个四月天的黄昏。太阳傍山了，咕——咕咕，林子里寻偶的斑鸠一递一声长地啼鸣，不远处树梢头，响起一串短促细切的公鸠应和声。随着身后传来落叶被轻微踩动的声响，他转过身，那个曾做过他妻子的女人，就在紫赤金红的夕阳余晖中，似怨似艾朝他走来，一只手解着腋下纽襻，一颗，一颗，最终，衣裳丢落脚边。

——那就是祖先们传下来的三棵树，既久远不知年代，充满迷幻……又真真切切，近在目前：

哎——哎——

月亮出山（咯）亮汪汪，

树下我的哥哥身影单！

……

月白风清的夜晚，游荡着乳白色雾气的林子边，不止一次有人看到那个标致鲜灵的美人儿从树后闪出，裸着白润身子，挺耸一对颤颤奶子，朝你招手，吃吃地媚眼灿笑。那是许多次出现在梦中的情景啊，你头晕了，眼直了，骨子里酥麻了，你脚底打着飘闪走过去。她叉开腿，仰靠在树上等着你，等着被你鲸吞狂饮！

如此这般，才有那么多为贪图欢悦而迷失在林子里的精魂雄魄。

数十年前那个夜晚，黑佬架着他走进了这片黑咕隆咚的林子里。枯枝在脚底踩折，咯叭咯叭轻响，厚厚陈年腐叶，如床铺草那样软和。

虽说家门就在不远处那片影影绰绰的暗地里，却不敢贸然闯进村里去。谁知道等待他们的会是什么？倚着生了湿漉漉苔藓粗糙树身溜倒坐下去，腹中饿得像磨净了五脏六腑，只剩肚皮贴着后腰脊。劳累和寒冷已算不得什么，只有饥饿和伤痛，齐头并进，一个超过一个，比赛着在那里啃咬，挖凿，刮削。不长功夫，人就迷糊起来，晕沉沉脑子里像有一盘水车叶子在上下翻转回旋。

……那真是一场少有的恶战。

密集的枪弹带着矍矍嘶嘶尖利哨音，飞蝗一样四处乱钻，几蔸大树接连被炮火炸翻，倒在旁边冒青烟。一匹驮辎重的军骡抽着疯筋，挣脱笼头，在人丛中狂奔乱跳，接连撞翻几副伤员担架。一排子弹打来，军骡肚腹喷溅起几股粉红灿烂的血柱，身子一趔，头昂了几昂，连着身上背架栽入一处弹坑，屈起的前腿和蹬直的后腿仍止不住哆嗦抽动。

当整整一个班号手齐崭崭站到一处没有任何遮拦的山包上，“嘀嗒嗒……嗒嗒嘀……”凄厉的冲锋号音，刀锋一样割开早晨清冽的细雨，无数散开来的灰布军装士兵，端着上了刺刀的大枪呐喊着朝山头扑去。迎向他们的，是一堵不停喷吐毒焰的火网。守在这堵火网后面的士兵，也穿同样灰布军装，但显然精力要充沛得多，而且毫不吝惜弹药。

一次次冲近山顶，又一次次被压下来；每一次冲锋，都有好多人一头栽倒不再起来。连长排长们挥动手臂，嘶哑嗓子叫喊，暴凸的眼里都快滴出血来！在那样的时辰，性命就如同身上的背包和干粮袋一样，跟身体并不是连缀一起，随时都会分开丢失掉，或是随着哪一波爆炸声浪，被高高掀起抛到一边。那时候什么也顾不上想，脑子里只剩下冲啊……杀呀……的机械叫喊和动作。

反复冲杀大半天，眼看快要夺下山头了，却不明白为什么又吹号传令放弃，前锋变作后卫转身朝后撤退。好比高热狂奋的人给兜头浇一桶冷水，身上一凉下来，如同被抽走了筋，一点劲也提不起来。接着是连夜兜圈子行军，没有向导，不识路，摸不清方向，一夜折腾到天亮，却发现还在原先几条山冲和山脊上打转。沿途到处是丢弃的物件，部队建制有些乱了。

天亮后，他们开始销毁机密文件。后来，就给压到了石井坑，奉命固守两厢高地待援，可哪能守得住，又哪来“援”可“待”？最后连炊事班、演剧队和卫生队也编入预备队顶上去了。对方凭借强大的炮火支援，渐渐缩小包围圈，两厢高地丢失了，炮弹砸冰雹一样往下落。随着每一声爆炸，人像跳腾似的蹿起来，带血的断肢和烂布片四处溅散。

约摸早饭后，他们跟对方一个主攻连拼上了刺刀。枪托与枪托撞击，人与人扭打，叮叮当当，吭吭哧哧，喘气声，怒骂声，肉体被击中传出的惨叫声……谁也顾不了谁。脚底踩着乱石和黏滞的血，稍不留神就会跌倒，拼杀只是一种本能驱使，与胜败隔得很遥远。

对手是两个身架高大的家伙，刺杀凶狠，一招一式，搭配得滴水不漏。他被逼到一堵给炮火削平的岩石下，已无处可退，再也顶不住了。那一刻，周身的血全都涌上头顶，胀得两眼鼓暴暴痛……性命就紧咬在牙关底下，稍一松动滑落，再也捞不回来！没料到，正面那家伙突然被人自后面打中，闷哼一声踉跄跌倒，枪刺滚落一边……他顾不及看清是谁援救了自己，抢上前一个转身跨步，枪刺毒蛇吐信般一闪，咔扑一下攮穿了侧面那家伙软塌塌的小腹！随着一声短促绝望的哀号，仿佛有一般热气冲拂在脸上。

他清楚记得，当自己手腕一翻带出刺刀，耳门边就如同挨了一闷棍，半边身子热辣辣一麻，重重栽倒在地。

……

两人就那般坐在阴暗的林子里，忍受着饥饿折磨。天，生脆地冷。

终于，黑佬一疙蹦站起来，跺了跺脚，说干脆攒着劲势再走下去，三十里外老河口有他一个学手艺时拜把子兄弟。那场子家家户户住地窝子，都是当排工或放鱼鹰子的，户头杂，天不管地不收，南来北往走马灯一样鬼也不问底细。只要养息两天，缓过力气，搞条小划子过江就行了。“要死屌朝上，不死翻过来，反正两条命已是拣来的，到哪里不能扔！恋着家门才没出息，死了做鬼也窝囊！”

黑佬闷浊浊地说完了。他依旧没出声，也没动，脑子里还模糊想着那一幕幕战场上的事。他被打穿的胳膊窝用手摸上去肿胀得怕人，就像给谁用榔头敲进一段潮木头一样，木胀胀痛，也不晓得到底伤了骨头没有。就凭眼下这样子，再提劲怕也捱不出三十里路呵。

忽然，噼噼叭叭声响骤起，哪里又打枪？他一撑树干爬起来，顾不了伤口要命的震痛……娘的真没得活了！待竖耳细一听，这蹦跳炸裂声响没有那种金属物急速撕裂空气的尖啸回音……原来是人家放炮仗。片刻后，远远近近村子里，伴着灰红闪光，时稀时稠都放开了。他们这才晓得，眼下正是农历新年“开财门”的时辰。

就在那当下里，先有一股冷风穿林嗖嗖袭来，接着，一个白色物体仿佛被风托起，自幽暗林子深处缓缓悠悠飘出……未待到眼前，那东西似有警觉，略一停顿，折转身而去。

“白狐！”他一愣神，压低嗓急急喊出。黑佬含糊应了一声，猫下腰扎撒两手抄了过去。

白狐自然没撵上，却给那灵物引着，在半坍塌的庵门边踢翻一碗不知是什么人家祭祖供奉的油炸圆子。顾不上许多忌讳，将滚散的圆子扒拂到一起，连土带草叶，三两口就吞咽下了肚，直至又扩大搜索范围在地上摸了许多遍，确信不再有指望，才歇住手。唉，咽太快了，该在嘴里多嚼几遍才好喔。

他拿着那只散发油香味的碗，无意识地转圈子捏，捏着捏着，察觉碗沿外侧有个“骑马钉背”……忽然心头一跳，他太熟悉了，碗底应该还有一个小豁缺，一摸，果然在。这个有点磨蹭下嘴唇的“骑马钉背”，还是他在家时，一个麻脸安庆佬补碗匠上门锔的，锔进了两个铜钉。记得正是麦收时候，花掉一升小麦。他现在晓得了，这碗油炸圆子是家人端来供奉的，祷告神灵，祈求他能消灾弭难平安归来！

白狐的出现，是天意么？

他转身对黑佬说，一方水土，养一方人……死也死在家门边。他不想走了。

那会子，黑佬默无声息站了起来，走到一边哗哗撒着一泡长尿。饱屁饿尿冷摆子，他抖抖索索站起来，也掳裤子撒一泡长尿，打了两个冷摆子。松开紧咬的牙床骨，内心深处有什么东西徐徐自口里吁嘘散去。

如今，这里空荡荡早已没有了林子，但能感到那种深深的非常静穆的沉寂笼罩着四周，仍旧会呼吸到浓重的混合着苔藓味的土腥气……那些黄灿灿的麦田没有了，当年，每到小满、芒种季节，这片林子外，黄到天边麦田里，大麦、小麦、米大麦全都有。小麦和稻米一样是主食，大麦用于酿酒或喂牲口，米大麦放在石臼使劲舂脱麦皮子，掺点大米一起煮成饭，名叫米大麦饭，吃起来有咬劲，是青黄不接日子里的救命粮。三麦都可以炒熟磨成面，即炒面，又叫“焦面”，稀饭吃不饱，就放些焦面拌拌，既香又爽口。队伍在泾县驻扎时，经常配发这种“焦面”，行军途中充饥，即使没有水，也能吞咽下去。那时年轻，啥都不在乎。

可是眼下要想在黑暗中听到风从树梢头扫过的声音，哪怕连一下微弱的树叶摩挲声，也是徒劳。他抬起一只手掌贴在耳背后，只听到年老厚浊的耳膜嗡嗡响着，是他衰朽体内血液不畅流淌的声音。在这样的冬夜中，面颊微微痉挛，几丝泪液，使他的眼缝里生出寒凉。

面前一个黑黝黝隆起土阜，由三棵老柏拱围着，跟周围那些立着某某先考先妣碑石的大小坟茔相比，地势高，坟头起得更高，即使在这夜里，依然气势不凡，透出一股威仪，似乎那里头一个鲤鱼打挺仍能跳起一尊满身杀气的黑脸金刚……碑石还在，泛着浅浅白光，摸上去冰凉扎手。那上面凹陷的字是他一锤一凿敲出来的，“文革”中没被砸毁，尔后毁林开荒平田整地也一直保留未动，着实是奇迹。碑文极是简约：

生于民国九年冬腊月，殁于三十三年春三月。刘公黑佬府君之墓。

所谓“托体同山阿”，倘大晴天里顺这方向望去，东南蓝莹莹天幕下，隐约能望见那些重重叠叠、连绵不尽的山峦。而背转身，一马平川旷野尽头，便是可以过江的去处……他知道黑佬的憾恨，绵绵不绝地随着数十年前那条大道延伸而去……那夜，他要是咬一咬牙和黑佬继续往前走下去，不，只要没出现那只飘飘悠悠引导他寻着油炸圆子的白狐，以后的事又会怎样呢？

是呵，从一开始走入三棵树林子——甚至从最初听到那些三棵树故事开始，他的命运就被注定，天罗罩命，一辈子也走不出这片林子了。

……那个黄昏，那个远去的四月天里黄昏，斑鸠声声啼得好惑人。

“吐咕咕——咕！”“吐咕咕——咕——”叫声琐碎而缠绵，起始很急，末了收梢，却递送出很远。

当他听到响动转过身来，落日余晖中，那个鲜灵标致的女子正朝他走来。水汪汪一双大眼，直直地望着他。到了跟前，颤抖手解着胸腋前的布纽襻。纽襻由上而下一粒一粒崩脱开来，露出内里一件褪色水红小护胸……小护胸解下来，是一片白生生胸脯，一坨，接着又是一坨有着紫黑顶尖的圆挺微颤的眩目奶子……顿时，喉嗓里仿佛给狠狠捣了一拳，他晕乎乎抬起头，西斜的落日透过林隙，刺得眼里叠出许多幻影！那些三棵树故事一齐涌到眼前，他竭力避让着，要推脱开，但脚底如同钉了桩。使劲想和红光迸射的太阳对视……一颗剧烈燃烧的火炭，正向热海溅落！他再也支撑不住，摇晃一下，朝着丰盈润白的身子扑过去。

一切就跟传说中的一样，只不过她不是支仰在树上，而是哆哆嗦嗦躺倒在草丛里，仰面朝天，肌肤滑润而温凉，一切真实得令人难以置信……谁也没说话，既紧张万分，又仿佛事先约好。他的动作毫无头绪和章法，干柴烈火一通乱顶。听到身底轻吟，浑身一阵痉挛，一种巨大的愉悦攫住他，将他推上一座浪峰，高跃延宕，颠簸上扬……直至最终给冲上一处滩头！

还要转头再来，却被推到一边。当她颤颤瑟瑟地爬起来穿好衣裳，逆着那一片红光，忽然叹了口气，问他，你晓得不晓得我叫什么名字？声音是柔柔的，真真切切。

他脑子里方才清醒几分，顿生惊骇，灾祸临头的感觉，如一股冷飕飕凉气打四周直逼过来，牢牢罩住他。但既已做下了，哪容得后悔？就在那间隙里，秃咕咕——咕——！头顶大树梢上响起凝重悠长的啼鸣，这是一只体型肯定不小的公鸠。

咕——咕咕！他那只挂在枝头笼子里做“媒子”的母鸠吐出一串短促轻细的应和声。秃咕咕——咕——！一递一声长。咕咕——咕咕！一催一细沉。高一声，低一串，紧续紧缠，间杂着热烈而情急的扑翅声。当她偏侧过身子时，他猛一下瞥见包在青布头帕里浓密而散乱的黑发。

"……你不是'仙姑'?"

"我，我，呵……你是哪一个……"

四目相对，唯唯喔喔。她脸上刹那变色，不断朝后退着，口里连连自语："错……错了！错……"大滴大滴泪珠顺着脸颊滚落，身子如同打摆子抖索得像风里的树叶。他泥塑木雕一样立在那里，不明就里，又惶惑羞愧，一时竟不晓得怎样开口说话。

猛然，黑佬旋风一般闯进林子里。看见他，先一愣，再瞧二人气色，事情已清清楚楚写明脸上。黑佬双眼可怕闪着光，摔开背上药篓，一声闷吼，豹子似的蹿过来，劈手拧住他衣领："你个猪种……你干了什么?"脸颊上挨了重重一拳，身子像布口袋一样横飞出去，撞在一棵树上，肩膀头下一年前结痂的伤疤都震裂开来。吓得树枝上笼子里那只母鸠"扑啦啦"一阵撞动，落下数片羽毛，公鸠一仄翅远远飞走了。

三棵树呀，哦哦，在你的林子里，为什么会有那多迷惑人的传说……由不得你仔细分辨，是是非非，真真假假，叫你目迷心乱，好长时辰都理不清头绪。

那事由，后来直到她成了他的妻子，才算搞清楚原委：

天心圩豪强大佬陈老毛子，弄起女人就跟捏小绒鸡一样顺手。这又是一个有模有样姑娘给瞄上，姑娘死活不愿入火坑，无奈她那不争气的脓包老子在赌场中了圈套。人家在一件当赌注下赢的破袄口袋里，变戏法一般掏出几只"黄货"，扬言是九成九足色"条子"，值一大箩筐现洋！旁边倒有人出来打圆场，好说歹说抹去一半，赢家虽点了头，却同时刷地自腿肚上抽出一把雪亮小攮子，咚一下插桌子上，说一百块现洋当场点过来，少一块割一两肉抵！任凭苦主趴地上磕头作揖，喊亲老子也不行。听到闹嚷，从里屋踱出背着手的陈老毛子，问起缘由，早有那等瞧热闹起哄的闲汉喽喽，抢着将事情一番叙述。手捻花哨胡的陈老毛子未待听完，便抬臂一挥，叫人送上一口袋现洋，白花花倒了一桌……

自然，到第二天晚上，便有一乘小轿抬着姑娘进了黑沉沉深宅大院。

酒足饭饱，陈老毛子送走一帮长袍马褂酒肉朋友，插牢房门，脱去身上斜开气团花缎子夹袍，骨碌眼珠子，把姑娘从头到脚看遍，一阵哼哼咔咔笑过，伸出鸡爪手急猴猴摸上来。姑娘又急又怕，愈是死活不依反抗激烈，愈刺激得陈老毛子兴奋发狂，口里嗯嗯叫着，东扑西捕，最后，姑娘给按倒在床前榻板上，衣裳几乎扯烂……

突然，一条黑影闪进屋，迅疾贴近陈老毛子，抓住后衣领往横斜里一扯，掼倒在地，未待叫出声，一把冰凉的刀子已封了喉嗓根。来者身着黑衣，面涂锅灰裹一股杀气，身子一探，径自打床头摸出一个黄绸布包，抖出一支二把盒子，在手里掂了掂，麻利插入裤腰带上。

“哪、哪条路上朋友，有话好说……”陈老毛子这当下里已稳住神，“只管吩咐……只管吩咐。”一边挤出笑，一边拿眼朝对方脸上瞅。

“少废话!”黑衣人低声喝道：“老杂毛，晓得老子找你有么事?”

陈老毛子避开冷森目光，把脑袋摇了摇。黑衣人“嘿”一声，拿刀在陈老毛子脸上拍得噼叭响，从牙缝里挤出话，叫他别作恶太多，要不想给割断喉嗓管，就把人家姑娘连夜送回，不得差失丝毫。“暂借几年阳寿给你，老杂毛！敢耍滑头，老子想哪时来就哪时来，杀你比杀一只猪狗还容易!”言毕，手一旋，白刃过处，已将那后脑勺上拔的一圈杂毛削下。陈老毛子硬挺着没趴倒，却已浑身筛糠鸡啄米一般直点头。

黑衣人来得快去得也快。临走时，只贴着呆立一旁被搭救的姑娘耳门轻轻撂下一句话：两天后，太阳落山前，去三棵树林子仙姑庵前见面……

姑娘认定受恩必报，而所能献出来，只有未被玷污的身子……两天后，按时来到林子里，践约还情，完成一场祭献。她的名字叫莲姑。

那自然又是一个属于三棵树的故事，只是肯定不会被纷扬传说了。时过境迁，恍如梦中，有时，连他自己也生出疑惑，世上哪能有那样的巧合呢?

后来，黑佬倒是稍稍作了补充交代。黑佬口紧，闷性子，两言三语，极是简约。

莲姑村子里，头年冬天来了位女教书先生，就住在莲姑的寡婶子家，有人说是新四军。黑佬借走村劁猪为名，暗里探访多时，人家防备紧，寻不出话头。正好遇上莲姑的事，黑佬本来就眼红陈老毛子那支二把盒子枪，早想动手，这回割草捎带打兔子，救出莲姑，想通过她跟那女教书先生搭识上，摸一摸底……却不料叫他把事情全给搅黄。

不久后，日本鬼子不断从县城出来清乡。有一批黑头鬼子在童家渡驻扎下来，修了炮楼，老百姓进出要过哨卡搜身，还经常被索物抓夫。有一次，三个畜生把一个挖野菜的小姑娘拖到埂脚下糟蹋……被小姑娘狠咬一口，他们就把她活活刺死，将尸体丢入青弋江。

国民党忠义救国军和六乡联防中队，还有什么新九路军独立支队以及徒属众多的大刀会，他们既保境卫乡打鬼子，也下毒手捕杀新四军。一天下午，六乡联防中队的人在渡口截住四个挑草纸的汉子，从纸捆内搜出郎八式手枪两支，八音手枪一支，子弹三百多发，还有一副望远镜。当晚，四个人被捆成粽子，棉絮塞口，拉到河滩上扣入禾桶里活埋了。风声一紧，女教书先生不知去向，到底是不是新四军，就无从查明了。

那白狐，那传说中白毛仙姑，到底有无？有人说，白狐其实就是白毛仙姑变化的，是真是假？就连从陈老毛子家搞来那支德国造二把盒子，因为只有五颗子弹，一直舍不得试枪，究竟打得响打不响也不知道……有时，这情形就像一个人睡过了头，迷迷糊糊爬起来，揉揉眼，那天边是早霞呢，还是晚霞？

但他相信，自己不仅见过那只白狐，还见过白狐占卜。

那是一个起大雾早晨，草木全湿漉漉的，就在村外一棵歪颈子老桦树下，他掮着粪筐见到了它。它身上的毛干爽而熨贴，神态悠闲立于路口，仿佛在等一个老友。

相互对视了一会。似乎知道他要去办一件重要事，它稍稍后退一步，昂起头，竖直脖，颈毛乍起，耳廓朝后贴倒，一下一下压动嘴吻，上下颚很有节律地敲击出清晰的咔、咔声。随后停下来，偏斜脑袋探询地望着他。但他一直背着粪筐愣愣地站在那里，没有一点要恭恭敬敬走上去问卜的意思。相持一阵子，那灵物似乎已全部探明他神色，遂交替提起两前腿向后倒腾几步，尾巴一扫，裹起一团白雾转身不见了。那一场遮盖四野的大雾，直到半下昼才散去，而他要接应的一个卖黄烟丝的叫强老七的新四军联络员却始终未见踪影。

第二天才晓得，强老七就在三棵树林子边撞上鬼子巡逻队，给抓到城里，砍下来头就挂在“华清池”澡堂子前灯柱上。听说是有小谍报告的密，鬼子撵着强老七身后赶来。要不是让那只白狐阻挡一会，他是否也会撞上鬼子，被抓到城里一样砍下脑壳？抑或，他会抢在鬼子前面，将那个他和黑佬好不容易才联系上的强老七救出……

总之，这世上许多事，真真假假，影影绰绰，由不得细辨，只会塞给你一份生硬冷涩的苦楚，让你慢慢去嚼，去吞咽，直硌得心底生疼，眼前一阵阵发黑方才罢休。

儿子会相信白狐占卜这一类事吗？不会的。

儿子退休前是省城一家单位主管，大小事务将脑袋整天塞得满满的。你去说给他听，他也没功夫听下去。他会宽宏地笑笑说：“爸，你相信自己看到的真实吗……从种群分布来说，我们家乡不可能有白种狐狸，除非是特殊情况引起毛色变态性反应……比喻说，人老了，头发甚至连眉毛不也会变白吗？就算是别的什么原因，也至多是一只有毛病的普通狐狸。”

事实真是这样吗……关于那狐狸，那只白狐，它是那么神秘，矫健，灵异，怎么会是一只年老有病的普通狐狸呢？但是，有必要掰清吗？他和儿子之间那层关系，实在太难启口了……

那天，吃过晚饭，儿子踱进他房间，手捧茶杯，想作长谈。儿子告诉他，中央最近下达文件，本着实事求是方针，对“皖南事变”中打散离队人员，尤其是伤残者，将根据情况适当重新结论……要点有八个字，即：特殊情况特殊对待，主要精神为原则上从宽。

“你可以找一找当年战友、熟人或是知情者，想办法联系到了解情况的人，给你出具证明材料……相信所有的事情全部能搞清楚。”

儿子是立在窗前说的，话语很慢，眼光几次投向窗外。窗外有一棵枇杷树，树梢头露出一角黄昏的瓦蓝天幕。一群鸽子盘旋着从树梢头飞过，振羽声很响，杂着咕咕的叫……鸽与鸠，它们的啼鸣会有多少区别呢？

那会子，他未作多少反应。对于他来说，那反复冲杀中的雨雾和硝烟弥漫的山岭，那些连、排长们挥舞短枪嘶哑的喊叫，以及子弹尖利地要掠去皮肉和灵魂的啸音……一切都已深深埋入心底了。这么多年，一直竭力去回避，去忘怀……难道就是为了等待有朝一日什么人走过来，对他说上一句“相信所有事情全部能搞清楚”吗？

儿子很体谅地瞧了他一眼，没再多说什么。他察觉儿子一定还有话要讲，儿子并不轻松，背着窗外光线，把一支香烟抽得火星一冒一冒。渐渐沉落的昏暗里，他看到窗前分明是黑佬那张绷得很紧的棱角分明脸膛，黑佬下巴同样结实有力，眉心也有那样一小坨子疙瘩肉，拧挤出一股狠巴巴劲头……

外间电话铃突然响起，儿子眉心那坨子疙瘩肉松开，照常关照几句，抻一抻衣角，端端正正大步走了出去，仿佛不是去外间接电话，而是带队出操。当年，黑佬正是这般挺直身板端着脸大步前行。黑佬宽肩细腰，自小就精干，在队伍上操练得好，夜晚急行军，身上再披挂多少东西也不出半点声响。

儿子的那句到嘴边的话，一直没能说出来。

春天就是这样，容易让一些心底事出土、发芽，容易让许多事物和身影随风飘飘荡荡，无论你想怎样掩藏，总是挥之不去。其实，他们心里透亮，讲不讲都是一回事。但道理上，应由作父亲的先挑明，只是他实在没有这份坚毅……莲姑当年就比他有勇气，她曾明言：做他女人，是命里摊着的，她欠的是黑佬，爱恋的是黑佬……她发过誓，要给黑佬生个儿子，报答黑佬……

儿子在家上中学时，有一次从学校回来，一言不发站在门外。他心里一沉，有了几分预感：“怎么啦……又为入团的事？”儿子挑了他一眼，没吭声。他上前拉住儿子，替儿子拣去沾在头发上一片草叶，“不是讲……出身不由己，道路可以选择么？”儿子一拧胳膊甩开他，同时也甩下一串话："你为什么要脱离革命队伍，贪生怕死当逃兵？你不觉得可耻吗……"儿子像一只受伤小兽，一脸悲愤屈辱，眼里噙着闪亮泪花。

望着儿子，突然感到一阵巨大阴影袭来，将他压趴倒，心中绞痛，一口气差点没能续上来。他没有说话，手捂胸前，垂下脑袋拖着步子踉跄走回屋内。那时，村子里已经闹饥荒了。他把藏在灰粪堆下一罐子小麦刨出来，炒熟，让儿子带去学校当零食填肚皮。又煮了一锅胡萝卜缨子粥，算是父子俩最后一顿晚餐。

地上湿淋淋的，春日里新芽已经开始吐露，四周却氤氲着从未有过的阴冷和愁惨。

十五岁的儿子，只身一人盲流到江西，在砍伐队干过，在采石场干过。在大三线干建筑工时，因爱转脑筋，搞了几项革新发明，表现突出，被送到一所技校培训学习。学校来人外调落实户口，他才晓得儿子下落，并断然否定了与儿子之间父子关系，并在来人递过的材料上一一签名画押。那所学校爱惜儿子是个人才，才打马虎眼，使他们脱离父子关系成为事实。

儿子是一条汉子，黑佬更是一条汉子。儿子早该名正言顺还给黑佬了……但黑佬也是逃兵，是黑头鬼子吗？黑佬同那只白狐不止一次打过照面，同样也不相信那条白狐是灵物，但黑佬却说不出儿子那一套什么"种群分布"理论，黑佬那晌子只一门心想搞到枪。

鬼子要在三棵树附近筑炮楼，控制青弋江水陆要道，从四乡八村抓来许多民夫，他和黑佬也在其中。炮楼并不直接筑在圩堤上，而是选在距圩堤五六十米远一处叫万年台的高地上修建。鬼子吃过亏，两个月前，三战区挺进纵队的人就是把一门九二步兵炮架在渔船上，只打出两发炮弹，炮就震滑落水，却也硬把矗在童家渡大埂上的岗楼给掀掉了。

民夫们先是毁掉一大片绿汪汪豆地，栽下拉铁丝网的大木桩，挖出一人多深壕沟，还要一趟趟翻越圩堤，搬运用汽艇和木船装来的各种建筑器材。那天，一大早日头就很毒辣。他和黑佬头上罩顶草帽，各拿一把做工的大铁锹平整工地。被踩烂的豆藤沁出旺盛汁液，染绿脚上草鞋，一些被捣毁巢穴的半寸长大黑蚂蚁惊慌失措四处乱爬。由于格外留心，他们发现周围多了几张陌生面孔，似乎是打别处抓来的夫子。整个上午，他们一边平整土地，一边不时地抬头望天，算计时间。

中午开过饭，鬼子不让歇晌，连着一气干。一丝风都没有，烈日烤得土坷垃干硬烫脚，酷热难当。监工的鬼子耐不住热，都跑到圩堤那边柳阴下河水里牛打汪一样泡澡去了。留下来保安队的人，见鬼子一走，也分别找工棚钻进去，把枪一扔，脱光衣裳躺倒。干活的民夫本就无精打采受不了穷罪，这一来，更是把软塌塌帽檐拉得压住眉毛，只看自己脚底，有一搭无一搭地干着。

他和黑佬摸清工地情况，该留意的地方都留意到了。

远远天边堆起青灰色厚重云脚，伴着隐约雷声，一两丝细风贴面吹过来。他们佯装寻找东西，提着大锹，悄悄走近东北僻静处一个废弃石灰窑边工棚。门口当风处摊手摊脚躺着两个家伙，光裸蛤蟆肚，一起一伏扯着呼噜，两条长枪支靠在一旁，解下的子弹袋就搭在上面。他们四面看了看，交换一个眼色，嘴一努，各人朝着瞅准的对象扑去。抡圆的铁锹在阳光下划出锃亮弧线，随着“扑哧”一声钝响，锹刃弹滑了一下深深吃进土里，一股浓重血腥气扑进鼻孔。两个家伙哼都未哼一下，头就给劈碎了！

各人飞快抄起一支枪，连同挂那上面的子弹带，转身跨出几步扔进废石灰窑。正要往上铲土盖上，没料想背后工棚里嗖地蹿出一个短裤赤脚鬼子，将黑佬拦腰箍住。这鬼子长得石磙碌一样短壮敦实，有一把蛮力，像是练过东洋武术，滑溜得很，口里嘿咿嘿咿嚷着，一边躲避打击，一边给黑佬腿裆里下绊子。黑佬施展不开手脚，几次差点给摔倒，脸上憋得紫胀，一发急，照准别在腿裆里脚趾，狠命跺下。鬼子惨叫一声，手臂松开，黑佬趁势挣脱，反手一掌劈中后脑颈，跟后又飞起一脚照心窝口踹去，鬼子咕咚一声栽入废石灰窑里。

就在这时，工地另一方向大乱起来，人声嘈杂，枪声骤起……保安队二鬼子纷纷从各个工棚里端起枪吆喝着钻出来。干活的民夫们抛开工具拉掉头上草帽，像蜂群炸了巢一般四散逃开，子弹追着扑扑直打过来，钻入土里，灰尘腾空扬起，不时有人被打中，尖声惨叫着倒下。而头顶黑云已漫过日头，天色一下晦暗下来。他和黑佬三两下扒掉身上血污衣裳，趁乱混入光膀子民夫中。

民夫群里很快分出一帮子人，约有十五六个，每人手提一支短枪，都是清一水的德式快慢机，跑在前面的大个子怀抱一挺刚夺过来的轻机枪。这帮人跃过一道沟坎，正好撞上几个没头鬼一样的保安队的人，被大个子迎头劈面一顿扫射全部割草一样打倒。他们一气朝三棵树林子冲去，突然，从对面打出一排子弹，这些人立刻趴倒在几座坟茔后还击。原来是河里洗澡的鬼子端着枪弓腰赶了上来，并趁机往林子深处展开兵力，以便实施兜抄战术。但那边显然也很仓促，许多鬼子连衣服都没来得及穿好。因此，当这十多个人猛一声呐喊从坟茔后跃起，鬼子便稀里哗啦给冲乱……恰在那时，一个豁亮耀眼的落地雷当头炸响，铜钱大的雨点噼噼叭叭打下来，遮天盖地，圩野一片茫茫雨雾。不一会儿，枪声零落下去。鬼子没能截住那帮人，眼睁睁看着他们钻入雨幕中林子跑了。

事情从发生到结束，也不过抽一袋烟功夫，他和黑佬几乎都没来得及作出反应，就连保安队二鬼子也呆鹅一样傻愣着没能回过神来。后来听说，那帮子人是新四军临江团的，但也有人讲是国军挺进纵队的。他俩本来计划是搞枪，谁料中间会突生这等变故？照讲，这么个绝好机会，只要跟紧那帮人，走了就走了……真的，要是没把那两支枪抛下石灰窑，拿在手里直接干进去参加战斗，肯定会更好。这怪谁呢？

事情过后半个月，鬼子补充伤亡人员。他和黑佬一合计，便进了保安队混到一身黑狗皮，补上别人名当起“黑头鬼子”。

鬼子炮楼修好，四周还筑了一大一小两个土围子。大围子内，环绕万年台是灌满水的两丈宽壕沟，由一道吊桥跟里面高地上小围子相连通。小围子是鬼子出操和活动场所，实际上是个不大不小院落。十来个鬼子住炮楼，五六十人的保安中队住壕沟外大围子里。站岗巡逻的事由保安队担任，一到天黑，鬼子只管绞起铁链，将吊桥扯上去堵住炮楼下层门洞，安安稳稳睡觉。保安队二鬼子手里使的七九式汉阳造，都是鬼子从国军手中缴过来的，吊得黑佬眼睛冒绿火的，是炮楼里那挺刚从县城领来的六点五口径九六式轻机枪。这枪俗称“拐把子”，照门准星，提把结构，上弹方便，比大正十一式“歪把子”和捷克26式都好使，三十发弹夹的容弹量，无论打点射、连射都毫不含糊。就为搞枪，黑佬才拉他进了保安队。

那次，是他的岗。当插在沙盘里第三根线香燃完，快要下岗时，一轮将落未落的上弦月照着，那条白狐又现身了。它不紧不慢踱着步，就在围子里，浑身莹莹地白。当它走到近处时，隔着一丈开外距离，像老熟人般朝他看了看。随后，头颈稍一摆动，眼中晃飘出两点绿光，颠颠地小跑几步，起身一跃，像道白练泻出，越过一两丈宽壕沟，到了炮楼下面便消失不见了。

第二天，炮楼里发生了不小骚动。鬼子和城里指挥部联络的四只军鸽不见了，现场只遗下几支翎羽和星星点点血迹。据说，有两只鸽还在一次什么比赛中得过奖，头天晚上刚从县城飞回来，关在炮楼顶上铁丝笼里，笼子插了插销……鬼子查半天也没查出究竟来。他在一旁看了，心里早已透明，悄悄告诉了黑佬。黑佬摇头说怎么可能呢，除非能插翅飞进炮楼……可是，除了白狐还能是谁?

但黑佬心里倒是活泛开了，便天天留神察看炮楼墙根。几天后一个早晨，黑佬沾一身露水走过来对他说，白狐是攀吊桥上去的，可以照法子一试。

入夜，一弯蒙着薄薄云翳的下弦月似有似无。大地整个裹在昏暗里，凉风顺着圩堤绵绵吹来，远处隐隐有几声狗叫。梆！梆！梆！三更敲过，暗处什么地方响起哨兵瞌睡朦胧呵欠声。一前一后俩黑影从营房钻出，避开岗哨，迅速贴近一堵墙根。他们用那夜猫子一样眼睛警惕地朝四周看了看，一切寂无声响。于是相继弓身跃起，双手搭住墙头攀上，一蹁腿，便骑马似的翻上去，再跳下来也只一点轻擦声。几只青蛙从脚杆边跳起，扑通、扑通入水。稍停一下，其中一个黑影下了壕沟，毫无声息靠近吊桥，举起竹竿将一根铁抓钩挑上去，再双手攀索爬上吊桥。随后，黑影晃动了几下，身子一舒展，嗖地凌空跃起，搭上二楼的射击孔，钻了进去。

鬼子丢了那挺九六式轻机枪和两箱子弹，又惊又恼，暴跳如雷。一大早，保安队二鬼子全被赶到营房外操场上站着，中队长曹大舌头差点开红差挨枪毙，一口咬定夜里“仙姑”来过……鬼子疑惑地看着他，不懂什么是“仙姑”。曹大舌头和夜里站岗的几个人便一齐指着三棵树林子说，“仙姑”是个“大大的漂亮”又“大大厉害的花姑娘”。鬼子当即要曹大舌头领人去抓来。曹大舌头急了，又摇头，又摆手，说这“花姑娘”碰不得，会变化，是一位女天神，根本无法抓住……大日本皇军不是也最尊奉“天神”么？

鬼子不甘心，午后时分，从县城调来一条小牛犊子般大狼狗。那狼狗在炮楼周遭嗅了一遍，一声低吠，鼻子贴着地面颠颠跑出去，转了几圈，便照直不打弯朝正南方向三棵树林子一溜小跑去。鬼子立刻拉开战斗队形，让保安队的人也端枪跟后面。糟了，事情要坏在这畜生身上！黑佬绷紧脸，两眼直盯着狼狗吊悬在后胯间那挂滑溜溜粉红肉团，似在算计怎样拿它当下酒菜。

进了林子，颠颠跑在前头的狼狗，突然鼻子离地，叉开腿脚，身子古怪一拧，打出一连串喷嚏，顿失神采，显出一副瘟头瘟脑相。任凭跟在后面牵皮绳的鬼子怎样吆喝，抖绳，从口袋里掏出包了纸的牛肉干喂……那畜生就是缩着颈脖，不肯再向前半步。鬼子相互觑了一下，便将狼狗牵到一边，下令保安队的人一齐分头搜索。一直捣腾到天黑，看看实在没指望了，才悻悻地收兵回炮楼。

在林子里，他们所有人，包括鬼子在内，都领教了一种难以忍受又无法说清的气味。那气味肆无忌惮充斥空中，充斥落叶草茎间，使你不得不捏紧鼻子掩避……奇怪的是，那股冲天熏地的狐臊气，实际只是一道丈把宽防线，跨过防线，就没有了。但气味实在太厉害了，只要你从中穿过，熏了脏腑，便同那狼狗差不了多少，瘟头瘟脑连颈脖都缩下去半截！

儿子，这些你都相信吗！

也许现在是相信了。经历过自己的风雨人生，儿子早已不是当年那个不谙世事的稚苗毛头少年了。儿子只是不相信那是一条真正纯白的狐狸。许多事，得经一定磨折和到了年岁才能理解。多少次，他想鼓起勇气跟儿子把那层窗户纸捅通……但一直都没有找到合适时机。人言落日是天涯，似乎，无论是鸽还是鸠，再也不会从他黄昏的天幕上飞过了。

那天吃早点时，儿子捏住筷子紧瞄着他瞧，说他脸上气色不对，得去医院查一查。儿子似乎一切都是准确的，打电话叫来单位小车，送他去医院一查，果然严重，除了陈年旧月的风湿症外，还查出已引起心脏瓣膜严重病变的慢性心肌炎。儿媳妇当即给办了住院手续。

一个多月躺在医院床上，思绪像一只风筝，常常无端地飘回三棵树……在那片遥远的林子里，啄木鸟在树干上悠闲地敲击，蝉和画眉在唱曲子消磨时光。他旧疾未除，神魂颠倒地又害上另一种病……先是心里隐隐地如有小虫子搔爬，接着，是刮、是刨，折磨得他口干舌苦，茶饭不思。直到前天夜里，又眼睁睁看着那条白狐飘飘逸逸来到他床前……醒来后，六神惶惶，自知魂魄如丝，悠悠出窍，已让那条白狐给引走了！

天意茫茫，再也没有比这更澄澈、更透亮泄下的一种兆示和感应了。

因为接二连三出事，炮楼换防来另一队鬼子，是从南京方面派遣军总预备队抽调来的，也是一个小队，十四个人。领头的叫小林，除了在太平洋战场上负过伤，好像还受到过什么军纪处罚，领章上一框一线，没有星，是个准尉。小林神情忧郁，每日天麻麻亮起床，吹哨子出操，领着一队穿黄衣的鬼子和一队穿黑衣的二鬼子在大围子操场上绕圈子跑步。跑完步解散，就一人留在操场上嗨咿嗨咿地打拳踢腿。问黑佬是不是描摹的中国少林功夫招式？黑佬鼓愣着眼摇头。小林还能持毛笔写地道的中国字，且是一手刀砍斧削的魏碑体——说中国和日本同文同种，也着实有几分道理。他因为小时念过几年私塾，拿来笔墨纸张也能对付，所以和小林能指指划划说上几句。就凭这，小林后来指名叫他干上司务长。

给小林临时充当翻译的姓邱，跟鬼子一样吊丧脸，着屎黄军服，戴两边有屁帘的战斗帽，领章上三颗豆，上等兵。背后，众人都喊他“邱鬼子”。“邱鬼子”嗜好打猎，枪玩得活络，常常跟小林比赛打一百二十步开外酒瓶子，用三八大盖打树上麻雀，麻雀头打飞，身子却无损。打多了，就叫人剥皮蘸盐放火堆上烤了吃，一口一只，连骨头嚼。等他们知道黑佬枪也玩得精，比赛时常把黑佬也叫上。黑佬爱理不理，接过枪推弹上膛，叫打就打，打了也懒得去看，听别人捡起死雀大声嚷好枪法。黑佬还和小林还较量过几次拳脚，弄得脸红脖子粗，互有胜负。他劝黑佬犯不着较那号劲，惹得一旁小鬼子个个吹胡子瞪眼，谁知道会不会闹出什么事来。“什么事？能把老子鸡巴啃了?!”黑佬总是不当回事。

这帮鬼子一上来，同样也栽了一回。那一次，他和“邱鬼子”驾辆胶轱辘驴车，从城里拉鱼回来。寒冬腊月，东北风刮得呼呼响，打着旋直往颈子里灌，大阵大阵的雪老鸹聒噪着黑压压飞过头顶。路上一个行人不见，“邱鬼子”怕碰上劫道的新四军，一路上不断催他加鞭快走。

前面已模糊望见三棵树林子。突然，路旁沟坎沿上有一团白色物体，“邱鬼子”同时也瞧见了，从身后拍拍他肩膀示意停下。原来是那只白狐，死了，头垂向路边，厚厚长毛被风吹得一拨一拨翻旋。这种灵物也会死？而且死在大路旁……他心里正犯疑惑，“邱鬼子”已咚一声跳下车，走过去先辨认一番，用脚尖拨了拨地上死狐狸，还未僵硬，毛色银光熠熠，洁净明亮……真是一只稀世罕见的狐狸。“邱鬼子”乐了，随口打出唿哨，喊了一声：“雪狐!”双手将死狐狸提到车上放在身后，一扭头朝他催道：“走，快快的走!”

他一扬鞭子，冻得直打哆嗦的毛驴立刻撒开四蹄，胶轱辘车便哐哐啷啷沿着硬邦邦冻土路往前疾驰。天地间一片阴沉灰蒙，风更大了，裹夹着铁砂子一样的雪霰，打在脸上睁不开眼，喘不过气。“邱鬼子”坐在车上，把脸转向一侧，背着风，脑袋缩进竖起的军大衣领子里。

当他听到了一声异常响动，回过头看时，惊得差点失声叫出来，只见那白狐正连叼带拖把一条两三尺长大青鱼推下车。仿佛知道有人看它，那灵物斜眯一对女人般花花媚眼朝他一闪睇，并且富有暗示性地舔了舔嘴巴子。接着一个纵身，轻灵跳下去，循着来路，似一道白烟消失在风雪中……

他和"邱鬼子"整整丢失了十条大青鱼！你瞧，那灵物也知道取整数，害得鬼子过年都没吃上东洋老家风味生鱼片。"邱鬼子"挨了小林好一顿训斥和讥损，更是整日阴沉着脸，咬牙切齿愤恨至极。下夹子，投毒饵，没事便带了枪去林子里守候伏击。

那天，"邱鬼子"下的一只铁夹子不见了，现场留下一片乱七八糟梅花形脚印，还有点点滴滴洇开在雪地上血迹。"邱鬼子"一高兴，又像上回那样脱口喊出一声"雪狐"，不由分说，拉了他循带血的脚印追踪。来到一口低洼水塘边，万万没想到，出现在坎沿下竟是一只颈毛竖起、满眼惶恐和绝望神色大黑狗，染血的铁夹正拖在滚满雪尘的左侧腿胯下。"邱鬼子"扫兴至极，抬手一枪打死倒霉的黑狗，连夹子也不要了。雪封冰冻的水塘白惨惨地泛光，斜插着一些零零落落枯黑荷杆，一只受惊吓的黄鼠狼从冰面上急匆匆跑过，快到对岸了，也被"邱鬼子"一枪打得连同冰渣雪雾一起飞起来。

正当他们转过身，忽见不远处一个刚才经过的"雪堆"似乎有异……那"雪堆"上竟然嵌着两颗闪亮黑点。待仔细看，"雪堆"却活动立起，抬起一张尖鼻细眼的长三角脸，怡然自得地朝他们嗤笑哩！

"邱鬼子"脸色遽变，端起枪，想都没想，对准那双眼正中部位狠狠一抠扳机——"砰！"竟然没打中。白狐一抖雪尘，叉着四条腿稳稳立在雪里。"邱鬼子"近距离内向来弹无虚发，而且，那子弹确实正对白狐脑后直线雪地打出一个碗大黑窟窿……这实在叫人大吃一惊。"邱鬼子"愣了愣，咔嚓一声再次推弹上膛，稳稳抬起双臂，"砰！"又是一枪，冰冷的阳光跳弹跌宕了一下。两人都清楚看见，几乎枪响同时，白狐竟能一闪脑袋，避开子弹，迅疾得令人难以置信……两枪都没打中，"邱鬼子"脸上一阵抽动，傻了一样立在那里，张大嘴，喷出一团团乳白雾气。

白狐若无其事伸了伸腰，优雅地看了他们一眼，抖一抖身上雪尘，转过身，踩着一溜匀称碎步不慌不忙跑开了。它仿佛知道身后"邱鬼子"咬牙切齿又端起了枪，立刻一个蹿跃，正好从一处高坡上弹出，借着那股劲，前后腿拉开距离，一起一落间，抛扬起团团雪尘粉雾，尾巴平直拖在后面像一支白色箭羽，跑动的身姿异常矫健、优美。只一会儿工夫，便消逝在银色的泛起淡淡霭气的雪野上。

他万万没有想到，就是为了打那只白狐，黑佬死了。

是蚕豆开花的时候，新鲜的柔绿，疏落犹如薄雾，小麦长得能埋住田垄里野狗脊背了。那阵子，黑佬常请假出去，像有什么事瞒着他。问紧了，只是说有人给提亲，定落下来后再全部告诉他……

对于黑佬的死，直到现在，都无法弄清原因。别看黑佬平时一副大大咧咧、满不在乎样子，实际上却异常机警。黑佬一定是遭遇了意外……

记得那天在现场看到除了黑佬的血，另外还有一缕血迹洒向林子深处，一路踩倒许多杂草。逃走的是人还是兽？又是谁开枪打伤的？那些内幕，怕是永远无法搞清楚了。但有一点可以肯定，他从炮楼下到围子里出来，听到枪声共有三下，第一声是三八大盖，清脆圆润，滑溜溜的；紧接着响了一声，沉哑而粗浊，被阻塞似的，像是那种圆弹头短枪打的……间歇一阵，才响起最后一声，又是三八大盖打出的……黑佬究竟是哪一次枪声里给打中的呢？

其实，出事前，他就有了预感。那天夜里，鬼子从炮楼开枪把福保子针匠打死了。福保子针匠本来有个清清秀秀女人，也是做针匠的，月子里被几个鬼子奸污后，就拖着一路血迹挣扎爬到水缸边，一头扎入没再起来。剩下奶伢子，嚎了两天两夜活活饿死。福保子针匠疯了，泥头垢面，拖一根开裂的竹竿跑到炮楼下哭一阵笑一阵，声音像一口黑洞洞深窟那样阴森瘆人，有时彻夜号呼不休，搅得鬼子和保安队的人日夜不得安宁。鬼子是在后半夜打的，机枪点射，打出十多发子弹，才把那哭一阵笑一阵时高时低瘆人声音打没了。

就在那天夜里，鬼子后来补充的那挺七点七口径九九式轻机枪又被人弄出来，扔在炮楼背面壕沟旁草丛里，不知什么原因没带走。还有，那条白狐竟然也凑热闹赶来光顾炮楼，将鬼子小伙房里吊着的十多斤牛肉全叼走。那时天已有些薄亮，保安队一个叫马小九的岗哨发现了，追后面打一枪……偏偏就炸了膛，马小九半边脸连带一只耳朵都被揭去了。

操场上，小林阴沉着脸，口里骂着“八嘎亚鲁”，抽那几个站得直挺挺鬼子耳光。曹大舌头和几个小队长陪站一旁，学着鬼子挺胸收腹，眼睛却止不住往两边乱瞅……一阵脚步声，黑佬带几个人从外面跨进来，找到站在一旁的“邱鬼子”，附耳说了几句什么。“邱鬼子”听完，朝黑佬认真瞅了瞅，又走到小林跟前咕噜一番。小林点点头，做个手势，立刻跑过来两个鬼子，交代一番，两个鬼子脚跟一碰啪地立正，喊声“哈伊”，便同黑佬和“邱鬼子”一同出去了。

事情弄得神秘兮兮，连曹大舌头也不明就里，鼓愣着眼珠子，搞不清黑佬鼓捣什么。那会子，他就站在不远处营房土墙下，黑佬走出时，朝他轻轻一咧嘴。黑佬是尊黑脸金刚，平日很少笑，因此那模样有点怪……他就预感到要出什么事。

傍晚，太阳快坠山时，他们去了林子里。临出围子时，“邱鬼子”才转身告诉曹大舌头，是打白狐去，神情也分明有异。一共五个人，黑佬在前，随后是小林、“邱鬼子”，还有两个开枪打死福保子针匠的鬼子。一行人头顶天空，布满少见的炫目的红鲤鳞片般云彩，似乎透出一种灾难的预示。

他不放心黑佬，一时又想不出好办法来。偏就在那时，曹大舌头龇一口大金牙走过来，硬把他拖进一间屋子，桌上有磨好的墨，旁边摆着一块黑底起大红团花缎子，还有一张裁好的红纸。曹大舌头说明天去县城办给养顺道给老丈人上寿礼，要借上大司务墨宝，好添添彩头……他推脱说小林字写得好，日本人墨宝手迹更有面子。曹大舌头直摇脑壳，说小林惹不起，要是上来驴性子，把寿帐写成挽帐，硬要你送去你敢不乖乖照办！“这年头，日本人是天王老子……其实算个鸟呀，还不是我们秦始皇派人去点瓜种豆传的种。这些灰孙子该认我们做祖宗才对！他妈的算倒账了，老子偏就不讨日本人烂膏药贴！”

好不容易把曹大舌头对付完，正要走出门，便听到三棵树林子里响了两枪，他心里一沉，愣怔片刻，撒开腿迎着西北天空一大片泼了血一样炫目乱眼的晚霞向林子里跑去。第三声枪响传来，他脸色大变，狂奔了起来，以至跑近林子时，几声叽哩哇啦喊叫和擦着他的脸颊飞过一粒子弹，也没有引起多少感觉。

首先映入眼帘，是一前一后两个横躺在地上的鬼子，浓重血腥气直冲肺腑。小林从不远处一棵树后转出来，看清是他，才慢慢放下端在手中的步枪。小林一只眼睛乌青肿胀，脸颊有一道外翻的流血裂口。“邱鬼子”靠在对面一棵大树干上，一只胳膊垂悬着，像是折断了。再往前，他瞧见了仰面倒在血泊里的黑佬，两步开外处是那支二把盒子……黑佬胸口中弹，还未断气，身上血液粘住不少树叶。黑佬不断挣扎，想要抬起头来，每抽动一下，鲜红血泡便涌出嘴角。看到他走近，那一双暴愣变形的眼睛里，浮光骤然一拢，收成一束寒凉异常光芒，直直地射向他的身后……

他的脑壳里给掏空，竟有好一阵子懵然不知所措。

小林和“邱鬼子”从后面走过来，立在旁边一直注视着黑佬断气。小林一语不发地俯下身从地上捡起那支溅血的二把盒子，卸下弹夹，一粒一粒退出子弹。他看清了，一共五粒……不知是没打响哩，还是根本就没搂动扳机。他的喉咙里仿佛梗塞着什么，吐不出半点声音，血液一阵阵涌动冲向头顶和十根指头……

小林将退出的子弹连同二把盒子一起递给“邱鬼子”，整了整军帽，双腿并拢，出乎意料冲黑佬鞠了一躬。然后，抬起头端端正正大步走出林子，沉浊脚步声伴着枯枝被踩折的声响……

开始昏暗下来的林子里光线中，不远处草丛间，隐约有一缕血迹洒向林子深处。而在那前面，有一只鸟正悲悯而凄苦地一声声啼叫起来……

黑佬进了面前这座坟茔，是他亲手埋入的。黑佬头发干爽、胡子拉碴，身子好硬好沉呵，为了搬动，他差不多弄伤一只胳膊。虽是给黑佬换了衣，身上干结血污却未能全部擦洗掉。出事后好长一段日子，他才告诉了莲姑。他怕莲姑忍不住悲痛，要大哭大闹，甚至怀疑是他起妒意参与了谋害……谁知，听他讲述完，莲姑只是泪流满面说了句：“我都晓得了……”

就这一句话，让他琢磨大半辈子，到头来还是没能琢磨透。他无法知道，在头顶一片密密麻麻的星星里，哪一颗星是黑佬……如今，黑佬还以那样寒凉目光从上界往下瞧着他么?

埋下黑佬后两月，莲姑，他那个眼神幽幽性子已变得几分乖戾的女人，硬是丢下才一岁的儿子，随一个上门化缘的尼姑走了。有人告诉他，那尼姑很像先前的女教书先生。

他向小林告了假，将孩子托付堂婶照料，跑遍附近所有庵堂找，他甚至随一队“朝九华”香客到了九华山。七月三十，地藏王菩萨生日，九华山大大小小寺庵殿堂都在做法事。破衣烂裳面呈菜色的信男善女们，身背香袋，手执炷香，口里诵着“南无幽冥教主阿弥陀佛”的佛号，逢山朝拜，遇庙烧香，一步一跪拜，三步一叩首，把超度苦难和战祸的满眼祈求，一齐洒向这片佛地净土。有一种烧苦香的，嘴颊贯穿一尺多长的银针，针两端悬挂小香盘，手持小红凳，凳上缚一铜罄，沿途敲磬，代替口诵经文，跪地挪行，两膝磨得血肉模糊！望着那些烧苦香的，他心里突然有一阵要流泪的感动。

有这么多香客，自然便有商贩赶来。卖香烛的，卖瓜果吃食的，挑牙虫的，黄雀叼贴测字看相的，还有人面前摆一碗清水和一根刺血针，当场刺破手指帮人抄写经文，以换得一两个钱……虽说在鬼子统治下的荒年灾月，但终究是一年一度“九华老爷”地藏王会，因此还是十分热闹。在一座供奉大慈大悲观世音菩萨的庵堂，一个满脸皱褶的老尼坐在蒲团上，手敲法器，口里喃喃诵出：“烧的是前世香呵，舍一个缘分钱；添福又添寿，五谷装满仓呵……舍一个缘分钱呵，菩萨消灾保平安呵。舍的快，保的快；舍的多，保的多……千里有缘来进香，菩萨看在眼里呵！”他默立一会，摸出一卷纸币投入化缘箱，便转身下山去了。

未到半山腰，却听得山上乱起来，并有枪声响起。人群纷纷往山下涌，说是山上埋伏了鬼子，正在满山抓人，抓混入香客中的“四老爷”（新四军），已有几个背高脚篮叫化子给抓了，还拿刺刀捅死一个烧苦香的……

他满心希望果真能碰上一队“四老爷”，也是仗着身上带有“派司”，就站山路边看着别人都从面前跑过去。先头一群人快要跑尽时，后面摇摇晃晃跑来一个人，学生模样，一只手捂住流血的胳膊……一个端枪的鬼子紧跟在后，边追边叽哩哇啦嚷叫。山路狭窄，他闪在一边，让过负伤的人，等那鬼子擦身边跑过时，出其不意伸腿一绊，鬼子摔个大马趴，枪也跌脱手。他纵身跳过去，弯腰抓起一块石头照准脑袋就是几下。当他站起身，看到那个年轻人正回过头惊异而感激地朝他望着……可是，没容他们说话，山上又有叫喊声和脚步声传来，他将地上死鬼子拖到一块岩石后，做个手势，两人分头跑开……

从九华山回来，他没有再去寻找莲姑下落。莲姑说过，她痴心错付，换来一段姻缘，这是命中注定的，再勉强下去就没有意思了。黑佬周年忌日，他携了一壶酒和几样菜去上坟。自然又是夜晚，一轮残月穿行云间，时隐时现。风吹草动，满林子树叶一片窸窸窣窣响。

远远地，看到坟头似有人影晃动，还有若断若续的女人哭泣声顺风飘来，像沙子一样簌簌抖落林子里。待弄清确是有人，他已能猜出是谁了……于是，悄悄走了过去。

忽然，什么地方传来几声尖细狐鸣，刚好一块乌云飘临头顶，林子里顿时幽暗下来，仿佛坠入深峡……待月亮重新钻出云层，眼前却什么也没有了。方觉那几声狐鸣有点蹊跷，看来，不止来了莲姑一人……他四处望了望，急忙朝前追去。神差鬼使，前面一棵大树下，竟又转出那只白狐！月光倾洒在林中空地上，把它的皮毛照得一片银光闪亮，如花朵无声爆裂。它的头稍稍偏着，仪态仍是那般优雅，从容不迫……难道那天它没给打中，洒在草丛间不是它血迹？

那片林子，那个陷阱，掉进去的人都没能走出来。他，黑佬，小林和“邱鬼子”，还有那一小队横眉愣眼的日本兵，全都没能走出来……甚至就连后来当了国民党芜湖县自卫队中校总队长的曹大舌头，解放后抓获归案，也是押到三棵树林子里执行枪决的。

"邱鬼子"死，他全部看在眼里。那天午后，"邱鬼子"精心地擦拭他那支三八大盖，连原本就黄灿灿的子弹也一粒粒擦过，末后，挂一架望远镜在胸前，跟岗哨说了声，一个人提了枪往林子里去，自然又是去伏击那条白狐。他也提一支枪，悄悄跟了去。岗哨只当两人一道的，问也没问一声。

傍晚，林子里一丝风也没有，静得出奇，草虫叫声远远近近传来，显得分外安宁。正是洋槐花吐穗时，空气中弥漫一片清香，几只野蜜蜂迟迟不肯回巢，仍在柔和光线里嗡嗡飞舞。他选定一个非常理想的位置，把枪架在一棵正好齐胸口高的树杈上，那是绝对的把握。他眯上一只眼，瞄准目标心脏部位，深吸一口气，勾动了食指……

枪声在寂静林间响如炸雷，"邱鬼子"像一只大鸟那样古怪地张开双臂，飞起身子撞在一段树干上，一个漂亮的侧后翻滚跌落在地，身子弯弓一般向后绷成半圆，尔后，腿一蹬直便定住不动了。浓密的树枝头，扑喇喇不断响着鸟雀惊飞嘈杂扑翅声。

他很清楚，"邱鬼子"中的那一枪绝不是他打的，他虽然搂了那支中正式扳机，却只喀嚓一下，搂了一粒臭瞎火……原来，他的几粒子弹全让人做了手脚——拧开弹头卸去火药，不发火，哪还能抠响！怪不得"邱鬼子"明明晓得他跟在后面，却装做一点没觉察……真是好险！不知黑佬那回是否也遭的这暗算？但黑佬的情况肯定比这复杂得多。

那个在暗地里开枪打中"邱鬼子"的人是谁？为何没有出来同他相见？好长一段时日，他都在心里想这事……那一枪到底从哪个方向打来的，始终都没能搞清楚。

鬼子投降那年，春天里油菜花开得好盛，金灿灿一片，直黄到天边。

三棵树林子里又闹起了"白毛仙姑"。先是几条野狗嗅多了花粉，传上疯癫病，在林子边狺狺地追着厮打，咬得毛絮一团团翻飞。不久，炮楼里鬼子也一个个中了邪，青天白日的，口里喊着"花姑娘"直往林子里扑，扑进去就再也难出来。为此，小林枪毙了一个擅离岗位的家伙。鬼子越来越少了，"八嘎亚鲁!"小林气得哇哇直嚷。

保安队情形更怪，一个姓朱的小队长三四天前带人去林子里放游动哨，回来后竟口不能语，且一听到讲水就惊恐得跳起来，哑着嗓子像狗那样吠叫。别人说，是肚子里长了小狗，小狗一大，就会又抓又挠。到后来病重，浑身哆嗦，双眼通红，逮谁咬谁。被咬着的人，数日后同样发病，也哑着嗓子像狗那样吠叫……一时间，闹得人心惶惶。小林让曹大舌头发点钱，通知病人家属领回去……那个姓朱的小队长原是国军一〇八师溃兵，河南人，天晓得家在何处，于是在一个黑夜，曹大舌头命人用挠钩子挠了病人拖到野外，挖坑埋了。

端午节那天，伙房加了菜，喝过雄黄酒，吃过午饭，曹大舌头一扬手扔掉剔牙花子小草棍，全副披挂，穿戴齐整，传令在大围子里结合保安队的人。立正，稍息，点名报数，原来六十人粮饷，眼下只剩四十三人领受。曹大舌头吸足丹田之气猛喊一声："立正——"从排头看到排尾，又从排尾看到排头，随后简单讲了几句，宣布哗变后，便拉上队伍沿河堤往南开去。小林那天去了县城，炮楼里一共才有五个鬼子，没敢开枪阻拦。

两天后，曹大舌头拔掉了九连湾一处二鬼子据点，当晚在宿营地却遭到鬼子从县城派出的一个中队的袭击，还有原系国民党川军一四四师后来投了日本人改名"皖南独立方面军"，也派了一个连配合鬼子袭击。队伍给打垮了，他带上一支三八大盖回了家。

那个秋天，正是摘菱角时候，小林在三棵树林子里切腹自杀了。他去看过，小林龇牙咧嘴歪倒在一棵大树下，血糊糊切口里流出花白肚肠，浸泡在一大摊黑红浓血里，那把切腹的指挥刀斜插土中。一台望远镜、一个图囊皮包，还有那支郎八式手枪，连同摘下的军帽一起挂在矮树枝上。脱下来军装挂在稍高处，被风一鼓一鼓吹起，像要飞走的一只大鸟……

当晚，炮楼起火，烧了大半夜，烧得弹药噼叭炸，映红半边天，如同点了一支大火把。据说，是白狐甩尾巴溅出火星烧起来的。火势最盛的时候，许多人都看到那只白狐拧头摆尾跳舞般在大火中来回蹿跃。

烧了鬼子炮楼，他带着那支三八大盖加入南繁芜游击队。一次，国民党新编独立十三旅“清剿”他们。突围时，在总队部警卫连，见到了那挺他和黑佬从炮楼里搞出又差点叫鬼子狼狗找回的六点五口径九六式轻机枪。经过无数次战斗，枪身早已面目全非，但枪托上烙着的01333号码仍然清晰。他自然对谁也没讲过那挺机枪来历，讲了谁会相信呢。

刚把大军迎过江，替他收养儿子的堂婶去世了。为了儿子，他放弃去华东军政干校学习的机会，又回到三棵树。

时光流转，世事更迭，原来那片林子已消失无存。一九五八年林子被狠伐几回，元气大伤。从此一蹶不振，逐年萎缩。那回几千人忙活一冬一春，满打满算整弄出一千一百亩“大寨田”……红红火火，吹吹打打，“喜报”送上去，就有一位省里大领导顺道来视察。大领导神色威严走进人群，接过一把大锹，让人拍照。不料他却作怪，突然认出这不就是鹭鸶腿痦子班长么？那阵子人瘦腿长，挂右嘴角那颗痦子也小得多，哪有眼前这挺胸凸肚的威沉气势……

他心头强烈地冲撞着什么，为黑佬抱憾，深感命运不公平！黑佬那晌子也是班长，是教导队的班长，甚至受过叶挺军长赏识和传令嘉奖。黑佬在东流山脚下激战中还代理过连长……他那么傻眉愣眼望着大领导，使得负责首长安全的具有高度革命警惕性的民兵们猛然想起他身份，当他八成是昏头想要作死了，照腰眼狠踹一脚，低声呵斥着将他拖到一边。

这一切，痦子班长自然没能看到。就是看到了，做梦也不会认出他来，更不会想到，就在这旁边，还睡着一位曾狠狠瞪过他几乎要跳起来揍他一顿的刘黑佬……

这是天意，还是人意？命运的底牌，谁也无法看清呵！

水能流逝，黑夜也能流逝。水朝江里海里流，黑夜朝什么地方流呢？那么多年的黑夜，流聚到一个地方，会是什么样子？

按理说，越是黑得深透的东西，才越亮……有黑亮的夜么？有，就在三棵树，所有经历过的夜晚，所有记忆中折叠的万千个瞬间，带着那些心酸与沉郁，那些挣扎与绝望、心痛与惨烈，一窝蜂地从四面八方朝这里流来，在这里凝聚，在这里沉落……

远处，传来雄鸡报晓的啼鸣。

仿佛有一个恢宏神圣的声音，从无限高远的上界传来，钟声般在他头顶敲响！

他眼前突然又幻现出那些熟识的山峦、村庄、树林和流水，另一个世界，另一片苍穹，甚至那炒豆子般锈蚀斑斑的枪声，以及那个四月天的黄昏……心头暖暖地一颤，麻酥酥的，有点痛，有点苦，又有点甜润，说不出是快意还是惆怅。他很想清一清嗓子喊出或唱出一句："三棵树呀……哦哦，月亮月亮哦……你快出山……啦……"

就在这时，重重地，有什么一步一步朝心头走来，已预感到什么，他要费力地再看上最后一眼……忽然，眼前一亮，一道白光劈开混沌——

"白狐！"

怎么又是那条白狐？

㊂

罪孽

昏朦的月光，无法照彻暗黢黢原野和村林。蛙声断续，微风时拂，水稻扬花的芳香裹着厚重湿气在四周漫漶。

一个身形壮硕斜挎白布包袱的黑衣人，大步流星走在林都圩沙河边陈家湾大埂上。拐个弯，不远处，就是流水闪烁的渡口了。一棵状如巨魔厉鬼的大树从埂脚底耸上来大半个身子，横跨路埂，朝外河探出枝丫。黑衣人刚走到树下，枝间突然挂下一黑影，举刀照头便砍……寒光闪过，随着一声闷哼，人已给砍翻。鬼魅一般的黑影自树上跃下，割下头颅，卟通一声扔到黑处河水里。扯起那个白布包袱，从里面摸出几样东西看了看，直起身将包袱挎上肩，再一脚踢开尸身，朝着已有鸡鸣声传来的渡口方向走去。这黑影行事十分剽悍利索，却是一个矮小个头的人。

次日大早，一个让人惊骇的消息传开了：江北帮大佬陈老侉不知被何人剁了首级，暴尸河滩上！陈老侉白昼做木材生意，夜里是个抹胡子，领着一帮烂命一条光棍一根的人，脸抹锅底灰，头套马虎帽，干了多年打家劫舍勾当，却这般送了命。

自有知情人透露原由：日本人打来，芜湖县政府逆青弋江而上退移至方村。陈老侉结识了县自卫队一名队长，两人私下商量好，交易手枪两支、子弹一百发。这天晚上，他有意没带跟班，先在一个相好家里喝过酒，一觉睡到下半夜，翻身爬起，往腰里别上手枪，背了银元直奔方村取货。不知如何走漏消息，被人砍掉脑壳，死于非命。

陈家湾无头案算不得悬案，有人当即掐准是张正道干的。一年前，张家起屋，在陈老侉手里买过一堆木料，却明显不够尺寸，就把货退了。孰料，当晚便有壮汉上门，空咚一声把一个淌血水包袱扔桌子上，说陈掌柜的礼物一定得收下！来人走后，打开包袱，是一个刚砍下的狗头，龇牙咧嘴死相狰狞。为此，张家不单重又将木料拉回，赔了违约金，还在一次看戏时老父的腿不明不白给砸断，瞎眼老娘在家被人放火烧死。张家的儿子张正道在屯溪警局当差，无端遭解雇，回家后，发誓要报仇雪恨。

张正道可不是善茬子，头小额窄，高不盈四尺，却能跟你玩命，打起架来身形飘忽，出手奇快，还没出道时名声就传开了。沙河港对面，同心圩外徐铺着数百上千亩草皮荒滩，江北帮要围坝造田，行洪受阻，水道不畅，弄不好就会让滚滚黄水漫破堤埂。这可是要命的事，但江北帮势力强大，很难对付，人们群情激奋却又束手无策。他们已有好几年赛龙舟输给江北帮了，江北人划船使的桡子柄短而窄，打架挥劈起来十分顺手利索。就在此时，唇边刚长出绒毛眼神已见犀利的张正道站了出来。拦住来小河埂视察水情的五六位长袍马褂圩董，虽出语寥寥，却目光不善，坚定要他们领头召聚几村士绅向县府请愿；随之又出谋划策，说可以找人多制几份假田契，放到灶头烟囱里烤黄做旧……最终，一纸诉状告到法院，官司打赢，江北帮堤坝未筑成，还赔了一大笔钱。张正道年轻桀骜，有一种未经驯服的青莽之气，权谋却如此之深，令人刮目相看。

陈老侉同伙吃定张正道作案，要追杀他，国民政府自卫队更要缉捕案犯。蝉鸣噪人的早晨，十多个沉着脸的黑衫人，手里各拎一把短枪，封住了张家前门和后门。见屋内有打赤膊一老一少两人在吃饭，就大声吼道："你家还有人哩？" 高才及人肩的年少小孩似并无惧意，答道："我哥在茅房……我去喊他。"起身朝屋外喊："哥哎，有人找你！"当他走到院子侧房夹墙边，光身一拱，赤溜挤过去。那些黑衫人感觉有异，想去追，却无法通过狭窄夹巷，待返身绕到院外，哪里还见人影，早消失在河滩边一片茂密柳树林子里了。

民国二十九年冬，十一月初七，芜湖沦陷。雁叫声碎，西风冷冽。三战区国军一〇八师、五十二师远在百里外的水东、周王与赤滩河一带，战败的川军勉力防守着宣城、南陵、繁昌一线，处于虎狼险境，疲于应对，苦苦支撑。兵荒马乱，百姓遭罪，政府自顾尚且不暇，哪还管到社会治安？无良之辈纷纷出动，打家劫舍，杀人越货，为害最甚的当数川军的散兵游勇。他们本是出川抗战的热血男儿，同日军打下几场恶战，惨败后，士气一落千丈，军纪涣散，加之不能及时获得给养，怨蒋惧日，破罐子破摔……一批败类携枪流落民间，干起剪径劫舍的勾当。本是受欢迎的抗日战士，变成人人唾骂的“槌子”。

这些人兵不兵，匪不匪，白天截路，三里一岗，五里一哨，间或钻进村子敲诈勒索，瞅见谁家妇人长得周正，就赖着不走。到了黑夜，暗处响着水流，也暗流着罪孽。一拨又一拨踢踏作响脚步声，叫人胆颤心惊，说不定啥时屋门就被一脚踹开。所有的狗都像被人掐住颈脖畏缩不敢凶叫了，见到两三结伙的便夹紧尾巴逃远，獾子、野猫和黄鼠狼趁着浓黑夜色往村里跑。常常天亮一开门，就听到有人扯着嗓子嚎哭报丧，或是跳脚咒骂“摊炮籽籽的”“洋枪铳的”。

世路难行，枯草茫茫。这天，资福河下游沙埂上晃荡过来三个端枪的家伙，一路搜寻打劫目标。突然叭地枪响，后头一个应声摔出丈余远，滚落埂底，抽搐身子，腿伸了两伸就嗝屁了，比一只鸡死的速度还快。隔日，源潭桥埂上，两携枪人截住一布贩。正当下手洗劫，又是叭勾一枪，打趴一个，那一个把枪一扔，空手跑得像是撵兔子！朱家柞小圩里，有难民两兄弟，兄已结婚。寒星闪烁的夜晚，几个强人破门而入，把兄弟俩捆成一团，扯出女人正欲奸淫，却从窗口射进数弹，打个正着……金阁小街的檐牙斜挑上一弯新月时，来了三四个川兵，要吃要喝要女人赖着不走，旬日之间，最后一名暴尸野外，残月犹在天边。

春雪过后，大地解冻。历经生命沧桑的小草，一点点地向上生长，原野上麦苗和油菜都在返青，一片绿意腾跃，空中开始弥漫野花的芬芳。为非作歹的恶徒，好似背上已经插上亡命牌，必死无疑！天天有传闻，奎湖打死了槌子，马家园又有川佬毙命，仙坊附近也发现了尸体。在南陵东北六乡，只要有操骂“格老子”的匪徒出现，就有吃暗枪的可能。川军团长张昌德从县城派出人马搜索，也只能日出而行，日落而归，没人敢在乡下过夜，谁愿黑地里吃枪籽翘辫子？杀神像幽灵一样，来去如风，无处不至……到底是谁呢？传言是天神下凡，专治人间罪孽，他左青龙右白虎，老龙在胸口，人挡杀人，佛挡杀佛！

张昌德自然不是吃素的，传令一定要拿下此人。初夏的傍晚，天却有点冷，几朵琥珀色云挂在天上，两个背长套筒步枪家伙坐在秋谷桥路边歇息。突然，子弹啸音破空而至，一人仰毙，一人趴伏。几乎是同时，十多个川兵从隐蔽处跃起，呐喊着围撵向圩心里逃去的枪手。他们一边射击，一边大喊“格老子！快追……逮活的”，喊声刺耳之极！

一逃一追，眨眼工夫就跑出五六里地。擦黑时分，枪手逃到下许村圩埂上，一脚踩空，摔伤腿。眼见已难逃出生天，趔趔趄趄挪入前面林子里，恰有一黑破草屋，泥墙脚底狗窠洞泄出微弱灯光，情急之下，一低头钻了进去。屋子里，一盏油灯闪着昏黄的光，勉强能看清床上倚坐着一个毛巾扎头的女人。

突然有人进入，女人慌问：“你、你哪个哇？”

“我是杀槌子的人……快救命，后面撵得紧！”

女人犹豫了一下，听到外面汹汹喧嚷，赶紧掀开破棉被，说：“快上来，往里边睏倒。”

屋外咚咚脚步声紧响，木门轰隆一声被踹开，喝问：“有人进来了吗？”

女人给吓倒，顿了顿，有气无力地说：“没得呀……我一个害瘟病的寡妇，哪个敢过来？”

“床上还有什么人？”

“我儿子。跟我一样害瘟病，快断气了。”说着，吃力地撑起身，将破烂棉被下一颗脑袋搂到怀里，“要不要到床面前来看看？”

“日你先人板板，留着自己慢慢照看吧！听到外面有什么声音吗？”

“哦……听见有人跑过去，像是去大村那边了。”

十多个端枪的川佬转身出门，呼啸着向东追去。大村那头，立时狗吠人叫。

“起来吧，没事了。”妇人掀起棉被，“你到底是哪个？”

“沙河港张正道。”

“你，你就是张……就你一个人？”

“就一个人。我向来一人做事一人当。救命之恩，定当报答！”说罢，撑着一只伤腿跪倒在地，重重磕了个响头。

妇人叹口气，说：“你真有本事，真了不起……”

次日一早，一个讯息传得比刮大风还快：杀槌子的人，是沙河港张正道！失踪两年里，他竟然做下了如此大事……田里薅草的，塘边车水的，路边歇担的，还有在村头织布和打砖做窑的，众人都在传播。从此“张正道”的名字，随着天地间一片盎然生机，在六乡家喻户晓风传开了。

不久，许镇联保自卫团成立。团长孙庆和急于网络人才，知道张正道跟着舅舅念过几年书，又在外面当过警察，胆子大，心机深，干练冷酷，一人一枪在六乡境内打死无数匪徒，就派人将他找来，经过一番长谈，安插到自卫团当了团副。

上任不久，张正道又一次来到下许村圩埂头，与他同行的，是从湾沚请来替他治愈腿伤的郎中洪康人。洪郎中医术湛深，祖上六世悬壶，活人无数，一套起死回生的独门绝技“鬼门十三针”，专治疑难绝症。凭着记忆，张正道找到了那间黑破草屋，敲门无果，遂脱去外衣，仍从泥墙下狗洞钻入，将门打开。蚊子撞脸的昏暗中，寡妇躺在床上，似已没气。洪郎中探身除掉塞在泥窗上草团，屋里亮堂多了，随即予以检视，探鼻息，按脉动，自藤篋中取出银针十三枚，分别扎入人中、印堂、百会、合谷诸穴。一气长叹，数声轻吟，寡妇终于活泛开来。唯呼吸急迫，舌苔黄褐，四肢不温，关节僵硬，肿胀的肚腹上满布瘀斑，并凸起二个鸡蛋大臌包，按之似有脓液波动……洪郎中诊得实症乃为热入血分，脾失中焦统摄，遂对症拟了一方。说，我先拿归脾汤底子加减，助气血先动，下回则施以犀角地黄汤祛除实热，扶正固本，当无大碍。张正道接过药方，交与一随从，让他护送先生回湾沚，顺道从他家药柜上配齐方药，并置办一顶夏布蚊帐。又安排人就近寻一老妪过来服侍照料，勿得有误。

洪郎中笑谓，自己今天得了二句头诗：贫有高人施救济，病得郎中说药方。张正道却没笑，沉吟片刻，方道：小时候听人说大鼓书，讲韩信那小子当年贫苦落难时，没得饭吃，有一天饿倒在路边，一个替人漂衣做工的老妇看见了，偷偷喂了他一顿饭。后来韩信掌大将军印，坐貔貅帐，一呼百应，好不威风，要报答当年救命恩人，却遭人家拒绝。我觉得，女人有情义，比男人好，男人多是混蛋，混蛋男人要是犯事犯在我手里，绝不轻饶！

有了头衔名号，名正言顺。许镇联保自卫团团副张正道，带领一帮人时聚时分，神出鬼没地打击各类匪盗鬼魅，深得民众拥护。

一个排的川佬在埭南大堤拦路抢劫，被伏击缴了械，二十来号人全给咔嚓了。据守南陵县城的张昌德大为震惊，痛心疾首，誓报此仇。他派出小股川军，以三五人数条枪为诱饵，大队人暗中相随。撞上商贩或行人亦不放过，他们残忍剥光客商衣服，毒打后再予驱赶。受害者遍体鳞伤，喊天叫地，痛苦万状。

深秋，已经收割过的原野上，少有人走动。午后，一伙子人在埭南大堤劫掠后，竟敢过河来奎湖这边拦路设卡。张正道招来十多人迅疾扑向大堤，从两头卡死，篓里抓鳖，笼中捉鸡。突然，“哒哒哒”声起，两挺轻机枪从外围猛扫过来，正面更有三十多条步枪据高朝下打……当即打死三人，其余皆被压缩在大堤之下。知道中计，张正道大声喊撤。

机枪声、步枪声催命地响，大堤上川军直冲而下，高喊“抓活的”。这边都是些生不认魂、死不认尸的亡命徒，岂能甘心受俘，边回击边往后跑，跑着跑着，不断有人一头栽倒。天将断黑，只剩下张正道一人凭着身小机灵逃进奎湖镇。正好一家屠户在院内杀猪，门半掩，他闪身进屋。大锅里热气沸腾，烧水的人可能去院内帮忙了，见柴堆上丢有一件破棉袄，即扯起往身上一披，坐下就添柴烧水。咣当一声，门被踢开，见只一个小矮个子烧水工，半边窄瘦的脸正被窜跃在灶膛里的火照得通红，一帮川军没说话，掉头急急向巷内追去。

张正道虽然侥幸脱身，但家中瘸腿老父却遭人捉走，吊打至死。得知消息，他朝着家园方向伏地长号，泣血磕头，把头都撞破了！藏起万分悲痛，再次隐身，他旧地重回，跨过荆山河，去了水道迷魂的陶辛圩。上次逃躲县府通缉追捕，谎称是芜湖难民与家人失散，等候家人返乡，这回则说来此投馆求读。蛰伏之下，愈加沉默寡言，唯一双眼睛处处留神。

周边各路武装势力，五花八门层出不穷，有国军、日军、黑头鬼子和帮会势力，有神出鬼没的新四军游击队，有皖南行署绥靖大队和流亡的芜湖县政府机关，有七八条枪十几个人的“司令部”，还有形形色色的便衣队、特务队、挺进军，以及打家劫舍的抹胡子匪盗，等等。谁腰里插着枪，谁就是大爷。是人是鬼皆可要钱要粮，逮住保长就伸手，稍不如意，就把人带走，这世道真是乱透了。因此，有家有室的人，谁也不敢应保长之职。

如商议好一样，保长全由单身汉或二流子保丁充任，遇有办不了扛不动的事，脚底一抹油，溜之乎也。只要保长一溜，便得赶紧走人，在这混杂区域里，谁也不敢久留。滞留久了，就有大鱼吃小鱼蹬腿嗝屁的致命凶险。吃与被吃，猎杀与逃亡，每个角落都是猎场，有人慌急慌忙跑过，就有人在后面吆喝追赶……连狗都晓得夹紧尾巴贴靠墙根走才保险。而太阳一出来，暗地里做生活的皆销声匿迹，老百姓又可安然无事照常营生。

俗话说“人恶天不恶，人欺天不欺”，连着几年风调雨顺，插根扁担都能发芽。田里收成好，仓廪丰实，要粮的给粮，要钱的给钱。对于在火药味呛人的夹缝中余生的百姓们来说，春育秧，秋收籽，花落花又开，只要性命在，日子照样过。婚丧嫁娶，迎神赛会，一样不少，真是其衰无比，其乐亦无比。清晨薄雾散去后，大埂下那些宁静的村落里，缕缕炊烟，缓缓飘升。

距离陶辛圩不远的资福河边，有块落水滩。往年每至秋冬，百余亩柳树林子里，密布各类草棚及露天桌椅，汹汹攘攘，一片牌九骰子及吆喝单双出宝之声。更有炕烧饼、下甜酒酿子以及卖甘蔗、卖麻饼和捶腰敲背唱小曲的，专做赌客生意。后来，日军驻湾沚的川月联队押来一队战俘，在落水滩搞杀人比赛，伏尸遍地，血流成河，要钱场子从此冷落。

虽说十个赌汉九个精，但要赌不要命的还是大有人在。柳叶枯黄，秋阳高照，几粒雀儿的影子在枝桠间飞来掠去，林子下照例又聚齐几帮子人。这里喊"七退自拿三，天门夺头光"，那边厢嗓门更大："托上抹下，双铡天门！"一个环眼凶睛的络腮胡，手敲两方黑亮木盒走过来，口里唱莲花落一般："四块铜板加一木，一面红来三面黑……青龙对白虎，出门生归心，四门宝嘞，四门宝可有人要喔？"

"兄弟，你过来，跟你押根手指头。"

"押你娘的稀毛大腿根！你狗日的活腻歪了？"

"真不是找茬，你瞧那边——"

那人手指处，围了一窝子人，果真有瞧头。一个吊疤眼的癞痢头，把自己左手平摊在一截树墩上，略微一吸气，挥刀将小指尖一节剁下……然后，环圈右手拇、食二指拈起，转身放到赌桌上，指尖正对庄家。那个断指处犹自鲜血淋漓，如拖了一根红线，癞痢头却气定神闲，全程不惊不乍不皱眉，笑眼斜吊跟庄家说："伙家，开宝吧！"

寻人玩单双的凶眼汉环视周遭，堵住一个面颊寡薄的瘦弱小子，敲着牛角盒道："上了赌场，认不得老子娘。小兄弟，试试手气吧！"

"不想试。"

"不想试？嗬，好硬的口气。"空哐一下，凶眼汉把两个牛角宝盒朝脚前一丢，说，"那就帮大爷捡起来！"

对方没理茬，起身往林子外走，却被一把扯住了衣领。凶眼汉举起醋钵大拳头正要砸下，不料一支黑洞洞枪口已抵到下巴上。冰冷的声音响起："要犯浑？"

跟变戏法一样，凶眼汉压根没想到会碰上硬茬，也根本没看清人家是怎么出枪的……凭着常年在生死边缘混迹的直觉，当即身子一矮，跪倒在地，口里连呼："小的瞎了眼！好汉饶命……"接着，就连扇自己巴掌。

“老子今天不想惹事，算你运气不错……滚!”

瘦弱小子收起枪，拧着眉，看也不看继续朝林子外走去。一个时辰后，已来到保沙圩一个小村里，斜对面，隔河就是南陵县泰丰圩。他是应人邀约过来的，踏进一幢外八间大屋，正要迈入厅门，没料到照壁后闪出两人，一下将臂膀把住，动弹不得。

“放开。晓得我是谁？我是上门做客的!”

“知道你是张正道。老朽邀来的客人。”一干瘪老者缓步从屋里踱了出来，一双枯眼，一头萧萧灰白的发，说话带点外乡侉音。

“你为何人?”

“我嘛，是别人的门客，称先生也未尝不可……《曲礼》谓：从于先生，不越礼而与人言。先生，老人教学者。”

“哦，是西席先生。幸会!”

“不敢。被人延聘来此坐馆，一介腐儒塾师。每日里教授四书五经，兼讲《东莱博议》《古文观止》，换来琅琅书声，给田园平添几分雅趣。可否移步至舍下小酌几杯?”

张正道看了看这个下颌尖削的侏儒老人，心里大约想：和他相比，我还不算矮哩……随即把头一点。上来俩精壮汉子，一个搀起老者，一个在前引路。前行半里路，过一道木桥，四围壕水深沟，自成一番格局。踏进林竹院落，一玲珑翠衣女子迎出，将老者搀入厅屋，桌上已摆好酒菜。老者挥手示意，那几人退下。张正道看架势，晓得此非一般人物。

正面墙上挂着画，一个峨冠博带的古装老头坐在树下弹琴，旁边有山石流泉，白云飘拂。张正道当然讲不出来，这叫高士寒林幽居图。画图两边有联，隶书体字不算难认，乃是：南冠未改支离态，画角空多激楚音。

两人相对而坐，一个稍显局促，一个则悠然心会。张正道举杯过额：“我先干为敬!”和身子相比，他一双手显得奇大。

“同敬。”老者瞥了一眼那双大手，略一举杯示意。

这是多年陈酿的上等竹叶青，酒色深碧，入口醇厚，非乡下寻常浊酒所能比得。

“请问先生尊姓？”

“老朽章德卿。立早章。”

“先生召我，不知有何见教？”

“你的事，老朽全知道了。除暴安良，趋就正义……敬佩你是条好汉。”接着，话锋一转，不无惋惜地说：“自古江左英雄地，可叹，你只知以流动的江湖义气行事，开张狂野，有勇少谋，不知建立基业，干一番大事伟业。”

“在下愿闻先生教诲。”张正道复起身举杯。

章德卿微微颔首暇目，示意坐下，以筷子一划，道：“凭江湖义气单打独斗，只是匹夫之勇，就算你能聚集几个同道中人，也绝难成气候。成王败寇，自古皆然，要想干出惊天动地事业，必须撑虎皮当大旗。以眼下看来，占地为王的川军张昌德部既要自保，又不敢开罪握有皖省实权的广西佬李品仙。他们无法由正途获得给养，只能上下其手，祸害地方，民众不堪其扰。南陵的泰丰、龙潭、清浦、黄墓、奎湖、源潭东北六乡民众皆久闻你大名，当此之际，可振臂一呼，祭出保境安民大旗，名正言顺地成立六乡自卫中队。之所以称中队，而非大队，乃是示人以弱，以避锋芒。有六乡之人力物力，建立起进可攻、退可守的基地，壮大势力，徐图进取。六乡虽小，可也是江山社稷、芸芸众生呵！”

张正道显然是用心听进去了，但又不无疑惑问道：“我自封为六乡中队长，怎能使乡长和地方大佬们认可，取信于民呢？”

“此不足为虑。”章德卿缓缓点头说：“君子藏器于身，待时而动。老朽早已为你筹划好，届时，我们在泰丰乡公所见面。我以省专员公署特派员身份，携带委任状和各项证件，约齐六乡乡长，当众宣布，打铁趁热，就在偏僻的沙河港挂出六乡中队牌子。国民党军政鞭长莫及，日伪军只守芜湖白马山阵地，川军各部同床异梦……形势若此，你大可放手一搏。”

如天启神示，张正道两眼生光，忙问：“先生居此，可否随时上门求教？”

章德卿悠然一笑，说：“不忙，不忙，最近我要外出访友，月底才能回来。这个水围子，陌生人很难进来，在外面干活者，多为老朽门生，若不见外，你安心住下便是。”

一个月后，坊间相与传闻报喜：奎湖、黄墓、龙潭、泰丰、青浦、源潭六乡连片合办自卫中队，由张正道统领，驻扎沙河港，众人能过平安日子了。六乡中队有百十号人，统一黑衣制服，黑礼帽，分作三小队，一队机动巡逻，一队接应，一队住张家祠堂待命。乱世招兵不难，且多是知根知底的家门口人，凡报名应募，以能砍杀者留下。对于被剔退的，张正道皆沉下脸训诫：“在家把裤裆里屎尿搞干净，好好做田，孝顺父母，睦好邻里。稍有不轨，杀无赦！”江北帮首被收服，强权管束之下，六乡境内闲杂人员及悖慢淫乱还有抽大烟的皆被收拾得干干净净，连一些好吃懒做不务正业的混混儿都断根绝迹，三两带枪者更不敢涉足踏入，真所谓夜不闭户，路不拾遗。

下许村寡妇经洪郎中数度汤药医治，已然痊愈，撑着腰身将屋里屋外收拾清爽，尤其是埂脚底一园蔬菜打理得情义葱茏。寡妇夫家姓俞，在娘家有小名唤做多妮。多妮一点都不丑，是老话说的瓜子脸，一双凤眼映带着上挑的长眉梢，很有几分妩媚，但现在眼眸里还蒙着一层翳……因为病得不轻，一头秀发几乎落尽，出门见人包一块蓝布手巾。洪郎中又施一方，乃为诃子三钱，青果五钱，山柰、官桂、樟脑各一钱，麻油半斤，浸三日。每晨，以手抹油反复搓揉发根至头皮发热，半月后即有乌黑新发生出。

这一天，张正道又来到下许村，他让两个随从停留埂上，自己进了屋，对正在当窗梳头的多妮说，要迎娶她为妻。多妮转身斜睨了他一眼，倒也不惊不诧，劝他不可造次，自己是一个大病方愈的寡妇，又年长好几岁，名声不好听，这不是把闲话让人家讲么？张正道也简捷，说有本事当面讲，看老子不一枪崩他一嘴大窟窿！老子认准要做的事，从不改悔。多妮说这更不成，哪有你这样强娶硬讨的？张正道依旧端着个脸，说，强娶硬讨就强娶硬讨，反正老子已上过你床，跟你搂过抱过……

两日后，多妮半夜里惊醒，黑漆咕隆里被人压在身上撕扯衣裳。她摸起床头备着的剪刀用力扎过去，却扎了个空，手腕被人家一把擒住。她却也快，顺势抱起那只手张口就啃。听得“哎哟”一声叫唤，给人攥住头发按紧脑袋……多妮惜顾新长的头发，不敢发力，只把两手紧揪不放，口中大喊“救命”。奇迹出现，床下居然钻出另一条黑影，自背后挥拳打倒歹人。

不待天亮，两男皆被村人执绑，扭送自卫中队部。张正道亲自审讯，歹徒系过路采花贼，即着人叉走不知下落。后一人为窃物贼，念其见义而为，功过相抵，留命一条。有人生疑，一个穷苦寡妇家，有何物可窃，值得匿伏床下，就为等来一场惊险搏斗？女人经此一劫，倒是心里活泛开了，眉眼也生动起来，开始着意打扮自己。当那个眼光冷冷的瘦小男人再次出现时，女人张开臂膀温柔地抱住那颗脑袋，让他埋进自己的怀里……安静腼腆，像清晨光影里柔嫩的小树。

秋尽冬来，张正道头戴共和帽，身穿人字呢外套，披着围巾，自骑一马，带着一乘小轿和一班吹鼓手来到下许村。吹吹打打，将一个有着乌中透亮发色的红衣新娘迎娶到了沙河埂。原野依然是郁郁葱葱，生机盎然，流淌着温暖人心的魅力与灵光。沿途好多看热闹的，迎亲队伍里有人一路抛撒从芜湖买来的糖果、京枣、花生、灌心糖，还有大炮台香烟。

圩区多的是河港沟汊，大塘小堰，青石板水跳连通清亮水湄，每一个清晨的雾霭里，都响彻一阵阵捣衣声。老天爷也是倍加眷顾，连年丰收，米价老秤一百斤只需一块银元。每亩田全年交完四十斤稻子，就完事大吉。逢年过节，耍猴、吹糖人的，摇旱船、挑花篮的，穿马灯、舞狮子的，轮番上演。有些大姓祠堂从青阳和安庆请来师傅教唱黄梅戏，锣鼓一响，十里八村都热闹起来，真乃乱世中桃源也。

沙河港对河的蒋老五，江北人，原是跟陈老侉一路的，炸毛性子，几句话不对付拳脚就落你身上了，人皆惧他手段和蛮力，陈老侉被砍头后，小心蛰伏在家奉养老母。近来却不知跟芜湖什么势力扯上了，常在腰间插支手枪结伙外出。这天，蒋老五带着背褡裢的伙计在外收购油菜籽，对面走来一个使竹杖探路的瞎子。这瞎子也怪，明明脚下大道宽敞，偏偏就把竹杖往人腿上捣。蒋老五一时火起，抬手一掌搧过去，谁知却把瞎子两眼搧开。一声怪笑响起，原来是个睁眼瞎……蒋老五吃了一惊，忙朝一旁使眼色，让伙计带了钱财银票赶紧逃走。这边屋子里已转出几人，为首的正是张正道。他从对方腰后抄过手枪，掂了两掂，熟练地卸下弹夹、套筒、撞针，然后咔嚓几下，又复成原状，那张女人般窄秀的脸上微露笑意。蒋老五已知性命难保，把颈脖昂了昂，傲然一笑之后，要求话别老母。就押回家，待别过老母，走出村外两里路一处水塘边，蒋老五蹲下来，以手抄水洗了把脸。张正道说要试试刚才拆卸的这把家伙能不能抠响，抬手就是一枪，蒋老五一头栽倒，血溅老远。张正道命人铲净血污就地挖坑埋了，说这姓蒋的好歹还有一份孝心，以后定期送上点钱，别饿了冻了在家的老人。

小鬼好办，阎王却不好侍候，要顶住川军、中央军、忠义救国军轮番派捐收税绝非易事。逢年过节，还会有各路军政长官借势要钱，若拱肉之蛆。一〇八师接防五十二师，驻水东周王村某团龚副官率四名随从，荷崭新中正式步枪，通过张定波川军驻地，端午前三日来到金阁小镇打秋风，开口要三百银元。保长甘永坤将他们带入馆子，叫了酒菜，一边速派人去中队部报告。张正道带一卫士前来，见到眉目清俊的龚副官，自我一番介绍，说："长官抗日辛苦，打点秋风，应该！应该！"龚副官以貌取人，看他走眼，轻慢地点了点头。

"长官来得正好，上一年五十二师驻防，全年各项田赋税费共千余元，换防后，一直没来取走，这回麻烦带回验交。只须开张收条，我们好向六乡民众报销。"龚副官听说有钱，马上换副笑脸，连连点头说："可以，可以，鄙人带有团部印鉴和公用信笺。这就写上数字，签名交付。"站在一旁的甘永坤说："饭菜已准备好了，请用餐吧！"张正道摆摆手说："不必了，龚副官还要到许镇、奎湖、黄墓打秋风哩，我们不可耽误他行程，还是到中队部吃饭。先将五十二师款项交割清楚，你速去准备钱送到中队部，越快越好！"

龚副官一行笑逐颜开去了六乡中队部。这一去，就再无音讯。

第二天，逃难来金阁的光棍汉老聂，正与人抹着小牌，也被叫走不见了踪影。部下问："为什么要杀老聂？"张正道拧眉斥责："亏你们还长了一双眼睛，这人是个路路通坐探，连这都认不出来？龚副官事若让他传到一〇八师，我们吃得消吗？"队长如此阴鸷狠绝，手下无不肃然。半年后，沙河港村后干涸小河里，露出五具白骨，人们断定为龚副官一伙遗骸。

河水沉郁，时光苍茫。田里农活收手，各村各户都要出动挑圩了，还有涵洞、斗门和水闸亦都要适时检修。

张昌德手下连长刘光雄倒戈降日，纠集六七十人盘踞繁昌小淮窑沿河一带，由吮血饕蚊变成撕肉恶狼。趁六乡中队分散监督挑圩修坝之际，刘光雄率众跨过漳河窜入奎湖、黄墓两乡，烧毁民房二十余家，绑了六十余男女肉票带回小淮窑东胜庵，勒款赎人。

县长刘靖清商请张昌德部前往围剿，同时命令张正道扼守要路，防止逃窜。岂料刚一接战，那边就喊："打个啥子哟……你瓜娃子憨包，川人不打川人！"围剿一方稀松下来，朝天放枪，叛军毫发未伤。此次用兵，徒劳往返，地方大失所望。后调来东北军一〇八师接防，连长王禄率部移驻黄墓镇，会同张正道两度合兵痛剿。无奈匪徒啸聚山林，建有鹿砦，暗道通连，正面难攻，攻上去了又找不到人，拳头打跳蚤，用不上力。

时近年底，兵荒凶乱，有女儿的人家都巴不得早点打发婚事。腊月初八是个好日子，太阳尚未落下，一弯苍白的半圆月已升上头顶，清冷地映照着茫茫水色下的圩村。一乘小轿，连同十多个挑着箱桶被褥等简陋嫁妆的人迅无声息地行走在漳河西边的圩堤上。突然，水鸟受惊群飞而起，一声唿哨，从埂下芦苇滩头冲上来一干强人，掳了花轿及送嫁的人往西南而去。天黑透时，这些人已身在三华山匪窟中。身材娇小的新娘被从轿中拉出，在众匪的推搡扯拉哄笑声中，两手死劲攥紧搭在脸上的红盖头，浑身犹自不住哆嗦颤抖。闹了一阵子，大胡子匪首刘光雄端一杯酒摇摇晃晃走过来，要新娘喝下压惊。新娘愈躲闪，愈激起邪笑声浪。刘光雄一把攥住新娘的手，忽觉这手好硬梆，一点也不柔细纤巧……再去捏下巴，似有胡茬扎手，一细瞅，怎么还有喉结？就在那当头，外面突起几声爆响，新娘桀笑一声，嘿唿摔掉红盖头，一个旋风腿踢翻刘光雄，手里已多出一支大张机头的驳壳枪，哗哗哗，就是一阵扫射。几个同来的送嫁人，也都冲了过来，自轿子底摸出短枪，大厅灯光瞬间给打灭，只有子弹飞窜的火光映闪在一张张变形的脸上。

此一仗端了匪巢，救出全部人质，当场击毙十余人，余匪败窜，闻风丧胆，敛迹遁形。捕获二十一人，全部押回六乡砍头示众，地方恢复平静。

这又是一个丰年，开春后，一些人家或翻旧屋或造新房，为求平安吉祥，破土动工前，皆以过年时留下的鱼肉糕点供奉土地菩萨。二湾窑一户人家在挖柱脚时，掘得一黄褐肉块，大如蒲团，蠕蠕而动，过一夜，暴长如桶。请来方士辨识，说是太岁！惊骇之下，赶紧掘大坑覆埋入土，并焚香烛纸马祭拜。此后，十里八村凡有动工行事者，皆要请人掐算太岁运行方向，“太岁在子”“太岁在卯”，连妇女生小孩和倒污水，都生怕忤犯太岁方位。

传言张正道就是应命太岁，说他戾气重，“三天不杀人，吃饭都不香”。为此，章德卿特地赶来，劝诫务要心怀柔术，以德服人，不可一味恃强，做事狠辣，更不可滥杀无辜。“争先各有心，守份固无侵，唯仁义行师，方能致久远……上善若水，由心而生；君子致其道，而福禄归焉。”一番话，说得张正道唯喔而应。

为对付鬼子，张正道经常进入沦陷区侦查，有时化装为钓黄鳝掏乌龟的，有时脸抹污泥扮成叫花子。听说鬼子碉堡坚固难攻，想过去看看，回来照葫芦画瓢也仿造一个。于是就背上高脚篮子来到老鹳嘴，蹲在离碉堡不远的地方，脱了衣裳晒太阳，捉虱子，两眼细瞅工事结构，估量射击孔高低。因他形瘦身小，一身破衣烂裳嘴歪涎流，骗过了鬼子。回来后，便在沙河港用石块加糯米汁砌出一个状如大坟堆的坚固堡垒，并按照“沟壕最要，道路次之”的说法，依着势如蟠龙的堤埂和一溜大树又修一道壕沟，远望之，很有点莽劲森然。

一九四二年的一场梅雨，断断续续下了一个多月，铅云压顶，浊浪拍不无忧虑地说，“多次袭杀作战，鬼子已视我为眼中钉，岂能善罢甘休?”

“此言差矣，正因为你顽强不屈，英勇善战，才会赢得谈判的筹码。日军自开辟太平洋战场以来，军力严重匮乏，在中国大陆兵锋日萎，已成强弩之末。眼下策略，是集中资源，收缩兵力，寻机与国军主力会战，希望一战而下……若为六乡弹丸之地反复缠斗，付出伤亡，实不合算。日本人本就想‘以华制华’，见到我们主动求和，正是求之不得哩。”

“有道理。”张正道沉吟片刻，说，“我想委屈先生前往芜湖，先行探探风。”

数日后，章德卿骑上马，动身前往芜湖。时已初夏，树林抖擞着蓬盛的绿叶，草色疏落犹如薄雾，路边开满丛丛簇簇红的、白的和黄的花。尽管有马夫牵行，但老朽之身难耐马背颠簸，不得已中途换乘小轿。并于轿中作得《感事调寄采桑子》一阕：

南冠一梦西江月，梦忆啼鹃，梦醒无眠，家国许身难自言。

而今嗟叹霜丝白，过往如烟，过错魂牵，苦笑三声马不前。

又自注：美人沦落，名士飘零；振古如斯，同声一哭，此后人言今日事，莫问怎生评说！

正如所料，日酋松井揆一立即召见他们。张正道扮马夫牵马相随，来到日军行营，找地方拴好马，跟着章德卿进入会客室，垂手立于“主人”身后。章德卿呈上六乡中队文书，说明来意，即开始谈判。

对于驻芜日军来说，眼下最大威胁，是大江南北两边不断发展壮大的新四军。三日前夜晚，一批数量不明武装人员攻至扁担河西岸，激战大半夜，一个有二十多人驻守的大碉堡被炸药送上了半空。用兵常左支右绌的松井，正是吃透张正道自保一方不容外部势力介入的底牌，觉得这是一支打击主要敌手可借助的力量，出于战略考虑，为保住芜湖不被新四军游击队近前骚扰，当即以华东派遣军芜湖司令部的名义签订下所谓归顺“王道乐土”、准允自治的接收协议。手抚战刀长柄的松井还想加上互派观察员的补充条款，张正道于一旁使个眼色，章德卿即打哈哈婉言相拒了。

六乡中队底细，当然不能让人摸着。他们现已发展到近二百五十余人，四个分队四挺轻机枪，余下全是中正式拐马枪，比川军的长套筒汉阳造好使得多，短枪也多是德造，甚至还有数支德式冲锋枪，既能近战，又能野战。分队头目由张正道亲自选拔，都是敢拼能打不要命的狠角色。乡长的位置更是重要，发挥好作用，保障税收后勤，就是占据了天时地利人和，正所谓强龙难压地头蛇。

了解张正道的人，都说他那张瓦刀脸上招牌式干笑最让人胆寒，若是对谁笑了，那人就会性命不保。

盛夏时节，一个绸衫飘飘青年人走进金阁小街，他是西河镇富商郭本资的公子，世家子弟，刚从徽州雄村的皖南行署干部训练班毕业，走马上任接替泰丰乡长职位，遵父命，先到翟老板店里歇脚，听听建议。翟老板竭力摇头说不去为好，免得惹来无妄之灾，泰丰乡长王道传是张正道得力助手，六乡之内岂容外人插手……他会腾身让与你？郭公子心高气傲，说我有上峰任命书，谁敢不买账？就带着跟班去履新。张正道自是十分客气，说："好，好，就你当乡长吧。"中午留饭之后，笑嘻嘻拱手送出门外。走出一里地远，后面追来一人喊："少爷留步，张队长请你回去拿公文，明天就去上任。"郭公子打发跟班先到金阁等待，自己则去了沙河港。直等到傍晚，也不见少爷回来，翟老板对跟班说："赶紧去找你家老爷的世交章德卿，迟了就没办法！"

第二天一大清早，章德卿坐轿赶到沙河港，郭公子已没了下落。把个干瘪老头气得不断以手杖敲地，喊道："两天前还见过呵，容膝之间……已是阴阳两途！怎能干出这种事？夫失阴德者，必获阳报……竖子呵……竖子不可与谋！"

秋日到来，万籽归仓。从县城出来一连人，带着挑箩担筐及推车民夫，浩浩荡荡到六乡收税，每亩二十斤稻。张正道率领六乡中队迅速赶到，双方架起机枪，剑拔弩张对峙到傍晚，那些人连水都无法喝上一口。赶走叛军川佬，张正道立即着人张贴告示，称已同日本人签订"自治协议”，六乡行政主权独立，谁也管辖不了。境内税收，一律交六乡中队，其他任何人不得染指，违者当以通敌论处！张昌德则下令：六乡是南陵县境一部分，田赋军粮自应上缴“特区”无误……彼此难容，时有冲突。张正道仅一个不足三百人的中队，自是难敌张昌德三师之众。

章德卿早有预见，于一年前就从宣城请来大刀会传道师叶仙桥，首先在马园秘密设立香檀，请神拜佛，烧香练功，扬言“神仙附体”“刀枪不入”。大刀会一时鼎盛，刀矛不够，就尽数收来酒盅粗捞塘泥的篙把竹，一头削尖，下桐油锅蒸煮硬挺，当枪矛使用。会徒们头扎黑布镶边中绣“佛”字的白巾，身着带排扣的戏台武生紧身黑衣，提刀扛枪，或手持削尖的竹竿，满身煞气，巡逻各村。

一天，大刀会正集中操练，恰有一连川军路过，以为是庙会唱戏，还兴冲冲站路边观看热闹。头扎黄巾的会首一声大喊：“青龙白虎星！头上冒黑烟！”会众齐声应和，山呼海啸，大砍刀长梭镖和尖竹竿一起掩杀过来……百余川军还没回过神来，就被斩戳成肉块血酱。两挺歪把子轻机枪，成捆长套筒步枪，整箱的子弹、手榴弹等等都成了战利品，被村民们抬着、挑着、背着，轰轰烈烈送至六乡中队部沙河港。

张正道接受了章德卿建议，出任总坛主，将大刀会收归麾下。因风吹火，用力不多，既壮大了实力，且无须开支银钱。大刀会也像抽壮丁一样，两丁抽一，三丁抽二，独子若是自愿入会，也照收不误。天灵灵，地灵灵，奉请祖师来显灵！他们口中念念有词，赤足在刀口上行走，敞着肚皮撞顶锋利矛尖，竟然毫发无损。六乡沸腾了，旬日之间，各个村子都建起会坛，所到之处，皆见拜坛念咒吞朱砂之人。周遭一带铁匠全给罗致来，鼓风升火，锤砧叮当，日夜打造梭镖大刀。

“龟儿子，日你先人板板！”张昌德大怒，于农历八月十三中秋节前两日调集两营兵力前往清剿。张正道先让六乡中队守住各条要隘路口逐次抵抗，待消磨掉对方锐气，再命大法师叶仙桥组织会徒从四面袭杀过来。几次交锋，互有胜负。

张昌德深知，要想收拾六乡中队，必先釜底抽薪灭掉大刀会。于是，他制订了一个围堡打援战术。秋天河流大都干涸，壕沟浅露。两个营偷偷进入离碉堡仅一华里的杭村，另一营占领官塘庵大堤。连夜设置路障、铁丝网，所有人员隐避在掩体之内。

天亮时，轻、重机枪和步枪一起打响，朝着六乡中队的碉堡猛烈扫射，情形十分危急。大刀会副总坛主叶仙桥、俞家康急率六百多腰扎板带的道友赶过来，看到对面堤埂上少数川军向小河沟抛掷稻草，遂作起法，将手中长剑向天一指，大叫："天灵灵，地灵灵，子弹打来两边分……冲啊！杀啊！"

坛长拿扇，坛主打伞，抵御子弹。一拨又一拨头扎"佛"字白巾的会徒嗷嗷叫着冲下河滩，可是一踏上稻草就站立不稳，东倒西歪……一股烟雾冒出，突起冲天火光。几挺机枪掉头猛扫过来，顿将这些人身上打成筛子眼！尸体相叠，稻草被血水染红，血水又将洒过煤油的大火淹息。川军早已弃下碉堡不攻，只一路打杀大刀会。那些"菩萨显灵""刀枪不入"还有关公、赵云、岳飞、杨七郎"附体"的扯巴子鬼话，根本挡不住子弹，机枪哗哗一扫，即倒下一大片，风里血腥味呛人。这场激战屠戮，村村起火，户户冒烟，沿途焚烧香堂及民屋茅舍五六百家，毙杀会徒二三百人，六乡中队的人却没伤着皮毛。

张昌德到底心虚，忌惮日本人，更担心另两个与自己存有芥蒂的川军师长抄了后院，不敢倾巢出动彻底剿灭对手。这就给了张正道一个喘息机会，他看出川军攻坚缺少手段，若能做成强固工事，谁也奈何不了自己。

初冬的风从树梢上吹过，落叶纷飞。一大早，从芜湖方向过来六个身着短蓝夹袄脚穿力士鞋的壮汉，每人手挽一沉甸甸腰形竹篮，篮口放些青菜萝卜。他们裤鞋湿透，行色匆匆跨入刚开门的夏记旅店。六人进店后，一人持枪闭门警戒，其余皆躺倒在一张大通铺上呼呼大睡。外面一阵狗吠，张正道率人破门而入，枪口相对，将六人绑成粽子一样。倒翻六只菜篮，各藏崭新德式短枪一支、弹夹两个，另加一个布包袱。拆开来，竟然全是真金白银、珠宝首饰及汪政府"中央储备银行"的绿票子。领头黑脸汉子大喊："别误会，我们是省厅绥靖大队的，我叫谭庭芳，奉命带弟兄们袭击了芜湖日本洋行。上峰有交待，任务完成即退往六乡中队境内。”张正道刀削般锋利的脸上露出残忍笑容，说：“好，那就到六乡中队再讲。”到了沙河港，命人用剪刀将自报分队长的谭庭芳上衣剪成碎片，搜索有无藏匿。“不想说实话么？对不起，那就请你先回绥靖大队报个信。”即用步枪通条裹着碎布片，往嘴里捣，捣得他七窍冒血，眼珠暴突，四肢抽搐不停……

章德卿得知消息赶来，六人已被挖坑活埋了，当即跌足捶胸长叹：“你、你闯大祸了……病之来也，人自生之！罪孽、罪孽丧心……”抬手似往虚空里抓了一把，然后定下一指伸向张正道，神丧色沮，痰液上涌，竟再吐不出一字来。

张正道将他扶到椅上坐下，冷冷说道：“四处都在打仗，丢失几个人，能有什么事？这事你不说，我不说，又有谁会查到头上来？就算搞砸了，输就是输，赢就是赢，赌个小钱还能赔掉手指头哩。你看外面田埂上走着那几个人，是影子，还是亡魂？善未必寿老，恶未必早亡，我张正道乃一介村夫，从不知阴德为何物，又何必充当善人！”眼见这个不识事务的干瘪老儿仍在不住摇头吐气，似濒死之鱼，遂唤人过来，说扶先生下去休息。

闻知章德卿痰涌气厥，多妮慌忙自家中拿了支老山参过来，煮水喂下，又捶胸抹背小心侍奉。待平缓后，领人将老头送回那个四面环水的小围子。

古话说“有钱能砌隔夜楼”，有了这六大包金银珠宝，张正道不知打哪邀来两名战地防御行家，指导民夫拌沙砌石，修建坑道掩体，将沙河港南边的张家祠堂与西边的张家老屋连接起来，再在东北边大堤上新筑一个特大碉堡，上下三层，可容纳上百人进行战斗。加上原来老碉堡以及堑沟、暗壕和鹿砦，沙河港小村被打造成铜墙铁壁一般。

六乡中队打法机动灵活，敌少就打，敌多就守在防御工事里，不管对方如何射击，这边必得确保子弹射中才开枪。张正道另外选出十多人，经常埋伏在荒郊野外坟地荆棘丛中，三人一组，各自为战，专打前哨和后卫。树影飘动，草丛起伏，阴森诡异，一派莫测，对手捉摸不定，很是头痛。但在野地里活动，罪也不好受，单是为防毒虫毒蛇，就必须带上雄黄和大蒜捣碎秘制成的药丸。这些年死人太多，到处是新坟老窟，白骨森森，夜晚鬼火乱窜。特别是在雷雨之前闷热天气里，会有鸡蛋大一团一团青蓝的火飘来飘去，要是从旁边走过，有风给带起，火团就跟着人跑。千万不能抬脚去踢，一踢，鬼火炸裂开，散成无数的小火花把你裹挟起来。

然而，几百人队伍的靡费消耗，毕竟不是小数，单是弹药补充一项，差不多就已平掉田税收入……不得已，张正道下令各乡除了开挖各项专税、特税，还得于壮丁捐、自卫特捐外另扩杂捐，起屋、修桥、贺寿派捐，连杀猪宰羊、车塘起鱼也有捐。黄墓乡乡长孙庆和，数年前出任许镇联保自卫团团长时，曾聘张正道为副团长，此时自感没法再干下去，遂辞职跑到泾县山里种茶烧炭去了。老百姓已在悄悄传唱："自治好，自治好，搞得我伲吃不饱；当掉棉袄交捐税，晚上睏觉滚稻草！"

杀害绥靖大队六人劫夺巨款的事，到底漏出了风，屯溪那边着令严查。张正道躲过几次绑架和追杀，事后怀疑是章德卿做了手脚，嫌隙日深，已难弥合。他在六乡中队文书王道一那里看到章德卿写的一首《食老蚌有感》："一煮老蚌硬如铁，再煮老蚌皮欲裂。厨人惜力亦惜薪，老夫自煮始得食。"后附一行小字，乃是"山高云起，水深蚌潜，吾骨尝炼三十年，坐此销其皮肉，或无虞……"总觉得这诗和字怪怪的，由一个身世诡异的人写来，肯定是有隐含讽议，并感觉这二人之间有不寻常联系。倒是多妮结结实实给了一番数落，让他别疑心生暗鬼，没有章先生筹划，你能做成什么大事？章先生和我一样，早先把你当英雄好汉，才帮你救你……钱财各有主，善恶自会报应，他不让你乱杀人，劝你心善，积存阴德，你不听，做下了这么多孽，就没有报应么？

张正道全力守护自己领地，应对川军碾压，强拒任何外部势力侵入……特别是对共产党新四军，更是不遗余力捕杀，心头肆意燃烧着荒蛮阴毒的欲火，哪会将"报应"二字放在心上。

大个子老陈，江北人，两年前就来金阁开店修钟表，兼营镶牙。小地方有钟表的人稀少巴巴，倒是镶牙业务火爆。俗语说“戴手表的撸衣袖，穿皮鞋的走石条，镶金牙的自来笑，留分头的不戴帽”，许多人将好好的大门牙锉小，然后包上亮晃晃大金牙，于是便很显派头。这天，老陈正躬着身替副队长秦三九镶牙。他点起一个小酒精灯，口衔一根古怪的紫铜弯管，对着灯焰吹气，滋滋吹起幽蓝火头，集中到一点，将一粒小小的金豆烧化，做成金皮，最后套到牙齿上。

门外踱入一人，仰躺的秦三九从镜子里瞥见一张凌厉如刃的脸颊，惊得一下坐起，口里含物，混沌着一串呜啊之声。被劈头打了一拳，闭眼咬唇，再一拳，啪的一颗血牙落地。张正道转过身，一下揪住老陈衣领，另一手伸入上衣口袋，掏出一张纸条……从外面复又闯入数人，手拿麻绳将老陈和秦三九捆了个结实带至沙河港。满脸狞恶的张正道对大个子天生忌恨，当晚就要砍掉老陈双腿，后来换成剁下右手四根指头。“江北呆子江南贼，你不是‘四老爷’新四军吗，这就留个记号，到了阴曹地府不会认错人……”又问平时修钟表多用哪只眼瞅？听老陈答是左眼，就将他踢倒在地，踩着脸，抽刀一剜，旋下左眼一粒黑珠放地上，啪一声踏碎。然后，命令手下将两人拖到河堤外挖坑活埋。

秋分前一日，张正道接到细作报告，说新四军游击队夜里要攻打老鹳嘴的鬼子碉堡。老鹳嘴在与南陵交界的芜湖境内，是离许村埠最近的日军据点。他立即召集六乡中队和大刀会徒众数百人赶到老鹳嘴，乘游击队攻坚受挫退出战斗坐路边休息时，突然杀出。游击队措手不及，散落在水田里，溃不成军，十九人被生俘。张正道命人用铁丝将他们锁骨穿上连在一起，拉回沙河港枪杀或活埋。只有一名姓宦的战士途中扭断铁丝，抢得一把大刀，砍翻两个押解会徒，跑了出来。一个月后，新四军临江团过来两个连，端掉了老鹳嘴鬼子碉堡，机枪扫射之声仿佛炒豆，顺带过河将大刀会和六乡中队一路打了个稀里哗啦！

到了年底，曾经和章德卿同在南京谋过事的王道一，辞去六乡中队文书，接受川军第一师师长张定波邀请，前往设在蒲桥的师部出任师政治部主任，又称政训处长。张定波虽是变色川军，却不太听从调遣，不像驻繁昌的第二师师长李志谦与张昌德关系紧密。张定波聘任王道一，是想借用他在地方的声望，同时也想修好张正道，获取六乡一点田赋税收。一般情况下，张正道是绝不能容忍身边人变节投靠他人，但考虑王道一过去能获取有价值情报，共同牵制张昌德，尤其还能搞到弹药补充，就同意了。每当王道一从蒲桥政治部回家，张正道总是深夜造访，秘商大事。有一次，一挺缴来的马克辛重机枪不见了，却多了两挺轻机枪、三箱子弹，无人敢追根究底。其实这是张正道觉得重机枪机动性不够，不适合他的小部队，就通过王道一拿去和张定波作了交换。

张正道机警狡诈，一般人不易靠近。他的碉堡和公馆，只有少数几个亲信才能随意进出。手下有一个班长朱必阳，是安埠店人，性子倔，打仗不要命，很受赏识。一次，与鬼子战斗，弹穿胸腹。张正道托付王道一将他送往金陵医治，伤好后，提升为贴身警卫，备受重用，可以自由进出碉堡和公馆。

王道一得知张正道有事外出，觉得时机已到。四月的傍晚，归鸟溶入暮色，他把朱必阳带入一隐秘小馆子。酒过三巡，话渐投机，一包大炮台纸烟差不多抽去多半，方才交底："我今天找你来，是有要事相谈……你已晓得，张正道加税派捐，百姓怨声载道，各大财主不堪重负，敢怒不敢言。朱、张两姓为水利争斗多年，受欺压的是朱家，你叔父朱宪章老先生就被张正道当众打过嘴巴。他滥杀政府人员，丧心病狂，罪大恶极，迟早要给捉拿归案。你要为民除害，给朱家报仇，替政府惩恶，天意如此，不可错失良机！我已经为你联系好了，事成之后，屯溪那边会给你一个好职位、一份高薪水。当然，你若是想去新四军那边，也行……"

朱必阳怔怔地看着王道一，有顷，终于把头一点，掐灭烟头的同时，打牙缝里挤出两个字："我干。先干了再讲！"话音刚落，有一黑影自窗外飘过，待追出来一看，却早已跑远。从身形看，似为一女人。

刚过小满，麦子、油菜已黄梢勾头，发棵鸟昼夜啼鸣，稻田里秧正发棵，青活活一片。似乎梅天提前到来，漫漫雨气随着窗外的风流侵而入，皮肤微觉凉湿黏稠。沙河港水涨上来了，粉粉簇簇的野蔷薇映在河里，像一匹匹锦缎，柔柔地在水中波动。那天一早，埂脚底突然聚集了无数条蛇，有水蛇，有火赤链蛇，还有菜瓜蛇。一顿饭工夫，这些蛇如同邪灵附体，一齐摇动脑袋游入河中。河水顿时浑浊如汤，充满诡异之气，看得人头皮发麻！只有筷子长的土公蛇是从不下水的，它们盘在岸边，像一摊一摊干巴牛屎迹……许多人一齐赶来打蛇，挥舞着棍棒和锹锄，直打到快近中午才收兵。

天呈异象，日隐星晦。有人说，这是亵渎了神佛，要遭天谴了。

张正道习惯每晚至碉楼值宿，后半夜起来点名查哨，若无应答，必定要弄个清楚。天色黯沉之际，他离家出来，却见多妮穿得周身齐整，站在厅堂里。正诧异间，桌上玻璃罩子灯已被点亮，原来还有酒有菜。

“记得今天是什么日子么?”

被问的人有点茫然，摇摇头答不上来。

“那个晚上……我一天没吃没喝，躺在床上，不知怎么就有人进了屋，喘着气求我救他。然后上了我床……整整四年了。”多妮端起桌上已斟好的两杯酒，一杯递过，一杯在手，“本来，苦难的日子望不到头……我能活到今天，心里很知足了。”

“哦，也怪我，一天到晚忙来忙去，把这日子忘记了。来，我敬你一杯!”张正道解除疑惑，心里释然。接过酒壶，给两人杯中又斟满。“我看你是一人在家，心里没着落，担着怕。早就说找个老妈子或收个小丫头作伴，你又不乐意，叫我如何是好?”

“早先人家喊我许寡妇，生了两个伢，都没福气养。前头那死鬼，大热天跑鬼子反，断后时中了一枪，就拍拍屁股见他们俞家老祖宗去了。我两个在一起，也有好几年，事到如今……终归是脚下冰凉。唉，不说了。像我这样，给个伢也养不住，心口处真的好痛。往后，怕就是这么一个人过下去。下雨天，想一些光阴里的事，也没人打搅了。”

“你今天怎么啦?”张正道脑子里并未蹦出不祥之感；“叫你啥也别怕，我走后，把门关好，保证什么事都没有。对了，明天早上梳完头，记着把自鸣钟发条上一下，你数到那个八时，我就回来了。”

"来……喝了这一杯吧。我，送送你。"

没人知道，门拉开后，望着消瘦的身影消失在黑暗里，那个女人泪如泉涌。风不知什么时候改变了方向，头顶，雨止天晴，有许多星星在跳荡。

午夜时分，一灯如豆，张正道披了件小褂照例来到碉楼上。站在射击口边，断断续续的蛙鸣声里，能看到幽月下河水微微闪亮。远处大树显现出许多形状怪诞的阴影，一只不知藏在什么地方的野猫凄厉一声嗥叫，利刃般划破昏沉的夜色。这夜正是朱必阳值岗，连喊数声岗号，却无人应答，便下楼查看。此时，朱必阳已提了压满子弹的二把盒子枪躲在楼梯后，待他背着微弱的灯光走下最后一级楼梯，脚刚着地，身后"砰砰"响了两枪。张正道双腿齐断，一个踉跄窜前，两手伸向一根夹柱，却没抱住，跌坐在血泊中。

碉堡门吱呀拉开，映着西沉月亮的朦胧光晕，前后两个黑影蝙蝠似的自外面飘入。一高个人俯身看向地面，摇晃的灯光，照出面颊之上空洞干瘪的左眼。"生有时辰死有日，张正道，罪孽太深！"说完，抬起缺失四指的手在张正道眼前晃了晃；"你给做的记号，没忘记吧?"

"你、你……那个镶牙的，没死呀……哦，是四老爷给我送终了。"

"我们不搞活埋。马上拖出去给你一个痛快，也算一表故人之情。"

"好……痛快，痛快呀，哈哈哈！"

声嘶力竭的大笑，搅动四周弥漫的厚重湿气。引得一阵风贴面扑来，吹熄了楼梯口墙洞里油灯。

远处，传来雄鸡报晓的阵阵啼鸣，似声声招魂。

肆

巨鼋

“那东西”又出来了！

村子里人端着早饭碗都在说这事。

放鸭的老三千真万确碰上的……这红鼻头老倌呀，当时正悠闲舒展地撑着鸭盆从靠近老竹林的塘湾里荡过，呼噜一下，“那东西”冒出水来，险些没顶翻鸭盆，把一群正呷呷啜水的老麻鸭惊得没命地扑打翅膀嘎嘎叫着四散逃开！

“乖乖隆的咚！头比猪头还大，长绿毛，两只眼睛瞪得……吓，这般大！”老三圈起食指和拇指，连说带比划着。

有这般好运气，觑得如此真切的恐无第二人。当然，仅限于对那几个口紧的深交好友，老三才敢这般放肆诋毁。但还是风传开了：“吓……头足足大过猪头！长绿毛，喃哟，这么长哩……”说话的人，全是一副极神秘小心样子。

老三平时绝对够得上豁达开朗，但此刻听到有人嘲笑他那瘪嘴驼背婆娘在厅堂屋里供上了香烛，竟然霍地连鼻根都红透，发起火来：“老子吃一碗水上漂食，能不讨条路趟趟，要你狗日的嚼哪门子舌根！”

他是早饭后闻知这事的。

站在那里，嗓子一阵阵发紧，胸口感到一种重压，完全是由于那个难以置信的痛苦！他心里始终认为，那一个时刻不可避免会到来。因此，没有必要再去找放鸭的红鼻头老三进一步查询和证实。

奔入自己房里，拉开抽屉，取出早就准备好的物件：一卷浅色的起码能承受一百五十公斤拉力的日本产强力尼龙钓线，一块拳头大中间有一道绕线凹槽能做漂浮标志的红色塑模，以及两根特大号缝衣针，细看，会发现内中一根略粗，且无针鼻眼，那是自己用精钢加工磨制的。他将这些都用一只小方便袋装了。

随后，又从屋外檐下悬吊的竹篮里找到一块猪肝，自打他去年偶然被查出谷丙转氨酶高出正常指数数倍，在县里医院住了一段日子回家后，母亲隔三岔五就要为他去十里外的小镇上割来猪肝瘦肉。眼下天热了，几乎隔日一趟。母亲不会料到，今天这猪肝会另派了用场。

他从一个小瓶子里倒出了一小撮用中药阿魏研成的黄色粉末撒在猪肝上，又含了一口酒喷在上面，搓巴了几下，扯了半边报纸裹上，用另一半边报纸擦了手。刚要跨出门时，母亲却回来了。

“你要到哪去?”母亲瞅紧着问。

没有回答。他不愿让母亲看到拿在手里的东西，只想尽快走开。

母亲那探询的、不安的目光，表明她多少已猜着了一点什么。

“在家里多养息养息吧……药吃了么？医生说要多养息，避免耗体力……”

“医生，哼，医生巴不得所有人都吃药住院才好！”他皱着眉头咕哝道。不知是因为自己声音压得太低，还是触眼瞥见母亲的依然是白皙光润的额头，他的脸上出现了阴郁的色彩，一股浊重的、不良的情绪在心底迅速扩散开来……随之以含混的声音补了一句：“你不用管我。”

母亲一怔，有点怯生生近似乞怜地咧了咧嘴角，望着他说：“你总该知道自己的身体，你是……”

“我是，我是什么……我怎能不知道自己是什么？我什么都知道！”他大声喊出，目光闪闪，涨红了脸，丢下母亲快步走出门外去。

到了村子口，他开始后悔不该这样跟母亲发火。于是，便想起昨天夜里那个梦：自己仰躺在一只船上，胸口压着一座塔。一阵狂猛大风扫来，船倾翻了，压在胸口上的塔连同整个人一起沉往很深的水底。绝望坠落中，一阵狂呼乱叫，挣出遍身冷汗！

那条跟他混得透熟的四眼小狗，忽然从什么地方蹿过来，使劲摇着杂有黑色斑点的雪白尾巴，拦住他奶声奶气吠着，叼住裤管不让走。一种不祥的预感，在心头弹了一下……但只一下，他已为自己深感羞耻，妈的，窝囊废，简直不是东西！他狠狠咒骂自己。

直至走入了老竹林，阴郁的心情才散开了一些。

脚下是厚厚一层吸饱了水分的竹叶和不久前脱落下来的麻栗色笋壳，踩上去软绵绵的，从骨节眼里泛出那种熟识的似乎是期待已久的酥痒感。这里一丛、那边一蓬长着毛茸茸细叶的天门冬，即便一点不见阳光，也能牵扯衍生出一片葱绿。竹与树杂处，树木大多为榆树、檀树，全是硬扎家伙，根枝虬劲，筋骨紧绷，瘢痕累累，有的树干上凝聚着琥珀色的半透明油脂。越往里钻，光线越暗，如同进了原始森林一般。发黑的树桩上生满猫耳朵蕈子，散发出一股霉蒸气息。在高高的树枝头，结满一只只竹篮大小的鹭鸶窠，底下是淋淋洒洒一地白灰水那样的粪汁，浓腥扑鼻。白天，鸟都外出打食去了，偶尔有只鸟于低处林间扇翅飞起，扑喇喇带动枝叶响半天。

林子里不算热，但闷人。当脸上能感觉到丝丝气流拂动，便已到了水塘的边缘。

白亮亮的一大片水面，令人为之目眩。似乎是为了和这竹林匹配，这是一个同样荒寂、望着对岸很远的大水塘。是个活水塘，它有延出更远的两端，长臂般拥揽着许许多多密如叶脉似的沟汊。

因为砍伐下来后的竹树从水上运走较为方便，所以临水地带常辟有大块生满苔藓的台地，长着土牛膝和一些蕨类植物。白花鬼针一边开白花，一边结着籽。鸭跖草的腋下藏着蓝幽幽的星星一样的小花，低垂茎叶，也不颤动，似乎永远在梦境中。因为漫长的替换生长，有些树似乎已耗尽耐性，枯萎了，倒下了。而那些细碎的花，却依然迎风摇曳。有棵歪曲身躯的棠梨子树，快近中午，它投在水面上的阴影已经很短了。

心里早已选好了位置，甚至三四十米远一条竹林甬道处红鼻头老三藏下的放鸭盆也瞄见了。用脚扫倒一片杂草，便清理出一块空地。蹲下身摊开纸包，拿起那两根大针，并拢捏在一起，先将浅蓝色超强力钓线从针鼻眼里穿过，套在食指上一捻，又一扣，在并拢的针体中间部位打上两圈套结，用力抽牢实。他知道“那东西”力气有多大，若是寻常小角色，只用一根三号缝衣针就足够对付了。

从身后抽出一把宰羊刀，将那块用酒和药粉处理过的韧性很好的猪肝切成条状，细心地穿上针钓，提起线，正好呈水平状悬起。接下来，将线绳绕满红色塑模的凹槽，只留尺多长一段以便悬垂水下。做好这些后，又认真检查了一遍，才把针钓放到水面上，拾起一根树枝往前方顶远，到达预定位置。

最后，剩下的猪肝被放在树桩上全部剁成碎末，捏成几个团饼分别一一抛出。看着那些猪肝的褐红色碎末在水中慢慢洇散开，他才蹲到水边洗净手。

远处，一只水鸟唳鸣着掠过幽静水面，窄长翅翼划出一道孤寂的痕迹。

水面清纯，碧透，波纹不起。空中却是一幅灰不溜秋难看清轮廓的帐幔，像是要下雨的样子。天气潮湿闷热，隐含一股躁动不安情绪。小虫子飞不高，一些浮面鱼就不断跃出水追食，逗引得小虾米也跳。这种天气，正是水族最爱吞饵的时候。尤其是“那东西”，它们那个家族，专嗜血腥味，吞吃特别凶狠，远远看到水中一团放大了的红色物体，会径直张口扑来，一下吸入喉根深处。

在一个树墩上坐了下来。苦——哇！苦——哇……传说中由童养媳变成的苦哇子鸟，这种天气里似乎呻吟得别厉害，一声紧迫一声，痛苦而压抑，仿佛它们永远是这寂寞天地里凄苦无定的精灵。

他吸了一下鼻子，习惯地将手伸入上衣口袋，才发觉刚才从家里出来时走得匆忙，香烟拿出来搁在桌上忘了带。自打查出病后，母亲看管很严，每次洗衣，都要嗅一嗅衣袋里有无烟味。他不想无端惹母亲伤心，为了将他拉扯大，母亲吃了不少苦头——而关于父亲，他只见过一张发黄的照片，上面是一个戴着眼镜、属于那个年代拘谨衣着的知识分子模样的人。

他知道一些残酷内幕，从记事时起，许多长夜都是守着母亲一起度过的。因此他尊重母亲，愿意听她的话，可是，内心却无法与母亲贴近，总隔着一层什么，一种令人无法容忍的东西。曾经有许多次想窥探根底，以求校正自己心态，结果却发现那是一种很蠢的举动……弄清楚了事情真相，就能消解心头的纠结吗？每每相对而坐，母亲总是不断找些话来说，不让有沉默出现，包括吃饭时那种无言的咀嚼，而且都竭力避免对视。母亲的脸上常常显出一种不自然的、起码在他看来是乞怜的微笑，他便知道她想要说出什么话来：

你还是不肯原谅么……有些事，有些一辈子都无法说清的事……发生了，是没有办法的……

于是，他便听到自己心头的声音严肃回答：不！这不是理由……

显然，母亲有掩匿很深的痛苦和屈辱。但他不愿因此原宥母亲，她是他罪孽的渊薮——包括将他降生到这个世界上来。

身边有一茎不知什么植物的花，婀娜的腰肢颤颤瑟瑟顶着一枚紫红妩媚的伞状花序，在这荒寂的天地里，分外冷艳凄绝……不知为什么，他想到了石尼姑。

石尼姑就在他身后的老竹林里。小时，他还见过真人一般大小的石雕像，侧卧在草丛瓦砾间，朝上的那只耳廓和鼻头都缺损了，隔不远是一棵遭雷殛的大树，朝天空伸出一对手臂一样的焦黑尖削的枝丫，像要揪住什么，嘶喊什么，很怕人。其实照大人说来，小伢子根本用不着怕石尼姑，胯裆里没长成的物件还碍不着事哩！只有成年男人才怕，成年女人也怕。

这一带乡村几乎都讲述石尼姑的传闻，演绎着大同小异的背景故事。石尼姑原是童养媳，后来才做的尼姑，只因生得标致，心地善良，冰雪雕成的人儿，除了自己那个只会流着涎傻笑的丈夫外，对谁都笑脸相迎，才招惹那么多男子狂蜂吮花一样紧追不放。后来竟同一个替人抬棺吹丧曲的孤身汉子放怀相爱了，于荒野里缠绕一起，在地上蠕动，蛇一样地扭来扭去，压倒了大片的绿草，快意宣泄喊叫，声音传得远远。于是激怒了众人，动了法规，捕住她扒去衣衫，头朝下脚朝上，又开腿呈丫字形捆缚在一棵专门选出的树杈上，请来一个外乡化锡匠，当众将滚烫的锡水灌入那个体部里活活“幽闭”死了！

这以后，村子里就不得安宁，这家男人失踪，那户夫妻反目。有人常在野地里看见一姣媚女子，一袭青布裙衩，娉娉袅袅，婀婀娜娜，笑着朝人招手，你要过去，她就解衣躺倒和你赤身相搏，耸着一对颤颤的奶子。教你啜一口透顶温香，揽一怀销魂软玉……可那里头是什么？是滚烫的锡水！做那事的男人，哪有不给戕害的？淫荡是危险的东西，使人害怕，又总是最诱惑人。所以，凡碰上那女子的成年男人，很少有人能逃脱诱惑。闹到后来，女人都想法子把男人缠绊在家里，整日整夜侍奉，谁知女人却又都不怀伢了。为了息事，就有人领头聚资，仿照东南乡三棵树林子里供奉的石尼姑，也拓了具石像，请和尚道士念《超生经》，做了七七四十九天道场，又在大塘边摆上罗盘，择地盖了座水月庵。庵后来叫“狐火”烧了——有人说不是狐狸，而是黄狼子用尾巴甩出火星，引燃枯草烧了庵。

打那以后，周遭一带田地差不多无人敢来劳作，恰巧几家庄头户主都死了个绝户，天成地合便繁衍成这连绵数里路的大片竹树林，为那些投水上吊的苦女怨妇提供了一个世代相袭的好处所……

直到一年前，这里还闹出一桩事：一个美丽善良的姑娘，就吊死在老竹林里！由此永远离去，不再那般期期艾艾地朝他默默注视了。得知消息，最初那阵子，说什么也不相信，她怎么会……怎么会死去呢？

她不是刚从打工外地赶回来么……一头乌发又长又直，如溪水般顺畅地披在肩头，一袭带有城市风味素色真丝长裙，使得她体态丰满中透出飘逸，恰到好处地将成熟的胸脯和腰肢勾勒了出来。她的被一种独特而又实在无法说清气息包裹的身体，让他在深层意识里，总能既翻涌出月光一样的透明与迷人，又掀起一片浑沌与怅惘……这样一个姣好的姑娘，怎么会那般冰冷地了断自己呢？为她下葬的那个早晨，当他的目光同她父亲的目光不意间相遇时，对方那种伤绝而冷峻的注视，令他心悸。他才明白，对于她的死，他是无论如何也脱不了干系……

那件事发生之前，他应约来到这老竹林里。一弯幽月挂在林梢，星星闪烁，空气中弥漫着浓郁而又清新的草木的清甜味道。在夜的包围下，无人知晓的美丽，一切都可以很轻易舒展开来。除了感受到她身体持续轻轻哆嗦外，再未能觉察什么特别的变异……直至被她搂住一声声地唤着亲哥哥呀亲哥哥……我的亲哥哥，你真的是我亲哥哥呀！呼出的热气扑在脸上，他还以为那是她突然激情涨溢时的呓语。她几乎是哀求地断续对他说道："……抱紧我吧，我的亲哥哥！你就再抱紧我一会子吧……"

他没有动，也没说话。他不知道自己为何会变得沉默？那一刻间，留在浑沌脑际里的图景，竟是意外鲜明：弯月已经下沉，萤火虫一明一灭在幽暗的林间空气里漂流，而远近四处，正交杂弹响着草虫们错落有致的鸣唱。

实在无法说清发生在他和她之间的那场情爱。虽然那爱充盈激情，但更让人感受着沉重的压抑。他在内心深处本能地仇视着她的家人，总是从她身上感受到她父亲的那双目光，那片无处不在的阴影！因仇怨而滋生爱，这畸形的爱，便如同一株生长于蛮荒里的娇艳的罂粟花，虽然热烈、清晰而明丽，却浸透毒汁……现在她确实是死了，那一双盈满幽幽月光的明亮眼睛，还有那被他亲近过的焕发着青春光泽的柔润胴体，都已化为寂无……她一定是先他而知晓了真实内情……无法面对那痛绝人寰的深重罪孽，那剜心的屠戮，才先将自己了断。

生与死，究竟谁更残酷……

一只大蚱蜢顺着草茎笨拙地爬上了他的腿干。蚱蜢土黄的身子，从头至尾箍起三道翠绿条纹，显得玲珑剔透。它用嘴在腿干上留下一滴褐色汁液后，弹了弹强健的后足振翅飞走。他抬起眼睛，看见了一只不该出现的猫，本能地哆嗦了一下。那是一只断尾老猫，毛色浓黑，眼神凌厉，看上去就有点邪门，像个有心机的人。它常常跟在一个人身后，当这个人训斥着另外一个人时，这精怪老猫就会走到那个被训斥的人头前，发出一种警告一样的叫声。就在他盯着猫时，眼角的余光觉察出那水面上红塑模移动了方位……待立起身一看，背上一阵抽紧，整个身子都绷直了！

那红塑模切切实实在移动，而且上下翻转，是线绳受了力……呵呵，真来了，只有“那东西”才能张口吞下这饵。不会是鼍龙，不会的，鼍龙咬了饵只会往岸边洞里拖，哪会往塘心里去哩？嘿嘞……狗日的！

一种因为久久的渴望而产生的悸动，迅疾地扫过他的周身，这不可避免的时辰终于到来！他朝水里吐了几口唾沫，他并不迷信，只是下意识，这里的人都相信朝水里吐唾沫能镇邪。

千真万确，针钓是横卡在“那东西”喉嗓里！

他舔了舔干燥的嘴唇，迅速朝竹林甬道处跑去，那里一丛水杨树下藏着红鼻头老三的放鸭盆。脚底下磕磕绊绊，脸上叫枝条狠抽了几下，都没顾得。跳入盆里后，一时没找着篙竿，就蹲坐下来，两手抄着水，迅疾而无声地赶上去。那团红塑模在他前面移动很快，上面线绳已旋转完了。风不吹，水不动，单见一团红色物体在水面疾移，在这荒疏岑寂的地方，会使你立刻浸领在有关生死存亡种种凶险传闻所带来的恐惧里。

他终于将红塑模赶上，捞到手中，一提，乖乖好沉，一股颤悠悠劲头，电流一般顺胳膊直传达到脑顶门！虽然有所预料，但周身仍是一震，呼吸骤然急促起来。

“那东西”大约喉嗓眼里正痛，火头上又给提线一激，便发疯般在水下疾行起来。他知道不能和它蛮来，也无法将盆拢近岸边，况且近岸水底布满树根，钓线要是挂上了准定扯断……就倒换着两手，嘭嘭地拍打盆沿，弄出声响，设法把它往塘心里赶。

谁知，它在水下却又忽左忽右两边摆动，线绳牵过去，扯回来，一紧一松地斜切着水面。几个来回，才似摸着一点准头，不意间那盆给线绳拉着猛朝下一揿，疾行一阵，陡地打住，翘离水面好高的盆尾，噼叭一声落回。线绳刚一松弛，没容缓口气，又刷地弹直，盆给紧拉着一揿头……反反复复几下，又刷地打横朝左撇过去，再往后锲过来……弄得他不得不将一只手插在水里，瞅准势头就翻搅一下，以保持凸底鸭盆的平衡。一些小虫子不断撞扑在脸上，须眯缝起眼睛。

这样毫无章法地较了一阵子劲后，竟是非常疲乏，右半个身子从肩胛骨到后背到腰肋，都僵硬酸胀。他开始明白应调整一下姿势，松一松自己的紧张心情，并争取主动，不然体力元气会耗损太快。

“那东西”一阵剽悍冲劲仿佛过去了，行动缓慢下来，拽了几次钓线刺激它，竟然都不甚奏效。到后来，硬是打定主意不肯动弹了，倒像很有决断力，这无形中增添了它的分量和威慑。虽然看不透水下，但联想到那任何时候都会凸现在眼前的两道冷飕飕的目光，不由得咬紧了牙齿。这会子在水底，它也正是那般阴森而冷漠地朝他注视着么？

扑噜噜——，扑噜噜——，一束束、一簇簇水泡自水底不断浮泛上来，带着那种细碎优美的破裂声。他开始试着收绕钓线，竟是异常顺乎，没遇到丝毫抵抗。他不敢想象这么快就将“那东西”气力耗得差不多了。忽然，一阵无来由的莫名的恐惧攫住了他……他不知道线绳的那一端，到底连系着什么？

未待回过神，哗啦一阵水花翻涌，巨大的一团黑影，裹着寒气像是从不见底的深渊里直浮而上——简直有点狭路相逢的意味！一个确乎如同猪脑袋那样的物体升出水面，少了两耳，口吻部比猪鼻细长，笔直光滑地朝前突出，两个鼻孔就如一对铸铁管装插在前端，脑部宽阔平展，突兀的眼棱下，一对褐黄色眼睛，正是那般阴沉地注视过来，仿佛是在掂量对手的分量。

他感到自己面部肌肉抽搐了一下。

真的，已不是第一次与支配着可怕力量的这两道目光对视了。

大约是十三岁那年，黄梅天发大水。圩畈里沟满渠平，一片浑黄。在淌水的豁口处，一条有着黑红相间环纹的大蛇正同一条巨鳝争斗缠绕在一起，扭绞出许多曲折来。他拾起一根树枝猛抽过去，争斗双方齐齐跃起，往两边闪开。那蛇似早有预见，吐一口信子，嗖地一蹿，射入对岸蒿草丛中去了。慢后一步的鳝被获住，是一条少见的秃尾芦斑鳝，足有二三斤重！但不知什么原因，在别人看来却是不吉利的，许多人都相信蛇鳝相通的传闻。太大的黄鳝，白天是鳝，夜里变化成蛇，特别是这么大的芦斑鳝，少见的东西总是犯忌的。眼下正发大水，又沾着腥物，人心惶惶，都来指责他，要他扔了。

他不干，要把它弄到餐桌上去，就负气使性，将鳝掼晕，割了喉管剖开，除去肠腔，砸酥骨节，展开来足有一扠宽，仿佛一匹海带。拿去水里洗时，说不上有什么预感，一块腥浓的血水刚刚洇开，就见一团巨大的黑影袭来，他手里的东西被一口咬住。那劲头之猛烈，让他全身朝前一冲！似乎意识到了什么，他并不害怕，也不喊叫，只是死死攥紧手，幸得另一只手抓牢了水边的一棵树。

一场拔河赛，让他初次领教到了“那东西”的力气有多大。几个回合，水波翻滚，猛然间“那东西”从水里露出头来，两道恼怒的目光直射向他，射出一股透骨的寒凉和无法抗拒的威慑……他的手不由地松开了。“那东西”叼走了猎获物，潜沉前还慢腾腾瞅了他一眼。

望着自己让黄鳝骨节剐得血肉模糊的手掌，他不明白为什么会在那两道目光投过来的一刹那间可耻地松开手？为自己的软弱，更为心头那片蓬勃茁生的少年人的自尊给无情践踏，他的眼里淌出了两行屈辱的泪水。而这种挫伤践踏，无疑最能诱发黑暗的思想，使人的行为一下子充满仇恨！

但他还不知道，一个更大的，终其一生都无法摆脱的痛苦，已将他罩住，置他于永劫不复的阴影里。

当他捧着那只剐伤的手回到家，屋门却是从里面闩上的，喊了好几声也无响动，突然间，他想到常在夜里饮泣的母亲，他一直担心母亲会弃他而去……他害怕了，那是一种烧灼一样的恐惧，他发疯似地撞击着门。

门倏地开了，先出来断尾黑猫，喵呜一声朝他发出厉叫警告。接着，走出一个人，脸露愠色，站在他面前，阴沉而冷漠地直直盯了他一眼……承受着那目光，他懵懵懂懂地立在那里，一时还搞不清怎么回事，直看着那人大步走远。这后面，才出现了正以一只手掩饰着敞开领口的母亲，还有她一绺散乱在绯红脸庞一侧颤动的头发……他似乎才回过一点神来，而那心头随即一下子给剜空，火辣辣地腌渍痛。

妈妈……你……

他狂悖地大声喊出，他不明白，他不愿明白！他直向母亲的卧房冲去，可母亲却扭歪脸像一只母狼扑过来，又撕又扯，把他往一边推搡。那白的脸、黑的眼睛，全都极度变了形，又全都在他的眼底像瓷器那样片片迸碎飘荡！

他像给使了定身法，不动，也不叫喊，只用牙关紧紧咬住一个词：妈妈……

拼力不让那喊声冲出口，他为自己深深羞耻。他曾因母亲出众的美丽与一抹雪白的身姿而无数次在心底唤起亲切和骄矜，以及由此而引起的一份不为人知的，属于一个成长着男孩的依恋与冲动……他咬碎了那个词，吞入心底，从此这倾歪塌陷的世界不再向他展示这个词了。

他病了，发着高烧，一半是那只伤手恶性感染造成。脑子里像有人用棍棒在不停搅拌，搅得头部一圈圈不断胀大。混沌迷糊中，意识里总是闪出母亲房里穿衣镜上的那张画，一个人面蛇身的女子，很漂亮，很纤弱，乌发软软地披散在波浪之上，一起一伏地飘荡着……突然，那披散飘荡的长发中幻显出一双抵得很近的眼睛，阴鸷、冷漠地直直注视着他。受不了那眼光，他尖叫着，睁开眼，玻璃罩子里的煤油灯的火焰，尖刀一般对着两眼直刺过来……他奋力伸手去遮挡，却不料满世界金花一闪，于是一切都倾翻在一团血红雾气里！

在那个停电的夜晚，不知多长时间，他被搂住哭醒来，脸颊被不断来回摩挲着，从那绵柔温软的体肤上，他知道是母亲。可他着实不明白，一个人为何要哭得那样哽哽咽咽，气都喘不过来？只想躲开那具身体，但他没动，就连嗓子干裂得烤炙一般痛，也没开口要水喝。

“眼睛……眼睛……”他不停地说着胡话。自此以后，那一对冷森森的眼睛，是怎样长时期压迫和窒息着他的心灵呵！

眼下，它就浮在那里，冷冷地朝他注视着。

他们相互对视，足足有好几分钟。似乎，它已将他辨认出来了，或者，是牢牢地记住了他。它蓄足了力气，不慌不忙地把头一缩，黑乎乎的带蹼的趾轻轻一搅动，水面顿时留下了一个巨大的漩涡。他不敢怠慢，赶紧放线。“那东西”只是往下沉，带着一种不为任何力量所动摇的自信与决断，往一处深渊里沉去。

他知道它本领有多大……多少年来，人们为什么一直对它敬若神明！

有一年，一个外村人，说是乡长的什么亲戚，用鹰子艇挑了六只鱼鹰来这里捕鱼。照说，鱼鹰和“那东西”家族是不犯冲的；谁知，那些鱼鹰潜下水去后，竟一只不见上来。后来才在较远的塘梢里找到了一片凌乱的鹰尸，颈项咬断，肚膛洞开，肝肠杂碎全给掏空。这与鼍龙的做法有异，鼍龙吃食，是咬住后就发疯似地打滚，在水下将活物闷死后囫囵吞下。看来，凶手只能是“那东西”了！在弥漫着浓浓血腥味的水塘边，那个外村人捶胸顿足，嚎啕大哭，赌咒发誓要除掉“那东西”。不久，真的弄来一堆鹅鸭杂碎，裹入了一种毒狗的叫“三步倒”的烈性毒药。这可不是闹着玩的事，站在一旁的许多人，尽管心里透着恐慌，但是谁也奈何不得那个家伙。

逢上这类事，自然有一个人要出面了。他以自己当时还继续兼任村支书的身份，照例威沉沉地盯了那个外村人一会子，直盯得那人头垂了下来，才递了一根香烟过去。随即，只是冷冷地简单问了几句：晓得不晓得这里已划为扬子鳄保护区？投毒谋杀国家一类保护动物扬子鳄，也就是鼍龙……嗯，要判什么刑，晓得厉害么？外村人自然架不住那样冷峻犀利的眼光，脸色大变，愣了会神，嘴里含混嘟囔一下，就带着满脸惶恐之色，当众跳下塘将药饵捞上来挖坑埋了。

据说，在生物进化的过程中，所达到的阶段愈高级，其优势愈明显。但这里面还存在一个种群与个体间遗传与变异的问题。仅就变异而言，不单是基因突变和染色体畸变，还有由环境差异直接引起的变异。

春末夏初季节，塘埂上野草疯长旺发，把水面也映得一派酽绿，常有青蛤蟆被水蛇攫住吞食的哀鸣声传来。而静僻的塘湾处某一丛水草下，一条老黑鱼正阴险地隐伏着，单等袭击那些过往游鱼。对于村子里人来说，无论是“那东西”，还是那个人凌厉眼神和说话的语气，都是象征着至高无上意志和权力。人们吵架赌咒，或是女人手拿菜刀、砧板，砍一下，骂一声，都可援引出“那东西”：“……你格个黑心肠的不得好死呀！你出门就遇上呀……掐断你颈子、抠了你眼睛珠子，再把你大开膛挖出肝肠肚肺，剜了你黑心呀！”

强亮而毒辣的咒骂声里，有一股飕飕寒气，不独被咒的人毛骨悚然，就是鸡鸣狗吠，小伢子吵闹，也一时寂无。自然，也有人左手提捆稻草，右手握柄菜刀，口骂手剁，寸草落地，将这断草比作挨骂人该被咬断的脑壳。

而另一类训斥声几乎充耳可闻：“你瘟牲日的，想不想吃饭了……还不快去你小老爹跟前求个情，讨条路趟趟！”“有这等不讲理的事……就叫小爷评说评说，让他好好训你狗日的一顿，你才快活！”

这里的“小老爹”“小爷”，指的全是一个人，况且也只六十岁才挂点边的年纪，一双阴沉得有点发黄的眼珠子，隐含着一层坚忍不拔的深意，能好半天不转，眼皮眨也不眨地盯着你，直盯得你皮肉一阵阵发紧。倘若你正是要被他训斥，只这一盯，就足以使得身子慢慢塌陷下去，头垂着，手指死死抠在掌心里……虽然近来他已挂冠卸职，不再是这个三千多人口自然村湾党政财文一手揽的土皇帝，但那一双常年没有变化的眼睛，仍然足以表明他不可撼动的现实地位！

那些正在纳凉或说笑打闹的人，哪一下子一回身正撞上那眼光，立时就如鸡群头顶掠过鹰翅的影，一下全部铩羽敛声——拿这老圩心里话叫“裤裆里挂不住卵蛋了”。自然总是那类当家的和年纪大的人带着满脸巴结神情先开口奉迎：“小爷，您老开会回来啦……您老走了好多日子啦……您老坐坐呀！”或是：“小老爹，您又劳神出外走了一趟，听说订出了不少货单子，我们全都仗着您过好日子哟！”递烟茶，让凳子。接下来，便听到那嘎哑沉稳的声音：“嗯，你明天进一趟城，打前站铺路的脚鱼、螃蟹、干虾多带上，告诉你们队长，那笔款子过几天我派人送去，工程质量要严格保证，再出了麻烦别来找我。”“唔，你屋里那个憨女人想通了没有，生态环保是国策，你也敢抗？……唵？哪时想通，再跟我说一声！”

说话时，那只精怪一般的断尾黑老猫就在一旁转着圈。有人讨好地扔条小鱼过去，它先看看你，再低下头看食物，最后拿爪子一顶把小鱼推回去，接着与你长时间对视，沧桑古义镌入眼帘，不知它怀着怎样的心事？

人们更有足够的理由对那人表示敬畏，别的不说，就拿眼下这一大片正给他们村带来滚滚财富的老竹林来说，一直没有被砍伐掉，全靠了那人。然而，一旦敦厚温馨的人情，因此而化作一种赤裸裸的精神奴役关系，便显示出它内核的无比冷酷和丑陋。

每当他见到这样的场面，心里总要涌上一股莫名的、无从抒发的闷恹——他实在不明白，何以有人竟会拥有那么大的异乎寻常的力量？

即使在同一生存条件下，生物个体间的差异，怎么会有如此之大！

那是在芦斑鳝的事情过后半年，终于悟出了一个对于他的年龄来说几乎近于残酷的真相……他谁也没告诉，就自动停学了。并且，在一个日落前的黄昏，迎着洒满圩野的刺目金光，径直走到那个人跟前大声说："明天，我妈妈不来村小教书了，你把这位置赏给别人吧！"说完，也没去管那个人脸上出现什么表情，头也不回地走开了。他心头剧跳，指甲掐入掌心里留下清清楚楚四个印痕。或许，应该对自己的决定和行动小心谨慎，深思熟虑才对。但他终以少有的顽强和执拗开始挑起了养家糊口的重担，那滋味，不是每一个未成年的十四岁的孩子都能尝到的。

这以后尽管心情异常萧索，但他还是能管束住自己日益滋长的坏脾气。

"那东西"又开始牵着他忽左忽右疾行。

眼下正希望能尽快消耗掉它的体力，所以，在它缓慢下来时，就提一提线绳刺激撩拨它。它嗓眼里一扯痛，便又上来了疯劲。平静的水面给搅得浪纹粼粼，寻常水族想必早已逃之夭夭，远远躲开了。

他一只手始终插在水下，保持鸭盆平衡，另一只手抓住红塑模悠悠地提着劲，手臂到指端的每一根神经都调到最灵敏的阀上，一双眼睛紧紧地盯着前方水下，浑身上下都沉浸在一种搏杀欲望里。他深知对方是暴戾的，但既是为寻它而来，便一定要将它制服，以取得自己灵魂的最终解脱。

这时已看出来了，“那东西”转来转去，别处不去，只在一处晒场大范围内兜圈子。他知道这里是水下最深的地方，再长的篙竿也不曾插到底。夏天雷阵雨前，这片水域时常像开水锅一样波浪翻涌，并伴有一种淡淡的硫磺气味，令人感到畏惧。或许，这便是它常来转悠并享受冲激按摩的处所。

说起来，这口水塘除湾梢港汊不算，约为三百来亩水面，绕着它有好几个自然村，并未固定所有权，习惯上，菱藕鱼虾这些水上恩赐，外村人轻易不敢染指。究其原因，多半是因为“那东西”。只有他们村里人，下塘前才有讲究，捉哪些鱼虾摸哪些蟹鳖，规矩方圆，头头是道。尤其在早年，大规模下塘前，必是焚香祭牲，祭的多半为鸡鸭和一些猪羊的下水，求得平安如意。但祭物大多成了鼍龙的美餐。鼍龙的家族大发旺，岸边僻静处，高高低低，大大小小，排满了有檐盖的扁圆窟洞口，仿佛眼下城市的小区住宅群。

“那东西”却不是常能见着，有时三五年都不见踪影，这更令人觉其神秘莫测。大旱年头，别的塘口都干裂了底，唯独这口大水塘未见干过。都说塘心有一深井，直通着江，而江是连着海的，所以传说“那东西”能日行千里，夜遁八百，下江入海，拜会龙王，如同走趟亲戚。拥有如此法道，谁敢不敬畏它！

肆意的藤蔓，疯长的荒草……荒芜，正是大自然的一种伟力。

三年前，塘对面一个村子和这边村子干了一仗，双方各出动了上百精壮汉子，操着鱼叉、土铳，人声喧嚣，呐喊连天，翻了盆，也伤了人。因是分属两个县市，自然惊扰了两边的公安。但是这边村子里那个说话一言九鼎的重要人物不在家，去了北方沿海几个竹器和大米都很有市场的码头，事情竟给耽搁，处理不下来。为了怕再滋生事端，故在未结案之前，暂时封塘，两边村子谁也不准下塘！

然而就在数日后，塘里莫名其妙死了一个偷鱼人，尸体胀鼓鼓的，被软和的轻风吹到一处隐蔽岸边，让一根枯死的树枝挂住了。死者两只缺失了眼球的眼睛空洞地瞪着天空，嘴唇不知被什么东西啄吃了，龇着白生生的牙齿，似笑非笑，像在昭示着什么……一只黑色的喊作“鬼新娘”的蜻蜓袅袅悠悠地围着打转，仿佛是死者不散的阴魂。

正盯着浮尸看时，背后传来轻微响动，看见了那只幽灵一般没有尾巴的黑猫，心里一惊，回转头，碰上两道目光。他蓦地打了个冷战，一时竟怔怔地愣在那里。不知道这个人什么时候赶回来的，而且手里竟提着一双沾满烂泥的湿鞋，赤着脚出现在这个僻静的常人难以来到之处……

“明生，嗯，忌讳的东西，总是不要细看才好。看得太仔细了，肚子里要转筋的。”

别人都喊他“明伢子”，只有母亲和这个人才称他大名。他没有应声，收回眼光时，无意中瞥见对方踩在林叶上的那双赤脚的细长的趾头间，竟然都长有一层粉红色蹼膜……这跟人们私下里悄悄传说的一模一样！

“有件事，我已跟你妈说过了，你明天收拾收拾，带上介绍信，去市里学习一段时日……”

就在走神的当头，“那东西”觑准机会施展暗算，牵在手里的线绳弹跳了一下，猛往右侧横锲过去，几滴水珠从线绳上抖落，小盆急倾。他赶忙一偏重心，盆里已进了不少水。好险，鬼日的东西！他哆嗦着一咬牙……接着，线绳又绷直弹出水面直朝前切去，倏地一松，又趱了回来，变换幅度异常猛烈。看来，它不是失去了理智，便是存心要激怒他，让他先乱了分寸，做出鲁莽举动。

应对未乱，稍一定神，将线绳又放出了一些。他懂得怎样顺势悠着点劲道，怎样巧妙地掌握好时机，选在它每一次冲刺快要到达顶端时，将线绳轻轻一提，再往后一抽勒，既能削去势头，又能持续不断地激惹它，不让它有喘息的机会。

这是人与一个神话之间进行的紧张角逐和较量。

只是手掌叫细线磨割破了的地方火辣辣地痛，腹部的不适感也加剧了，像是整个塞进一段湿木头。但比起那可怕的心灵的重压和窒息，这类疼痛和不适又算得了什么？

那一次，他带上介绍信去参加的是一个由扬子鳄生态保护学会举办的培训班，地点在师范大学校园内。扬子鳄就是鼍龙，他早就晓得，至于属爬行纲、鳄目、鼍科，则是在培训班里学到的知识。

培训班上，他们学了这个科目动物的生态习性及环境保护要点。分别看了美洲鳄、非洲鳄、湾鳄、印度鳄的录像。据说，有几个男女洋人就在他家乡一带录下了成年鳄和幼鳄的叫声，成年鳄求偶和愤怒时会嘶嘶和呼噜呼噜地叫。洋人们总是别出心裁，他们在一处鳄洞外播放了密西西比鳄觅仔时像小狗那样的吠叫声，竟从洞里引出了几条扬子幼鳄。现有的二十五种鳄，绝大多数分布在热带和亚热带海滨，或在咸水地区，只有这相隔于地球两端的扬子鳄与密河鳄同属温带淡水鳄，有血缘亲和力，不知洋人们是否也将这边录音拿到美洲去如法炮制？听起来有点荒诞，就如谈起内斯湖的蛇形怪物，有人信，有人不信。然而地球上确确实实存在许多令人难以理解的生存之谜，或者老的，或者新的，演示了神话，也养育了图腾。

扬子鳄和恐龙都是出现于两亿年前的有某种亲缘关系的爬行动物，但到了七千万年前，恐龙灭绝，扬子鳄却活了下来。不仅活下来，而且获得了极大的生存适应性，这就是进化。在宋、元时，南方还遍布一种食人大鳄，后来这些大鳄没有了，全部退入泰国境内。据有人研究，中国的龙，实际上就是从扬子鳄衍生变化来的，这是唯一一种不会食人的鳄。

但他特别不喜欢鳄那种冷飕飕的目光，那是一片可恶的阴影，有时真恨不能用手指抠了那样两颗突兀挑起的圆鼓鼓的眼珠。有一次，跟别人说起自然界鳄蛋靠植物枯叶腐烂发酵的温度自然孵化的事——那是小时候多次见到过的，无意中被那个为他们培训班讲课的教授听到了。教授便动员他用文字写出来，稍加修改润色，替他投寄出去，竟刊发在一家很有影响的动物学杂志上，引起了别人刮目相看，可他自己却一直提不起兴趣来。

为期四个月的培训学习结业后，回到了家。那口水塘实际上已划归他们村，成为扬子鳄自然保护区的一个自然观测点——因为他们村拿出一笔不大不小的捐献款，并签订了《共同保护协议书》。人类智慧中的自私，沉静历史背后的冷酷，这是一个极高明的施展成功的小小预谋。受珍稀动物保护法律荫庇，水塘更不让外人染指捕捞了，环围四周的竹树也予以相应保护。而他，则成了一名按月支取薪水的自然保护区管理人员。

这却并不能使人心安理得，水塘中时常流动或漂浮着一段棕黑色东西，看着像烂木头，却是长着一个大鼻子和两只鼓眼睛的鼍龙在潜伏捕食。它们嘴中排满七十颗利齿，或浮或沉，或麇集在岸边，一边休息，一边等待攫食时机。很难说清，自己是否也有某种算计等待？他去城市生活了几个月，有过与城市文明的接触。在那里，是各类茶座、咖啡吧，是歌舞厅里的时尚乐曲和迷离色彩，而不是这种扑鼻膻腥味、水草苔藓味以及时常停电时煤油灯的黑烟。藏身于城市繁华下不可见的缝隙，都市炫目的霓虹灯越发映衬出夜色下的孤独。他既看不起城市的某种贵妇式的轻佻、糜烂，也不愿接受眼前这类十足的农夫式的冥顽和落后。可是，他得带着满脸随意而粗硬的胡茬坚守住城市文明所需要的闭塞。不难设想，一旦城市文明连同它们的高楼群，五花八门的消遣屋和疯狂的劲歌飙舞一起推进到这里，还会有被称之为扬子鳄的生物存在么？

风吹过，泪滑落，城市阳台的虚拟与偏远乡村真实的粗鄙，无法不让人对现实生存产生种种纠结。就像有凸就会有凹，有阳就会有阴……但是，凭什么就该把自己给推到背时的一边哩？如果这世上本无他，那么眼下这份保护区管理员职业，总会有另一个人取代么？他不能回答。

数年前，一个表舅通过多方渠道从隔世的渥太华那边来信与母亲联系上了，但他却打定主意，不论那是一个腰缠万贯的阔佬还是不名分文的流浪汉，都决不相见。并且说服了母亲一定要把此事遮掩，万勿张扬出去，否则那些颟顸官员晓得了，会无休止地找上门来，动员他们同那边联系巴结，弄出一些招商引资的无聊噱头来。

曾试图将所有的不快都忘掉，可是结果却使他发现，有些东西一直是那么沉重地压在心上……在公共汽车上，不小心踩了人家脚："对不起！

不晓得。”他赶紧赔礼。

“妈的，土鳖！模样倒不赖。”“跑到城市来轧哪门子热闹？土鳖，找不到自己方位了么……”“喂，你倒蛮懂礼貌，可你的爪子妨碍了别人呀，土鳖！”旁边两个比他高出半个脑袋的小伙子毫无顾忌地嗤笑着。

“土鳖，什么土鳖……？你他妈的才是鳖，你祖宗八代是鳖……你狗日的敢再‘鳖’一句试试？”

他端起架势，眼睛通红，样子凶极了，像个十足的亡命徒，倒把两个挤眉弄眼的坏小子给镇住了。

那一段时日，他变得更寡言少话，常常阴郁地注视着什么，远处的漠漠水田里，白鹭飞翔，脑子里也尽是白点飘飘。村子里人明显地用一种诡谲的眼光看他，似乎他脸上抹有黑锅底灰，或衣服钮子扣错了。无论认识的不认识的，路上擦身走过，少不了都要回头朝他看看，更有三三两两的人在远处交头接耳……

他先是不懂，却又模模糊糊地有所预感，而且在母亲总竭力躲避开的目光中，也察觉到了那种难堪的焦虑。可是，没有一个人来跟他点破，就连村里的那些竹树，也成了绿雾沉沉的壁障，冷森森地横立在面前。人们全都不光彩地背弃了他，几个姑娘小伙打闹着你掐我一下，我摸你一把，正乐着时，见他过来立时便敛了笑闹，走散到一边去——尽管他很早就知道了：要与这些同龄人打成一片，加到他们中间去，需要一种东西，一种群体认同的气息……但对他来说，似乎与生俱来就给不公平地剥夺了！

他焦躁、孤独、忿懑，像一只野兽，感觉着无声的冷箭，却又不知该咆哮着扑向何方！就在那时，一位曾给过他温情的姑娘，因为无法面对那结局残酷的爱，而在老竹林里结束了自己年轻的生命……

终于，有一天早晨巡视完毕在水塘边掬水洗脸时，极清的水，幽幽地映照出一个年轻人，神色阴郁，眼睛里隐含着一层冷漠，深意难测……他先是一愣，赶紧擦干脚趾穿鞋子，突然，他发现自己每一趾缝间都有一线淡淡瘢痕的隐迹，特别是在左脚大趾缝间，更是留下未能削刮净的米粒一样突起的疣瘢。他呆愣了一会，头脑突然像被击穿了一样……是蹼膜，是他婴儿期未能清除干净的遗传密码的残留！仿佛给人劈面打了一拳……便想到了老竹林里见到的那一双带粉红色蹼膜的赤脚。他头也不回地奔回家，母亲房里立着一张有穿衣镜的木橱，镜子里，不仅是那一双眼睛，所有的五官全都是那个人的！

身子古怪地痉挛了一下，有一刹那间，头脑里一片空白，接着豁然裂出一片可怕的亮光，血管便在一片豁亮里疯狂起伏奔涌，照出通红的血液如烈油焚烧！头顶仿佛有只巨大的翅翼在回旋，有谁在他耳边吃吃发笑，喁喁私语…还有“那东西”，正朝自己瞪着阴冷的眼睛；黄梅天里，他捧着那双被剐得血肉模糊的手……他看见了那个死去的原来竟与他有着浓浓血缘亲情的姑娘朝他走来……她曾经独对怎样狰狞丑恶的真实呵！

叭，一拳击穿镜子，皮肉绽裂，喉眼里迸出野兽那般闷浊低沉的鸣吼。镜子裂成扎眼的碎片，每一尖利碎片都映幻出他残缺古怪的面孔和眼睛，那张人首蛇身的女人画图便如一片落叶悠悠飘坠于碎片之上。

……

忽然，水面上钓线松弛下来，不再移动了。他抖了抖手臂，一点不起作用，钓线下面沉甸甸的，就像坠了块大石头，令人生出疑惧。等了一会，只有忽前忽后，忽左忽右冒上来的一串串、一束束小水泡，显示出“那东西”在水下的位置。看来，它是另打上主意了。老谋深算，阴险叵测，的确是个不易对付的家伙。

不知它现在怎样潜伏在那极深的水底？莫非也像它的同类那样，用脚爪前推后刨在泥沙里掘出一片浅坑，藏匿了起来？可它那么大的体型，这几乎是不可想象的事。

事实上，幽暗的水底，肯定有一双阴冷地朝上瞪着的眼睛，它是这片水域的王者，眼下却受到了冒犯，抑或是某种死亡威胁。但是，又有什么理由认定它不会老僧参禅那样闭上了眼睛哩？也许根本就无视这一切，要知道，它本身就是一个谜……甚至就连它的每一次出现，都成了某种昭示。

他突然产生了一种想要了解它的强烈愿望：它有痛苦和欲望吗？它也

是由一枚比乒乓球还小许多的匀白滑润的卵孵化造育的吗？

应该说，大自然是一张网，这网里一切生物都得按它的经纬方圆生衍呼吸，无一例外。可是，总有那么几个出格的顽主，不知用了什么法子，突破了自身的遗传密码，打乱基因在染色体上排列次序和彼此间的正常距离，从那网眼里挣脱了出来，演绎出一系列超乎寻常的令人咋舌的事。

然而，若是当初那枚卵让蛇鼠吞了，或者鸟雀啄了呢……那么他是否会减轻心头的重压？要知道，尽管这世界有许许多多难以勘破的生存之谜，但作为每一生物个体，它的成长过程，历经无数险难，这其中要包含多少偶然性呵！

小时，有一年初夏，瞅老师打瞌睡的当头偷着从学校跑出来，和几个小伙伴钻进老竹林里玩。在一处竹叶堆积的圆丘下，忽然一脚踢出一颗溜长的没有大小头之分的白蛋，他们都认做鸭蛋或是鹅蛋。再一扒，嘿，还有哩，整整齐齐码了好几层，一共二十四颗！鸭和鹅怎么会跑这里来下了这么多怪蛋呢？怪蛋抓在手里，热乎乎潮润润的，带有一股植物体腐熟发酵的那种香甜酒味。“蛇蛋！”不知谁叫了一声，大伙一下全乐癫了。

可是，捧着蛋刚走出林外，迎面却投来两道目光，他们吓得都站住了。

“我们捡到了蛋，好多蛋——”有个孩子递上蛋，一脸讨好的神情。

那双冷峻的眼睛逐一审视了一遍。“嗯……都是鼍龙蛋。”

他本想藏下一枚留着玩，但在那目光威逼下，也用双手捧着交了出来。这是害东西，他曾看到过那人带领民兵大规模围剿鼍龙，说鼍龙吃鸡鸭、吃鱼、毁庄稼、毁堤坝，他们用枪打，用药饵毒，往洞里灌生石灰，抓住了鼍龙，双手握紧尾巴抡圆一圈朝树干上砸，说是为民除害。

鼍龙蛋给摔碎在地，蛋白上都已粘满网络一样鲜红血丝，和蛋黄一起流了一地。那只断尾黑猫走过来逐一嗅着，有一颗没碎，被它伸爪推滚到一边草丛里。一只穿橡胶底鞋的大脚往上一踩，清楚听到了蛋壳碎裂的声响。他至今仍不能理解，世界上有些东西竟是那样脆弱，在强权与暴力面前，稍稍一磕就碎……可眼下，你要胆敢打杀鼍龙，损毁鼍龙蛋，肯定没有好果子吃！

这些像电影一样闪回的片段和杂乱的念头，无休止地在头脑里纠结着。而他，则需要集中精力……当意识到这点，为时已晚。

“那东西”不知什么时候潜移到小盆后下方，只感到松弛的钓线轻轻一颤抖，便猛一下受力弹直，小盆掉头不及，被按着朝下一锲。于是，清楚听到自己扑通落水的很大声响，一侧脸颊撞击水面，耳膜挤压得生疼。

一种本能的恐惧电流一样袭遍全身。几乎是在翻落水面的同时，他双腿一挺压着水迅疾地转过身来，提着钓线的手扒住了倾翻的盆底，另一只手去后腰间抽出宰羊刀，并将伸出的双腿稍稍朝后收缩，使身体随时能快速闪避腾挪。

紧张注视着自己身边的水下，他知道，它会轻而易举地将自己大腿或手臂一口咬断！抽空子抬头朝岸边瞅了一眼，岸离得那样远，远得没有边际也没有轮廓，仿佛那是另一个世界……他的那点本来就不大的优势现在全部失去了。

一分钟两分钟过去了，钓线是松松地垂入水里，连坠着那个可怕的谜。更长的一段时间过去了，仍然不见有行动，对手似乎有意要折磨他的神经。而他，也不会丢弃手里的线绳逃到岸上去。一只有着像是用浓墨描绘上去的黑环纹的大蜻蜓，想停落在盆底上，但经过一番盘桓侦察，还是飞走了。

他睁大眼，一直处于颓势的仓皇中……说不定什么时候，一团巨大的黑影卷起一股隐浪就从哪里直袭过来！

如果是在别处，眼睛能看得清水下长什么草，游什么鱼，爬什么螺蚌，在这里却不行。水太深，而且特别凉，凉得脊梁背上像有钩子在挠，身上的长裤裹住腿脚，沉沉地有点往下坠。终于，手里有了感觉，钓线在轻轻地抖动，逐渐朝前拉直，与水面的切角变小，并且连同他扒住的盆也一齐给拉动了。这时才发觉抓钓线的手要扒盆底，实在不利索，于是一咬牙，用刀割去碍事的红塑模，直接将线绳缠在自己手腕上。刚做完这些，那线绳又松弛下来，仿佛要印证他的骤起的紧张，一大团黑影似乎推拥着一股阴冷气浪迎面猛袭过来，犹如一只巨手迅疾扼向他的咽喉，直感到进出的气都被堵住，憋得头皮、肩肌一齐突突地跳抖……

头脑还算清醒，反应快速，赶忙双脚一压水，侧转身，以稍横斜的姿式迎接着，全神贯注，持刀的一只手略微前伸。身上特别凉，好像落在冰水里一样，感觉腿都快抽筋了。

那团黑影在离他不到两米远的地方停住，如同一只充了气的皮筏子那样浮出水面！

瞧着它从颈部皮套一样的皱褶里全部伸出脑袋，随即又慢慢缩回去了一些，似乎要摆脱什么……稍后，把脑袋又一点一点伸出，轻轻摇了几摇。那根浅灰色的细线绳，就垂在它左侧嘴角边随着水波晃动。一缕清晰可见的掺和着涎液的血痕，也顺着那侧嘴角挂出，在水里拖出长长一段，才丝丝环环散开去。

在这荒凉平阔的水面上，他们又一次对面而视了。这回，双方完全处于水平位置上，而且就近在咫尺。它的口中，不断喷出腥臭气，令人难以忍受。尽管无从知道它在一刹那间会做出什么举动，但是能够清楚地看着它，心里却已镇定了许多。

苍翠深黑的老竹林，仿佛是一个脾性乖戾的老太婆，此刻正用阴毒的眼光远远注视着他的命运……而他，则必须摒弃那些悬浮在模糊不定境界中的感觉。

他努力地仔细地注视着它。

它的墨绿色头部散布着一朵朵铜钱大的暗黄色斑点，隆起的颌骨由两侧朝颈部斜落下去，分别直贯两条橄榄色条纹。巨大的黑礁石一样滑腻的背甲，隐隐透出青绿色，上面赘生着许多蚕豆大的深灰色疣状物。左后蹼旁的裙边有一个很大的三角形撕裂口，随水晃动，一掀一掀稍能看到肉色的底面——这个家族的外形特征是除了有肉裙外，胸甲也不似龟类那样硬挺，所以这里的人不说乌龟与蛇行事，而是有板有眼地描绘那柔软的肉裙怎样将雌龟裹住，干出那种不伦之事，公龟天生就是戴绿帽子的。

它仿佛趴在水里，前面一对蹼趾一半露出肉裙外，利爪大而弯曲，呈钩状。只须略一前扒后蹬，身子就上浮一下，附依背甲上年深日久的苔衣，形同披散的毛发，随水波四下晃漾。

它冷漠而自信，神情萧然地瞪着他，显示出与身份相仿的老谋持重和坚忍不拔。

它不动，他也不动。

他只觉得嗓眼里干涩难耐，使劲咽了一下唾沫，又含了一口水吞下。悄悄将握着刀的手收回一些，一股不可抑制的冲动几乎要将他弹起：倏地猛扑上去，一手扼住它伸出的颈脖，刀尖一挺，照准那部位狠狠扎入，扑哧一声，腥血迸射，一个神话到此结束！可心里又很清楚，这一刹那间扑击搏杀，只能在陆上进行。水里，是它统治和施展淫威的地界……速度，力量，都属于它。

不知道它在想什么，它是否知道一年前他曾有过的一次犹豫？

那一次，是因为发现了一条白鼍龙——白鼍龙稀世罕见，也是不祥之物，长出了角就更不得了！风声传得很快。一个黑瘦汉子夜晚找到他，想弄到那张皮，说香港有人要。"小老弟，开个价吧！"那人说。他实在懒得搭理。

"一万五，怎么样？"黑瘦汉子急不可耐，自己报了个价。他只是翻起眼皮看了对方一眼。"两万？"依旧没有搭理。"两万五？"那汉子加码。"好……就给你翻一番！"那人咬了咬牙，撑开五根手指，双眼也凸了起来。他这才霍地站起，用手指了指屋外，将那家伙猛一下推出门去。

但有必要搞清究竟，那条白鼍龙到底怎么回事？他蹲伏了三个上午，用去了四只活鸭和三副羊下水。结果发现，那只是一条身上涂满泥污又给日头晒得干白的普通鼍龙！正猜想这家伙说不定还生了皮肤寄生虫病时……突然，八九米远的水下猛一下浮出一团巨大黑影，一个猪嘴一样的尖长吻部伸出水面，大约是想要从那条鼍龙嘴里抢夺美食。而那条将近两米长的鼍龙见到这王者之尊的神物，居然只是示威性地用尾巴击打了几下水面后，就丢开到口的食物，仓皇逃到一边去了。

“那东西”扑上来，一口衔住羊肚杂，脖颈一缩，那堆羊肚杂短了一截；再一缩，又短了一截；几次下来，杂七杂八稀里哗啦全下了肚！有那么一刻，它一直将脑袋竖着不动，眼睛定定地看着一个地方。当时，他手持一柄锋利的精钢鱼叉，而且隐蔽得极好——铜头铁尾豆腐腰，这是扎鼍龙的秘诀，只须一抖手腕，将鱼叉抛出，十有八九能扎进那个猪脑袋一样的头颈里！不知道为什么要犹豫……是因为感受到那双具有威慑阴影的眼神，还是这种颇能应验凶险的景况在心底引起连锁反应？总之，只是片刻间的软弱，便失去了一个机会！

现在，得为此付出代价了。

但它并未发动袭击，只是缓缓掉过头去，不经意地划动了几下。他扒住盆，勾起脚尖也轻轻划动着。它似乎有所察觉，把头转向他，一侧的颈皮拉得长长的；几乎是静止地盯着他的双眼里，显现出阴郁的轻蔑神色。

他也盯住它，他要比它更具耐性，更不会动摇。他不希望它潜沉水下去，只要它也留在水面上，他就不担心会受到突袭。

那只有着像是用浓墨重彩描绘出来的黑色环纹大蜻蜓（不知道是不是先前那只），又飞回来了。好像有风，它斜逆着飞，有好几次，甚至打算停落在“那东西”吻端鼻孔上。细微的纹浪有节律地拍打在盆上，响声仿佛从另一个世界传来。

脑袋有些沉，体力已消耗太多，因为眼睛贴着水面，细浪在视线里连绵不尽，愈发让人头晕目眩，脑子里真正成了一片海域。至于腹部，已经不再有感觉了……那只大蜻蜓经过一番盘桓，又平展翅飞翼飞远，变成一粒黑点消失。他已失去了方向感，太阳……太阳在哪里？终于勉强辨认出来，可那只是毫无生气的模糊发飘的一团白影。

猛然，心底腾地燎起一阵焦躁……这般不死不活地对峙着，妈的，那瘟牲怎么不攻击？他看了看手中寒凉利器，知道这锋刃绝对忠实可靠。这是一把六寸藏刀，双刃，有血槽，足以激起一种奇特的渴望；说不定他会用这刀尖挑破自己脉管，让浓浓的血腥味引逗它疯狂扑上来！

那天，打镜子里认出那张面孔后，他便成了一只遭重创的狼，觉得再也找不回自我了！他问自己：死是什么？死他妈的什么也不是，死就是死！他藏了这把尖刀，掩饰着那颗渗血的呻吟的心。在村头小店里，买了一瓶六十度高粱烧，喝了一半，顺口角流了一半，虽然神态还清楚，却尝到了那份兽性的原始的疯狂……

神差鬼使，就在他双手攥紧刀子，克制不住想试一试自己腹部的柔韧程度时，没料到一只手伸过来将他阻止。他茫然地抬起头，正好打了个照面！黑猫的身影从脚边蹿起，他身上呼一下沸腾起这个人的血液，熊熊升起毒焰的血液呵……他们对视着，他知道自己的眼睛里缠满血丝，凶残，绝望！

可是对方的目光却异于往常："明生，你要干什么？我知道你心里委屈，难受，可是你不该这样来作弄自己……"听见那一声呼唤，心扉竟为之开启一线罅隙……一阵悲凉擦过他心尖，猛一哆嗦，刀子掉到地上，弯腰去拾时，哇地一声，痉挛身子翻肠倒肚地呕吐开了！

突然，贴着耳边响起一种声音，那是一种很响的吧嗒嘴唇的声音。他望了一下，显然是它弄出来的，接着又响了一声。这回，看清了那张开的口里有一排白森森尖细利齿。从那喉头深处，还传出一种咕嘟嘟大口喝水一样的声响。他不知道这是什么前兆，就用一只手悄悄脱去了碍事的长裤，好随时作出应对。

它在动了，而且动得很快，四肢一伸一缩，敏捷而有力地划着水，缠在左手腕上的线绳马上吃上了劲。他弃掉盆，但身体在水里的阻力仍旧很大，不得不将那只手臂尽量朝前平伸出去，线绳抓在掌中，免得勒掉手腕上一层皮肉。他只能取侧泳的姿势，因为呼吸已不能控制均匀，弄不好便要呛一口水，尤其呛入鼻孔，头晕眼花，最能减损体力。

在水面拖了一阵子，看来，"那东西"一直没有下潜打算，也许它的嗓子亦或是肺坏了，妨碍它在水下呼吸。它的划水姿势，从后面水平位置望去，非常笨拙，一掀一掀的，仿佛有谁在它背甲两头一下一下重重敲打着，完全不是想象中那般快疾，舒展。

实在弄不明白，这样完全不符合流线形的又大又笨的体型，在水下的阻力该有多大。那么，它疾行时冲出的隐浪应是很远就看出来的……为什么却是那般行踪神秘，莫非它真的会隐身或消浪有术？

就在这当头，一只很大的鸟连扑带飞几乎是贴着头顶扑喇喇越过。他抹了一下沾在眼睛上的水，看清是一只白胸黑背苦哇子鸟——这鸟是飞不远的，他心里怦然一动，侧转头一看，老竹林的蓊郁竹树差不多就贴近在眼前！原来，“那东西”刚才牵着他兜了个大圈，他的脸一直偏向圈子中心，才未发现这番变动。

看清了现在所处的方位，没想到前面不远就是刚才下水的地方，那里水不深，而且有一处理想的浅滩……体内立刻被注入一股力，一个主意已在脑子里形成，先头毫无感觉的腹部涌上一股温热的液体直贯胸腔，并扩散开来，肠胃似乎也急剧地收缩了几下。强迫自己调匀了呼吸，将刀子送口里噙着，暗自运了运胳膊，估计双臂的肌肉还能够输送出一击而中所必需的能量。再看“那东西”，想必剩下的力气也不多了，尽量麻痹它、迷惑它，会更好。

这是智慧的较量，勇气的拼搏，必须把它游动到那个预定位置上的角度觑准，再借力打力，决不允许失手。总之，是偷袭，是不光彩的暗算，能否成功，在此一举。

它似有所觉察，懒洋洋地回了一下头，冰冷的眼底，射出深藏而集中的兽性的智慧光芒。他们双方，一个是万物之灵的人，一个则是爬行纲两栖动物，自有天壤之别，然而，刚才这短暂的相互一视，似乎已看到了各自的灵魂有多深，让他竟有点不知所措。

在它转回目光后，他悄悄又换成侧泳姿势。

必须沉住气——他再一次对自己说。

一只手臂小心翼翼划动，并逐渐提劲加速。他抄到了它的前头，牵着线绳游动……

成功了！他的手抓住了一根远远伸过来的树枝。

然而，这并未给他带来多少喜悦和激动。“那东西”几乎是在没有察觉的情况下让他悄悄牵了过来。他立在齐胸深的水里，心头有几分懊丧，并且由于猛然立起胃部受到挤压，差一点呕吐了。一种尖利的切割神经的啸音在耳底剧响，双眼也让水侵蚀得模糊而生痛。如果不是在水里，恐怕站立不住……

继续试着把它朝岸上弄。它仍然未作反抗，像羊羔那样顺从。只有一次，似乎想逃开，但那已是临近陆地不足膝盖深的水里……他堵在后面，抄下双手把它朝岸上掀过去。没掀动，不仅是体力方面问题，也因那冰冷的、毫无生气的肉裙边沿异常滑腻，没处抓手，但那股劲势无疑将它更近地推向了岸边。

伸手可及的地方插着一根树棍——记得先前就是用这根树棍把针钓朝水塘中顶远的。树棍的下端足有手臂粗，他抓起来插入“那东西”身下。一点一点撬拨着，搅得那一片水成了黄泥汤。最后，终于将它弄到岸上。

他赢了。从手腕上解下线绳，趔趔趄趄走过去拴到一棵树桩上，自己也在那上面一屁股坐倒下来。

他们都喘着气。尤其是它，大张开口，喉眼里仿佛要断气那样嘎然有声……他知道，即便有着那种可大可小进化十分完善的肺，却终究不能使它像哺乳动物那样喘息。它肯定是嗓子里痛苦异常，因为嘴边一直未断那一缕淡红的血丝。

它朝他看着，不时打嗝般吧嗒一下口唇，随着头部的晃动，一双冷漠的眼睛里，时而神采奇异，时而又黯然无光。他突然觉得这应该是一个人，一个转错胎的万物之灵，它有人的思维和表情，它非常聪明，却又如此不堪入目的丑陋和肮脏。

多少年来，让那么多人敬畏的，就是它么？自己却战胜了它，而且身上没破没损连一点血都没流，真令人难以置信！瞧着它那张横阔的裂到颈部的大嘴，那么强健有力的蹼爪，它的力量呢？它当年所向披靡的雄健和骄横呢？

它有过真正的欲望么……它也曾害怕过孤独并被孤独折磨过么？

四周清冷得没丁点儿动静。格——登，格——登，一只不知道藏在什么地方的登雀子叫起来，越发显得天地之间很静。

没有扭动挣扎，就那般趴伏着。他似乎才悟出：它衰老了，它的身上积聚了太多的逝去的季节与故事，眼下再也无法将它们上演……是的，作为生物个体，它的细胞的功能，它的传奇生命活动，都已达到了一个极限，不能再无限扩展下去，于是，便有了这无可逃脱的悲哀的终止。

它把头伸了些出来，或许已知自己行将寿终，才想到回过头去，看一眼那水面。他甚至感觉到了它的实际上并无眼睑的双眼痛苦而无力地颤动了一下，那是对生的不尽眷恋，抑或是一种透视了生命的领悟？就在那一刻间，垂挂在它嘴角边掺和着涎沫的血丝也变粗了，浓了，缓缓慢慢地流淌下来，落在潮湿的苔藓地上，像红蚯蚓那样蠕行开来……

他站起身，拿着刀走过去，抓起钓线朝上用力提起，像对付牛那样，将它的头往后扳去，口里的血顿时流淌得急了。它感受痛苦的机能仿佛已迟钝，任他用力撬开嘴……却发现，嘴里并无什么“森森利齿”，更令他吃惊的是，针钓根本不是横卡在喉嗓眼，而是就横担在口腔里，似乎只要稍用力一咳，就能咳出来！

强忍住那股腥臭，用刀尖划破它上颚一层灰白的硬肉，针钓便给轻轻抽了出来。

它仿佛知道了自己已被解脱，一点犹豫也没有，蹒跚地横过身子，撑起四趾，摇摇晃晃朝水里爬去，并未如想象中那样会投过来惊疑、感激的一瞥。

身后，潮湿的苔藓泥地上留有两行勉强可辨认的爪印。

一个神话终结了。毕竟，这只是由一枚卵造化而出，很少会眨动眼睛的两栖类爬行动物！

望着它慢慢划开水波，他想起了放鸭的红鼻头老三曾扯着嗓子打谜语般唱过：

春天来呃——发水——走上滩——
夏日来呃——炎热——柳阴潜——
秋天哟喂——天凉——蹲塘底——

冬天里啰——寒冷——钻深潭——

一点一点地，“那东西”终于全部沉入水下去了。

㈤

青碑

大清光绪乙亥年夏秋，久旱无雨，暑气蒸腾，南天河仅存细流一脉，村民乃筑坝截水，叠架盘车以灌田禾。隔岸陶姓，恃其势众，于一河数里内，非其族人不允获水。八月十九晡时，吾族青壮子侄百十人，前往争水。至于械斗，赤血漉坡，白脑涂地，鬼神为泣，殊属惨烈！吾族殁者二十有四人。以是勒石旌志，传之于后世……

碑文后面，是长长一串以“凌”姓冠首排列的名字。

其事亦见诸《县志 水利篇》：

> 乙亥年春始，震雷飞雪两昼夜，途为之阻绝。至夏，历三月无雨，旱魃猖獗，禾焦草枯。百姓打醮做会，往聚李靖祠焚香烛纸马，泣血祈雨者不计其数……去城东北四十里许，夹南天河有陶、凌二族，争水械斗，死伤甚众，备极惨烈。致县令刘公端先为之挂印而去。

据言，此地尚另有一青石巨碑，记述了一件发生于民国年间的事，亦是“鬼神为泣，殊属惨烈”。然而，此碑年代虽近，却在眼皮底下失去了踪影。

一九八四年重修县志，曾着力寻查，走访多人，有说让仇家砸毁，有说被推下了河，有说扒新河、废老河时给埋入某一段埂脚底作了镇埂物。

更有甚者，谓某年大水漫河，有人于黎明时亲见青石巨碑自河底浮起，载了一赤膊黑汉漂流而去……诸说不一，不甚了了。

——以上，权作题记。

八十年代中期这个梅雨季节，明显迥异于往常。

先是在三月头即连日暴雨如注，那满河春水浩荡的汛景，直让人以为是提前入了梅天。但上了年纪的老人却忧心念叨："发尽桃花水，必是旱黄梅……"

果真如此，自五月入梅以来，仅见几场湿地皮阵雨，天气也是少有的干燥炎热。到了六月底，眼看就要出梅了，沟港河塘却一律枯瘦，存水蓄水量不到往常年景三分之二。虽然仗有柏山渠灌溉之利，但县、乡两级蓄水抗旱保苗的动员会，一定是要层层召开，层层往下传达，抓紧落实。不怕没事，就怕出事！

没料想，遽然间天气就起了变化。

打三天前早上起，先是不知打哪飞来那么多白鸟，成千上万只，结成大阵，如一层厚幔那样扯了上来，很快就迎面掩住了日头，将半天朝霞扑得迷乱四散，惶恐之极……待群鸟如龙兵过境一般散尽，日头也没有了，一天的乌亮铅云。至吃早饭功夫，老天就黑沉脸拉开架式闷声不响地落了起来，雨点越丢越紧，中间一气不歇。到后来，拧上蛮劲，就跟抽风撒泼一样，分不出一个天地道道来，灌满耳底是一片呼呼的雨水声！

推到屋檐下的水桶，才转身一眨眼工夫，就泼泼满。院子里的水从墙脚涵洞往外淌不及，积了两尺多深，雨点砸下密麻麻洞眼，撒豆子一般乱迸乱溅，扯带起蒙蒙雾气。圩田好做，梅天难过，眼下的圩野里早已是塘满沟平，显出一片不祥的白茫茫光亮。

"……落忘记了，落通底了，不能落了噢！不又是要出事……想想哇，好端端一个人，好端端的，就那样打祠堂里走出来，走到河边，下了水一去无回头，连一句话都没给我留下……好硬的心肠！前世烧了断头香，作了什么孽呵，砍脑壳遭那横死……看看噢，又是要落三天三夜不开脸，三天三夜没住点，破圩倒屋噢……落昏头了，不能落了，老天呀……再落下去，又要开祠堂门祭红头血签，又要埋碑记事了噢！”

包了铜箍头的实心罗汉节竹杖，有节律地一下下敲打在湿漉漉的门槛石上，发出实重的“笃笃”声响。

灶屋里，妹妮在烀猪食。一本《青年一代》杂志抓在手里，愣是半天也看不进一个字。瞧那封面上穿红衣的蛇精脸妹子，笑得好舒心自在，眼下这黄梅天带给圩乡人揪心的烦愁，她能经受得起吗？

墙角处长满一丛丛毛发一样的黑斑，空气里水叽叽的，到处都跑出一股霉蒸味。干柴棒上蒙一层细密水珠像冒冷汗，一夜功夫就能钻出一层灰茸茸的猫耳朵蕈子来，抓手里黏涝涝的。烟不愿出去，在屋子里贴着地面到处钻，都能裹腿绊脚。

“……南山里发了大蛟，野鸡蛟……好好的青石岩上，立着两只长尾大野鸡，脸红得像两朵花，罩在五彩锦缎一样满天云霞里……许多人都看见了，撵也撵不飞。坏事就坏在两只不配对，都是公的，一方不养二雄。两只冤家对头呵，颈一伸，拍拍翅膀咯打咯一声叫，就斗起架来……一时三刻，蛟就出来了，哗一下那青石岩底腾起两股冲天水头，比赛要压倒对手！两股水头汇到河心里，拴了几百条牛那样一齐叫，一齐叫……叫得人脸上寡白，心里都抽空了。吃过中饭，抬锣一响，哐！哐！当家立户的男人，脚跟撵脚跟齐聚到祠堂里议事，直议到天断黑。女人不许踏祠堂门槛石，黑天雨地里，守在外面牵肠挂肚地扯耳朵听；听见了什么噢，听见了祠堂里先烧香磕头祭祖宗，请了关云长神位，祷告许愿……当了祖宗面，有人喊你老爹名字，你老爹抽中那支红头血签，也有人说是他自己要过去的……红头血签上，是不晓得多少代、多少回打冤家蘸下的血，用黄表纸包了供在神龛里。红头血签一出，便是又要开杀戒，死人伤性命……祠堂里发下话，要你老爹划水过去，扒倒对面仇人冤家圩埂，分掉水头行洪。造孽，造天大的孽噢……那时，吮当一声，祠堂门大开，好几盏灯笼引路，你老爹喷一身酒气走出来，身后还跟几个人。大男小女纷纷让路，人墙中裂出一条巷子直通到河边。天边扯的豁闪一道道，红的，青的，白的，刀子一样直往人心里搅！只听得满河心里水挤得哞哞叫唤……你老爹走到河边，站住了，回过头来，我猜是留下几句话交代，我那时已有身孕，三个多月了，他还不晓得……我扑到跟前还没等张口，当头就有一个揪天抓地的雪亮豁闪直扯下来，照出你老爹一脸铁青，满腮帮胡桩子都是乍的，连头毛也一根根竖起来，清清楚楚，颈子上就有个血窟窿咕嘟嘟往外冒血水！我骇得大叫一声……你老爹已拧过身子去，朝河心里吐了一泡口水，抖落身上横披的小汗褂，杀紧腰间板带，接过别人递上一碗酒，兜头浇下，赤膊啷当下了水……下了水噢，就再没回头。后来让老陶家的人捉住，绑到马背上，跑马洒血漉坡，连个囫囵尸身也没剩下。听人说，那青石碑上一字不漏地都写着噢……”

啪，一粒湿漉漉小石子打在灶门前挡灰石上，滴溜溜直转。妹妮见了，细长的柳叶眉稍轻轻一跳，四下里望望，忙往灶洞里压进一大截大柴蔸，弯腰抄起屋檐根下雨伞，一抖手臂撑开来。

“走哪快去哟？”厅堂里笃笃声顿住。

“雨落得好凶，我过去看看那边牛栏屋里漏不漏！”

屋檐水哗哗哗泻泼到伞上，打得伞直往一边歪倾，说话声连自己都听不清爽。大雨把四野变得一片白茫茫。

半明半暗处，大黑牯有声有味嚼着一堆透湿的青草。地上有一汪积水和几个湿脚印子。

冷不丁，一股热烘气喷入后颈项里……妹妮一拧身子，慌忙闪到一边。

满月一动不动瞧着她，见棱见角的腮帮子绷得紧紧，隐隐泛青。

妹妮有点害怕，偷眼瞟一下门外，低声问：“这牛草……是你搞来的？”

“从鱼塘那边挑来的。下这大雨，怕没处去割牛草，还不是心疼你。”

见满月头上还在滴水，湿了的红背心斜巴紧勒在身上，妹妮眸子里涌出疼爱，就掏手帕递过去，说：“揩揩干，要害病的。”

满月伸手往头上一捋，甩下水珠一串，转眼看着屋外闷声道：“鱼场漫水，用不着再投喂饲料了。”

妹妮吃惊不小：“有这么快?”

“就这势头一气不歇地疯灌下去，你瞧吧，不等到中晌，小坝子一破，大鱼小鱼都得尽数放生……单是四号成鱼塘，去年投的二千五百尾冬片，一色能压住三斤的秤砣了，搗你娘的天，硬要老子赔血本!”满月一嘴牙齿咬得咯咯响，两眼森森地放着光。

妹妮也望着屋外，但她眼光只落在门前不远的场基沟沿边。有一株栀子树，雪白的花，在雨线不断击打下，连连不停地颤抖，瓣尖下方水珠，仿佛泪花似的不断线往下滚落。一只麻雀在檐下湿湿地叫，十分凄惶。

满月告诉妹妮，外河水位早已过警戒线，昨夜里开了紧急动员会议。乡党委书记荆大宝割了痔疮又割疝气，正在住院。很受上面器重的党委副书记刘成，原是县水利局政宣科长，刚选调下来不到半年，不熟悉情况，尤其是从未有过抗洪抢险经历。于是，年龄早已过了杠子线全县最老的乡长凌老黑理所当然挂起了帅印，刘成见习当副手。

满月还说，因为自己兼了点堤管会的事，也列席参加了昨夜的动员布置会。会上，眼镜子刘成掏小本子念了一串数码字：整个桃林圩堤长二十二点五公里，堤埂最高处十五点二米，平均为十四点二米，一九八三年南天河最高水位十三点六米；险段主要是陶家圩和凌家圩联圩时新挑的埂段，长二百七十米……根据这些，经会议讨论，按老规矩采取分片包干责任制，对于迎流顶冲、外崩内塌等险情地段都确定了应急措施，凡木桩、土袋、摊簟、小圆竹、铁丝等一应抢险材料，一律于上午十一时前运送到位。

满月负责清障，专干得罪人的脏活。一大早就领着一帮人剃头刮脸一样将堤埂外侧树木尽数砍去，管你老陶家的，老凌家的，一概不例外。堤埂上树木桠桠杈杈多，容易招水，俗话说拔出萝卜带出泥，何况是一棵树，随便叫水揪一把，连根拽出，就是一大方土，比剜了肉还凶，隐患极大!

许多树是满月自己下到水里锯的。水下锯树，涩锯子，又不得力，折腾个半死，还放不倒一棵树。后来，有人出主意，不停往锯条上抹肥皂，才省了不少力气。

最恼火那些绞筋不讲理的主子，硬是挡住不让锯，吵起来，就扯喉咙嚷：“你狗日的别烧包，老凌家的事还轮不到老陶家人来管……”更弄些母夜叉一样婆娘来拍屁股跳脚骂满月是粪蛆落到酱缸里，拱的不是地方；“砍一棵树砍你亲老子……砍两棵树砍你亲嫡嫡的一双老子娘!”

满月恶狠狠地对骂：光是砍你树？想得倒轻巧！一时三刻大水上来，老子还要扒屋抽椽条打桩，灌墙土填豁缺哩……你们等着在地上打滚吧，一身痒痒的逼肉有哭着嚎着乱抖乱颤的时辰！

凌老黑明明晓得这些事，却是看见了同没看见一样，叽都不叽一声。气得满月一口唾沫咽回喉嗓，好歹把埂坡外侧树统统放倒薅光后，甩手不干了。一个人顺埂溜坡跑了几圈后，愈发看清了一些事态真相。

隐患除了“文革”时联圩修“大寨田”在过水滩上筑起的那一段新堤外，那些电站闸涵，陡坡险段，表面上看，有专人负责，但一贯来都是开碰头会听凭各自顺大腿摸卵蛋报上大谱子数字应个卯。眼下看来，屙脓夹血远不止那么回事，实际情况要严重得多！

仅举一例：有的埂段冬修挑土时投机取巧，用大块崭方四正的土坯砌城墙一样自埂脚底码上来，而验收时只用皮尺拉拉埂面宽度，却不管埂脚和埂坡能不能撑住！这种堤埂，雨水稍一浸泡，就会像砂糖遇水一样迅速稀松烂软坍塌下去。平日怕加盐，酸了菜一缸……不过，真出点事也好，不弄出点乱子来，还要把人活憋死！倒霉事真要碰上了，人人都摊着一份，谁也躲不开！多难兴邦，多灾兴圩，古今同理。

“妹妮——”满月偏过头来闷声唤了一下，“冲了鱼场，大不了我赔进承包鱼塘借下的贷款，反正账算在我头上，一年还不清两年还，两年还不清三年还。烂人不烂债，只要人还在，总有能还清的时辰。不过，嗯，担心的是我俩姻缘好事，怕就稀里哗啦给一下子冲到龙王庙，一辈子别指望搂到老婆快活了……我已想好，水一退，就出外找门路挣钱去，不再连累你了。命里有时终须有，命里无时莫强求。”

“你可别这样说话……”妹妮一下抓住满月的胳膊，用那双让人心疼的大眼怨艾地望着他，仿佛害怕他真的马上就走失了似的。

“我就说嘛，我们没得鸳鸯蝴蝶命……鱼场本来是你们老凌家承包的，我以高出别人一大截的承包额夺过来，能不招忌恨吗？他们不会轻松放过我。再说，我这人头生反骨，贱相得很，从娘胎里爬出来就不是顺眼的角色，给安个尾巴拖着，也硬是不晓得摇动。就连你，我也从没讨好巴结过吧？”

妹妮脸一红：“你，你一张嘴总是这般糟贱人……”举起拳头在满月胸前擂。

满月纹丝不动。

妹妮心尖尖像叫虫子狠蜇了一下，嘴头子一颤，转过身去扑簌簌落下来两行清亮泪珠子。

“嗬，眼睛水也作兴批发啦？”满月扳过妹妮肩膀头，俯下脸亮灼灼地瞅着，喘气声变粗了。

妹妮吃惊地睁大眼，本能伸出手来推挡，但是，仿佛承不住那压下来的强光灼射，她脸色一阵苍白，两排闭合上的眼睫毛轻轻颤动着。立时，整个人被一双强壮有力的手臂毫不留情地一把掠过去，疯狂压住搂紧了。

……就像一条鱼突然被从岸上飞来的鱼叉扎穿一样，只有朦胧的影凌空一闪，却扎得那样准，那样狠！事先根本没让她从容吸足一口气，就给闷下深深水底，直给憋得气息如丝，悠悠一缕，灵魂就要出窍脱壳，被一个黑乎乎洞口吸入。

“别，别，不要呵……”她死命地抵挡住满月的生猛粗鲁动作。好不容易才从满月怀里挣出，整理了一下被弄乱的薄衫，心里就如一只乱了黄的蛋，身子绵软软无力，疏懒困倦得直想往一张床上躺倒下去……

她努力克制着心头一剜一剜的痛楚，不让噙在眼里的泪水流出来。

大黑牯在一旁喷出粗重的鼻息，木然地望着这一幕。满月转过身去伸手拍了拍那张牛脸，嗤笑着：“说呀，你这家伙，倒是瞅出了点什么门道？”

“你总是不把我正经往心头上放……”妹妮抬眼迎向他，幽幽地说。

“放不下，心尖头就这么点点大场子，太小了，怕把你给憋屈了。”

“哪个有心思跟你磨牙斗嘴……我晓得，你心坎高哩。”

“心坎高不高，眼下可不是磨牙辩白的时辰！速些回家去吧，这半天不见人影，你那门神老奶奶准得吆破嗓子了。”

“你这马上走哪去？”妹妮偏侧过头望向门外，撑开的领口里，绽露出诱人的肌肤。

满月朝那里头瞿了一眼，抬起头来时，喉结狠狠划动了一下，未出声。

“真要破圩吗……”

“尽量不让破吧。”满月也顺过眼，注视着外面的雨帘咬住腮帮说，“这么多年没正经像样地挑过埂了，新河道疏浚工程没配套好，老河道就不顾死活要截断；“文化大革命”中联圩修大寨田，一些人头脑发热，又把老鸭滩圈进圩内，堵死了连通南天湖的过水道。你大大那些年得的奖状不还宝贝一样收藏在箱子底，没霉坏吧……”

妹妮的脸又红了起来，低声说：“哪个不晓得，那都是他泼性命换来的，冰冻轧轧的三九天，带头跳到齐腰深水里，一泡一整天……一身的风湿病痛，就落下几张如今什么也不值的花纸头，你说他不亏么？”

“晓得那晌子干下什么蠢事，只怕哭都来不赢了！哼，要我说，天要落雨娘要嫁人，真要破圩也没法子挡，总不能再捉个人来绑到马背上，三记抬锣响过，喀嚓一下，一刀下去脑壳点地，跑马洒血漉坡！”说着话时，一件橄榄色军雨衣已抖开来披上了身。

“满月”，妹妮赶上一步，无限柔情地颤声唤住，把脸埋在那年轻壮硕的胸膛上，轻轻磨蹭着，“满月——”妹妮又喊。

满月应声：“嗯？”

“满月——”妹妮再喊，她的身子，在宽厚有力的怀里努力压制住轻轻颤抖“……真的，我求求你……别把他那人太往坏处想……就那么一点狠巴巴劲头。你不是不晓得，这些年，他过得不松爽。”

“是嘛，女儿总归是向着老子，父女亲，嫡嫡亲，打断胳膊还连着筋，我怎么就忘了这一点呢？”满月讪笑着：“要是我没说错，昨天一大早，为我俩事，他在家里就火烧火燎地好发了一通脾气，对不对？”

妹妮轻轻抬起头来，丰满的胸脯起伏着，她用充满哀求的眼神望着满月：“别这么说……山不转，水还转哩，我盼着，有哪一天他终会通融……”

“通融？嗬，老陶家和老凌家打冤家，多少辈子没正经通融过开亲的事了，何况我又是陶大巴掌亲侄子。真能修得庙来，只怕和尚老了，等不到那一天。”

“你，你信不过我的话……”妹妮的身子像一片在风里颤抖的树叶，温柔、美丽的大眼睛里迸出泪花，清亮动人。

“信，但我不能信凌老黑家女儿的话。”满月的嘴角，仍旧冷冷挑一丝那种抓捞不着的微笑，“五十多年前，我们老陶家人杀了你老爹；三十多年前，你大大又杀了我大伯……几世的冤家仇恨，全因这河水结下的。你信不信，今年的水还要大过那两回哩！”

吃晚饭前，雨齐扎扎住了点，四野空寂，一片哗哗流水声。

正对南天河上游，云脚搬动，倏然裂出一扇狭长天窗，紫赤金黄，射箭一般迸出一片裹着黄晕的血光。密密匝匝的金丝橙线交织如网，笼罩四野，对面望人，炫目骇神！

村子里几条狗，给这少见的“火烧天”弄得懵头懵脑，“汪汪”乱吠，就像有谁要扭断它们喉咙似的，声音比哭还难听。那些平日里在竹丝篱笆下钻进钻出休闲散漫惯了的鸡，这晌子也变得格外疑神疑鬼，伸头探脑的，东张西望，迟迟不肯进窝上笼。稍有风吹草动，一只鸡咯打咯打叫，一群鸡便咯打咯打一起叫，飞到矮树杈上不下来。

“倒照，倒照，淹锅倒灶！血光灾信，劫数难逃噢……你老爹过去的那阵子，天都黑了，南天门大开，照得满河通红，泼了血一样！鱼虾都成队，一泼一泼游上来，密密麻麻浮在河面上，也不晓得哪来的那么多？连瓢都能舀得到，都说是从天河里下来的，是老天照着数目来收人头的，哪个还敢去打捞！满天血光，大男小女，哪个不是悬紧了心，勒得透不过气来……一个时辰后，南天门关上了，四下里像掉进锅底一样漆黑抹乌。那时辰就起了河啸，黑咕隆咚里，隐隐地先是在上游叫，听着听着就到了跟前，满河心里嗯嗯地叫，拴了几百头牛那样一齐叫，叫得你到下辈子也会听得到！哪个不拱背缩肩，汗毛直竖？劫数，劫数难逃……都在青石碑上记着噢！”

“咳哟——哎咳！咳！”

侄儿黑崽子大声呛咳着，冷不丁地把人吓了一跳。

“你怎么搞的……”妹妮问。

“咳，哎咳！奶奶，奶奶你不信，锅里七个粑粑印！鼻子根痒，好运气要来……水一退，就去卖老古董发财……嘻嘻。”

妹妮也笑了，骂：“痞相!”

奶奶愣了愣没接茬，包了铜箍头的罗汉节竹杖往门槛石上狠狠磕了一下，撮口吆喝起屋梁上吱吱叫的鼠子：“呔嘘……鬼嚼你的牙床骨哟！死不绝的小野物，前世作的什么孽，专来跟人作对，折损阳寿噢……”

“要修炼成精怪哩……嘻嘻。”

“作死！”妹妮紧忙瞪了黑崽子一眼，顺口托过话来：“闹大水，连这些老鼠都搅得不安生哩。”随手将一碗炒得喷香焦黄的米小麦递了上去，这是圩里特有的一种无芒小麦，粒大仁胖，不须舂磨，可直接炒香或兑米煮粥吃。

奶奶牙齿特好，对光这种食物，只要不讲话，嘴里便断不了要嚼上半把一撮。每年黄梅天发大水，都要备下焦香的炒米麦，是老凌家多少辈子规矩，单在奶奶手里，就不知炒下多少升这种荒年应急干粮。据说不论大人小孩，到了这种时日，身上都背缚一袋炒米麦，连睡觉也不卸下。妹妮巴不得这喷喷香的炒米麦能暂时塞住奶奶的嘴，因为奶奶的思路只要一连贯起来，话梢上就会拖带出又尖亮又刺耳的瞿瞿嘶嘶哨音，熏染出一种扑鼻的水腥气和浓烈的血腥味……

“前前后后，都在那块青石碑上记着噢……一齐过去四个人，只逃回来一个满身血窟窿的七斤子！七斤子整整躺了三天，才把什么话都原原本本对我讲了……我怎么就没想到，在冤家对头那边，你老爹还有一段扯不清的缘分哟……陶莲香，那个蹲娘家屋的小寡妇，才嫁出去半年就死了老公，生得标标致致，水灵白嫩的脸盘子配上一对吊梢狐魅眼，细腰大屁股，两个奶子直耸耸，戴一身重孝，白衣白鞋，走起路来跟个水面莲花风摆柳一样，天生是个慑人魂勾人命的美人胚子。咋能想到，你老爹早上过人家床了噢！那都什么时辰光景，还要去偷腥……后来出了那事，陶莲香，那小贱货，当天就让他们老陶家祠堂里人在身上绑了块磨盘石沉了河心……狐魅子迷住了心窍，男人都是这样，自家被窝里孵不暖噢！要是中了邪，天塌地陷，哪怕钢刀架在后脑颈，心里怎么也割舍不下，都是命噢。一个硬汉子，再硬硬不过命，架不住女人身子诱惑……叫女人抱怀里拿眼水一泡，泡软了心肠。你老爹答应不再做那号伤天害理事，当即扔了扒河毁堤的铁锹，带着七斤子他们几个人就回了头……都说那黄梢蛇缠得好怪……水头线上，七斤子长呼短号喊救命，游在头里的你老爹听见了，折转身又游回去，伸手一把就捏碎了蛇，蛇肚子里蛋清溅了七斤子一脸。哪晓得，到前头又遇到一条，比茶碗口还粗！七斤子说从没见过那样的蛇，通体像裹了黄绫缎一样，明晃晃地照眼，怕不只是蛇公，弄不好是一条蛇王，一下子就把七斤子缠成粽子一样！直把身子骨缠得咔咔响，一下子人就整个塌了，在水头线上直打陀螺，就泼命地喊……那时身后埂头上灯笼火把通明，也一齐喊。放箭一样划出来好几条小船，明晃晃照着船头上舞棒挺叉的人，喊捉住凌黑头，别放跑了凌黑头……哪个不晓得，凌黑头是南天河出了名的头一条好汉，再蛮勇的人听到凌黑头的名字，都要矮下三分！凌黑头水头上躺着睏觉，一个猛子能扎出里把两里路远；肩膀头上扛一箩米踩水过河，跟走平地一样，肚脐眼子都能拔出水皮上，箩里米不摇不晃，滴水不湿……不是那条要命的黄梢蛇缠坏了七斤子，凭他们再多的人，也近不了你老爹的身噢……”

伴着瞿瞿嘶嘶的哨音，奶奶的那只独眼里，幽幽放出一束光亮，闪烁忽异，像绽开一朵黑缎子花。让人看了怦怦心跳，疑惑不是那张干瘪咧歪的嘴在发声，而是那只古怪的独眼在运气说话！

妹妮怎么也想象不出来，当年，奶奶会是南天河一带众口交誉的顶尖美女子。长工头凌黑头就是为了她，才在财主老爷纳妾成欢的夜里，手挥两把菜刀，砍瓜切菜一样，连着砍死两个前来摸花轿的抹胡子土匪，最后索性连主人也一齐砍了，从被窝里拖出花枝乱颤的新娘子，背在背上连着泅过两条河跑了出来……莫不是待自己日后老了，也会变化出这样一张老丝瓜瓢一样的脸面来。

奶奶到底经不住炒米麦的香味——那种历史久远且浸透记忆的诱惑。此刻，便伸出瘦硬似铁的鸡爪一般手指，蘸上口水，一下一下粘了金黄饱满麦粒送入口中。腮帮子一瘪一合地咀嚼着，像鸟扇翅一样，只要连贯不断说着的话一停下，并且没了瞿瞿嘶嘶捎带的哨音，那只独眼便仿佛蒙上了一层翳膜，不再幽沉深黑如绸缎般放出光亮了。

那时，黑崽子鬼鬼祟祟地从家里拿了什么，正蹑手蹑脚朝外跑去。

“鬼扯走你魂噢……”奶奶头未抬起，却能准确地冲着那身影的脚后跟砸出一句。话刚落音，家里那只老麻猫贴着墙根跑了过去，嘴里叼着一条长长的、血淋淋的蛇。

午后，凌老黑突然折回家，一个人在桌上风扫残云往口里呼啦呼啦扒饭。他压紧两撇粗短刷把眉，胡子拉碴的硬毛板刷一般粗砺腮帮上，两团疙瘩肉扯紧着一蹿一凸的，吃饭时作相甚是难看。

妹妮风闻圩堤上早已备下大锅饭，这当下里，大大竟有功夫赶回自家填肚子，哪怕传个信回来，让家里把饭食给送去稍稍顾及一点形象，人前人后也好说话，摆个姿态。

她搞不清大大是不是又为意见不合和别人冲突起来怄气使了性子？一时摸底不着，不免心惊肉跳，老往牛栏屋里那事上瞎想……

还好，凌老黑饭没扒完，就接二连三有人跑来，先是报告说，刘成书记已同意去防守老鸭滩电站，并负责排除内涝，留下指挥部一摊子全部交给凌乡长掌管。还有，县里抽调下来的由团县委副书记领着的那几个干部，晓得凌乡长火燎眉毛暴脾气，怕到时候弄出什么事来下不了台阶，所以，都夹了尾巴随刘成去了老鸭滩。

另一个模样很精干整洁的人过来请示，说前几天县人武部搞基干民兵实弹射击达标抽测，留下了六支步枪，一百发子弹，眼下不好保管，万一出了事交代不了。

凌老黑稍一思忖，手一挥，说先发了，跑牌巡逻的民兵武装起来，一组一支，专人负责保管。遇上紧急情况也好开枪报警，同时也不能不防着阶级斗争，这根弦不能松，防着有人蓄谋搞破坏。

最后一人报告说：从南山采石场调来准备抛石抢险用的最后一批一千吨石头已运到，船是县运输公司的，现在人家催着卸货要回去。凌老黑吩咐先在八公湾险段卸下一大半，其余就放船上，管他是天皇老子哪公司，先扣住船，随时听候调拨……

“这，这怕是不妥吧……那船是要统一调配的。”

“听着，眼下防洪抢险，非常时期，没有我的指令，谁也不许放走船，出了岔子别怪我翻脸不认人！走，我们先去别处看看。”说着，把碗一推，领着几个人一道出了门。妹妮拿出一套干衣裳撵上去让换上，凌老黑却只挤拧着眉头回头瞅了瞅她，想说什么，但喉结刀子一般上下划了几划，什么话也没说又走了。

吉凶看脸，晴雨看天。

村子里人都心事重重说这种倒照天靠不住。村头村尾不断传来叫喊声，青壮男子全都上了圩堤。留在家的一些老人伢子就相帮着捆扎收拾东西，有的朝屋梁上架，有的往树上绑。被缚紧四蹄的猪挨刀子那样煞尖声叫，叫得人牙根逢里丝丝往外蹿冷气！

黑崽子报名参加夜里巡逻队，跟人跑牌巡查，正找不着那支四节头手电筒，翻箱倒笼，大呼小嘘。妹妮闻声跑过去，帮他在一只旧靴筒里找到了。黑崽子把刚打村头小店买回的新电池一截一截塞进去，朝床旮旯里一推开关，雪亮！一匹正奔忙的鼠子准是给照花了眼，结结实实在墙上撞了个趔趄，“吱呜”一声惊叫，晕头晕脑掉转头跑了。

“没脑子的瞎懵，睁眼撞墙！”这十五岁的半拉桩坏小子嘲笑着，回头见妹妮正望着他，便涎着脸皮道，“嘻嘻，也真像我们那位老家长。”

“你怎么讲的……”妹妮刚才正走脱的心思冷不丁也打了个趔趄，脑袋里突然轮空一下。对于这个痞兮兮侄儿，她说不上是亲近还是陌生。嫂子就是生这个侄儿时横了胎位来不及送医院，才和妈妈当年生她一样难产而死。嫂子都断了气，侄儿最后还被村里接生婆子剪开产道硬拽出来，至今脑门一溜转过来还留有深深的五个手指印窝子。那以后，哥哥无法在家呆下去，约了几个人偷偷往江西贩运红花草籽，再换了桐油、夏布和樟木板材带回……给大大晓得了，说是投机倒把扰乱市场秩序，要严肃处理，捆绑的绳索都拿在手，事情闹得不可开交。再后来，哥哥干脆就丢下孩子跑去江西那边一个林场伐木砍树，重建了家室不回来。

“你们那号事得当心一点，老家长这阵子正上心火，胡子眉毛都快燎焦……不过，也就那么大能耐，光晓得鬼嘘鬼叫，再凶有什么用？年龄早过了线，硬赖着不下来，到头来还不是给撸了。反正人家借他力气使船，好处没有，孬事坏事却得全部兜着，死不开窍……也不睁眼瞧瞧，外面哪有这么老的乡长？嘻嘻，不讲了！”黑崽子做了个痞脸，拿手电筒一晃，三步两跳蹿出门外去了。

剩下妹妮兀自立在那里呆愣着。门外远处，西方红潮翻涌，似隆隆有声。

门槛石上的“笃笃”声，那会子，又清晰钻入耳里。

“……陶莲香给绑上磨盘石，沉下了河，你老爹是亲眼看着噢，任凭他再是怎样一条好汉，那阵子也没了法子……他自己跨上马背，没嚷没叫没让人把扶，遍身红绸披挂，只在一双脚镫子上挂了个死扣。骑的是陶大巴掌的东洋大白马，白马红绸，红绸白马噢，老凌家人一齐挤到河边，隔着满满一河黄水也能看得清爽……一连三大碗酒，都没给灌醉。那时就上来一个人，照着脑颈把子一刀砍偏了，听人说砍在左边腮帮骨上，刀口砍崩。你老爹铁塔一样坐牢在马背上，眼睛睁得滚圆，破口大骂人家是孬种，豁拉着半个下巴颏，指名喊陶大巴掌过去，把事情做利索点……陶大巴掌是陶莲香嫡亲娘家侄子，陶家圩的圩首，肩宽膀乍，立起来像块门板，也是条好汉，财主堆里难找出的好汉。陶大巴掌在东洋念过书，酒后撒疯打死了东洋人，闯下祸事跑回家来。没隔一年，又在九华山庙会上跟人相斗，出手一巴掌，扇死一个托着小石臼强讨恶要的凶和尚……那会子，陶大巴掌就应声走出来，跺一跺脚杀紧腰板带，换了把鬼头大砍刀，噔噔几步，跳到马背旁边土牛墩子上，朝手心里一吐唾沫，说，不是冤家不聚头，生有时辰死有日，不怪鬼神，不怨天地，先借一罐子消灾的热血，做一回顺水的人情！三十年河东，三十年河西，我这里暂存下一罐子，说不定哪天也照样给借走……后来，陶大巴掌当逃亡地主，带了相好的女人跑到海边上，都上了船，还是没跑脱，抓到后吃枪籽籽，枪籽籽没吃着，倒是叫老家民兵抢回来砍了脑壳，也是报应，报应噢……你老爹给跑马洒血后，那天没到中晌，河心里就起了黑虎浪，浪头顶上蹲着一只黑虎……好多人看见了，都说就是凌黑头，说虎目圆睁，虎颈上还披挂着红绸！陶大巴掌拿起枪要放，没等放枪，黑虎蹿起来张口大吼一声，满河浪头顿时叠做一堆，直往圩埂上撞去，天崩地塌一声响，撕开几丈宽的豁口……把绑了磨盘石的陶莲香的尸身都冲了起来，冲到陶家祠堂前那棵百年大榉树的梢头上，让枝桠平平整整地托着。后来，那棵树年年到时歇满白鹭鸶，飞起来时，远远望去一片白……生生叫人想起陶莲香在世时白衣白鞋水面莲花那般的模样。报应噢，都是报应！要是找着了那块青石碑，那块南山青石碑，比一张双人床还大，碑文上一字不漏都记着噢。”

“笃笃”声停歇了。奶奶大约又耐不住炒米小麦的诱惑，或者是觉得咯嘣有声的咀嚼最能抒发情感了。于是，一下一下地，用那指甲盖凹陷下去且裂着粗糙黑缝的手指头蘸口水粘上送入口中，上下两片牙床骨牛倒沫似的牵拉错动着，那种令人心醉的浸透久远记忆的香脆味道，便随着咯嘣咯嘣的声响在心头轻盈舒缓地缭绕起来……

妹妮早就捺不下心想上埂去看看外河水位，便一气将锅碗收拾好。

堂厅那边不知怎么就晓得了，包了铜箍的竹杖头“笃笃”磕着门槛石，喊：“按不住魂歇不了腿，又要到哪外头去噢？”

妹妮略一屏声息，接着，舀一瓢水哗啦倒入锅里，重重盖上锅盖，破天荒戗一句：“也不瞧瞧，都什么时辰光景啦！”

“什么时辰光景？四处是水哟。你老子又红眼睛绿眉毛的，恨不能舀碗水把人都吞了……”

“我淹不死，把牛牵上埂，打个转就回。”

“一说大水心里就抖得慌，南天河三十多年没出事了，这回老天要收人，连老鸭滩的鬼魂一起收走……劫数，劫数难逃噢！”

妹妮喊了胖丫头小香一道牵牛上埂头。村里就这两家有牛，眼下作兴拖拉机打田，都嫌养牛费事，不合算，把牛卖了，平日里圩埂上很难看到牛，青草长得都能没过膝盖了。凌老黑脾性乖戾出了名，老婆死了后，硬是不愿按政策给儿女转非农业户口，一直种着三亩七分田，养着一条牛自家随时使唤。

牛很懂事，出了牛栏屋，仿佛聚齐了日积月累的情分，哞地长叫一声，恋恋不舍地回头看了一眼，就朝该去的地方磨蹭而行。

小香说，牛能预先知晓事理，有些老牛只要让宰牛的看一下，竟会扑簌簌往下淌眼水，还说牛的灵性能记住转投牛胎前的事，牛能想心思，只是口不能言。妹妮禁不住朝大黑牯仔细瞧了瞧，发现那牛也正一门心思地对她看着，似乎要说出什么话来，她心头什么地方轻轻弹跳了一下。

“咕！咕咕——”

一只灰斑鸠藏在雨后的竹林子里一递一声长地鸣叫着，寂寥幽远，仿佛是从另一个世界里传来的回音。

村外沟满渠平，一片白茫茫，不见了纵横的路埂，满田坂水。一些高坦田里，还露出一崭平齐扎扎勾了头的稻穗在水面上。不是这场雨，再有几个太阳催一把，都能开镰了！

“唿喇”一声，一条大鱼从身边稻田里跃起，甩出一道白亮耀眼的弧线。接着，又撒欢比赛般蹿跳起许多条……满月承包的鱼场完了！两年前，满月雄心勃勃，贷款买鱼苗，赊账搞饲料，测水质，投药饵，没日没夜镇守着。

怎能忘掉，那个天上有一镰新月空气里颤抖着期待气息的夜晚，就在二号成鱼塘边那个小棚子里，她将刚收集到的治车轮虫病的信息资料送给满月。荒天野地，两人坐在棚子外说着话，满月突然问她，这头顶的天穹上有多少颗星星？

她摇了摇头答不上来，最后反问满月：“你说有多少颗？”

“九千九百九十九颗。”

“瞎蒙！你什么时候数过啦？”

“怎么没数过，每天夜里我一个人在棚子里头朝外躺着时数的，九千九百九十九颗就是九千九百九十九颗，不信你现在自己数一遍。”

“我不信，你耍惯了嘴皮子……”

说着，起身就要离去，没料到满月轻轻从身后抱住她，第一回亲她，亲她的头发，亲她的脖子。她一动不动，任他亲。那只手慢慢往上移，挪到她胸脯上。她动了一下，把他的手拽了出来。那时，他口里闷哼一下，便搂着她一同朝后躺倒下来……星星在她头顶上方闪了一闪，草木的清香凉润气息是那般奇异地袭进了她的肺腑！一刹那间的情境，一辈子都鲜活而生动。此时想起这些，禁不住一阵阵揪心难受。

忽然，小香惊乍乍叫了起来，原来水中一个坟包上爬满了蛇。有的是红黑相间的背，有的是白肚皮朝上，再一细看，却都是给人打死了，足有几十条。

妹妮想起今晨屋里响过一阵奇特的“咔咔”声，奶奶说“老鼠数铜钱”，是“灾信”……黑崽子偏要予以揭穿，说蛇钻进了老鼠洞里吃老鼠，老鼠被堵了出路没处跑，就缩在洞底绝望地惨叫，是一本科普杂志上讲的。看来，水大了，连蛇、鼠、蛙也都在劫难逃哩！

眼前，南天河光景完全不同了。

往日里那绿缎般柔滑、阴凉的河水早已不见。河面宽绰得叫人头晕！大片连绵地生长着玉米和芝麻的外滩不知哪里去了，只剩下一簇簇树梢可怜巴巴起伏挣扎在浑黄汹涌的水面上，像是伸出水面呼救的手。排成一条直线的泡沫子和浮草污渣飞泻而下，间或形成一个个洗澡盆大的漩涡，呼着她喊对着她叫……报应，报应噢！祠堂门前两棵老柏树叫雷劈了。先是一团煞白亮眼的火球，在树梢上跳，跳，跳了三四个来回，哧一下就钻进了树洞……天崩地裂嘎嚓一声炸开来，起明火烧，两棵树都烧着了，像点了一对大火把，满河满圩畈通红一片！照着埂头上那块大青石碑上现出许多人形，影影绰绰地跑动……雨拼命地往下浇，烧了灭，灭了烧……第二天清早，三声抬锣响过，那条蒙了眼罩、双角挂着红绸布的黑毛牯牵了上来。黑毛牯灌足了朱砂老酒，不停地踏动四蹄，口里直冒白沫呼哧呼哧抽风筋……绑在牛背上的陶大巴掌，上衣剥光，两只手还能转动，醉得身上抹了胭脂一样红，还一个劲要酒喝！把最后一碗酒端上去，他不喝了，眼珠子有点转不动，直愣愣望着什么，一只胳膊猛一下往横空里伸出，手指头鸡爪子一样勾起，嘴里'呜——嗬嗬——''呜——嗬嗬——'吓人地叫，似嚎又似笑……就在那时，从另一处跑出一个人，传来'欧嗬——欧嗬——'的叫声，那个跟陶大巴掌一道抓回的女人也疯了！看守的民兵一把没抓住，只撕掳下一件白衫衣，她就光着雪藕一样的身子，披头散发嗬嗬哈哈一路怪笑着跑了，也没人去撵噢……说起来，那还是老凌家门户里姑娘，三代以上就在芜湖开店铺，她自己从小在洋学堂念书，爱唱爱笑爱疯闹，好好地要到乡下来玩，要看乡下的什么花香鸟叫。遭了匪，匪是陶大巴掌勾来的，后来反倒心甘情愿随了陶大巴掌。也是报应噢。大筛锣哐！哐！哐！三声响过，黑毛牯给一把扯掉眼罩，听得一阵倒天样呼喊，就见刀光起处……那血扑咕咕的冒，喷几丈远噢。两眼通红的黑毛牯也被人在腿胯下抹了一刀，脑袋一低，哞地一声，四蹄腾空往前蹿去，一路骇人地哞哞叫着，跑起来比马还风快……人血锁埂，一个圈子下来，尸身血尽，埂就不怕塌口子……哪晓得，那黑毛疯牯牛跑回来时，老远就有人喊，牛角上还横挑了一个人，嫩藕一样雪白身子已染红好多血，手脚还在舞动！埂到底还是没保住，让女人血光给破了。啧啧，灾星噢！圩破了后，有人看见大青石碑从河底漂上来，比一张床还大，一个人跳了上去，就淌走不见踪影……劫数噢！"

妹妮从屋里走出来，吹在脸上的已是潮润润的细风，一棚恶雨过去，星星又怯闪闪露了脸，疏疏淡淡地抖动弹跳着。

几只蛤蟆蹲在大埂路面上，捧着白肚皮咯咯呱呱地叫，毫不理会人。萤火虫也出来了，在湿润清凉的气流里漂，映着水面一撤一双亮点，显得加倍稠密。一阵阵发酵甜香气息飘过来——那是熟透的庄稼因水浸泡而生出的。

前面有两支手电筒光在移动，一会儿照照外埂坡，一会儿照照内埂坡，手电筒光熄了，两个背枪跑牌的民兵踩着泥水走过来。

“几点了？”一个站住问。

手电筒亮了一下：“十点一刻。”

“洪峰过去了吧？”

“照讲，该过去了吧。”

“上面电话里怎么说？”

“怎么说……屁的说，电话杆子都叫老龙王拔起扛跑了！上面给的一个对讲机，偏又失灵，对讲不起来，找人在修。这一下全看凌老黑的能耐招数了。”

“这回搞不好要出事。日怪，前三四天早上还没落大雨时，起来撒尿，见一只大黄鼠狼背上驮了两只小黄鼠狼崽子，一跳一蹿过了篱笆沟。转身唆狗去撵，你猜狗在哪里？狗趴在茅厕屋头上呜呜叫，不下来，日妈的那声音就像人在嚎丧，你说晦气不晦气？”

“这叫什么……叫灾前征兆。动物有这本领，人没得，人只能毛估着猜测，所以才会弄出许多押宝赌博一样的事来。比如：刘成赞成那个水利局技术员的意见，要将圩内所有排涝机子都关掉，降低圩堤两边的水位差，减少堤埂压力。凌老黑硬是不同意，说内涝损失太大，即使把埂保住了又管屁用！一直僵到下午五点多，凌老黑煞黑了脸黑天黑地好发了一通脾气，才没让关机停排……你说，到底谁能赌赢呢？”

“这事，也轮不到我们这号小老百姓费神。要我看，这回抗洪工作干好了，凌老黑在乡长位子上说不定还能继续打蛮干两年。他有这本事，全县干部到年龄都得退下，就他一人例外，还不是上面看着他手腕硬，能治得住一方，少了他，许多工作就没办法开展。不过话也说回来，凌老黑抓水利出身，也就只有当个治水乡长的能耐。这回要是出事，怕是谁都兜不了，他自己也要打报告死心塌地退下来了——听说换届时，上面本来要把陶满月提上来，陶满月在部队干过，回来后又一直放在两委培养，有基础，不晓得怎么搞的最后就是没提成……”

“瞧吧，拿我们圩里话说，这回代人割卵蛋受过，最终怕是还要给抵到墙坝上晾胯子……你抬头瞧瞧，那些星星都在跳，动弹得日怪哩。”

“像是筛簸箕，妈的，又像谁弄了一天的银跳蚤在跳……走吧，管他哩！”

两团黑影过去了。顺着内侧埂坡和埂脚底又过来好几支电筒光，这是查渗漏和管涌的。

妹妮兀自望着那些跳个不停的星星默了一会神。她不想再回屋，决心到八公湾看看。她不放心大大，更挂记满月。

八公湾是最凶险堤段，本是两个圩子中间老分洪道，联圩后在过水滩口上新筑这一段埂，只有七八年的根基，又是急弯直泻，迎流顶冲，正对水头。

听说当年合圩修堤时就有好多意见分歧，但在“多围一分田就是向毛主席革命路线多献一份厚礼”，“围滩造田改旧地，联圩建站换新天”的口号下，一些冷静而理智的建议反而受到批判，才弄出了今天这局面。

眼下，那暴虐的洪水早就蓄足了劲势，到此处硬是给折拧得嗷嗷叫，沸水锅一样满河翻滚跳荡！

埂上堆满砂石、箩筐，还有已灌了土的麻袋。碍事的住户，清障时都已拆光，门板梁柱正好拆下供抢险用；怕砸伤人，连墙也全部推倒了。灯光亮如白昼，抬土的，灌土袋的，砍木桩的全拥挤在这里。

只要哪里出现渗漏，就有人赤身夹着灌满土的麻袋潜入外河水底，但是这一段二百米长的埂，已经出过两次内滑坡。眼下，外有摊簟，内有土袋木桩，牢牢包裹起来，形同一条打了石膏绷带的巨蟒，在洪水的一阵阵冲击下，仍止不住惊惧地颤栗和微微呻吟。

两只木壳船几乎泊在埂面上，无舱篷的一只，底已凿通，专为抢险堵豁口时用。另一只水泥船船头上堆满了石块、土袋，紧急时就连船一起沉掉堵口子。灯光外面的夜，黑黢黢一片，像一块厚重的黑布。将人们所有的念头和思维又冷又湿地包裹起来，挤贴得紧紧的，不留一点缝隙。穿梭似的人影，乱射的手电筒光柱，溅水声，叫喊声，重物倒地声……哪一下声响，都能令人心头一阵突突乱跳！

突然，隐隐地有怪音传入，像牛叫，一股浓腥异常的水气扑面袭来，竟是彻骨寒凉，人们打一个冷战，顿时拱背缩颈，煞白了脸相互张望……

未及回神，脚底一声闷响，仿佛是什么粗绳索猛然绷断了！

“哎呀……破，破啦……埂破啦！”

喊声未落，一股丈把宽的水流已夺路倾下，像闪电，似飓风……一切可怕的担忧，都在一瞬间发生了。

人们清醒过来，呐喊着把土袋纷纷投下去，却跟吹气冒泡一样，几个身一翻，便落花流水无踪影！反倒是有几个抢险的人像玩具一样被推倒，冲入水底，惊涛骇浪中时沉时浮，眨眼间就不见了。

有人敲响了铜锣……水声、锣声、呐喊声，四面八方响起，撕掳碰撞，搅扭一起。

那只无篷船刷地拉直，堵住豁口沉下，眨眼功夫，只剩下一侧船帮在水面上。但仍不济事！无法下土袋，就挡不住水流凶恶地切割淘刷大埂。

这杀人夺命的豁口哟！

就在这当头，猛然见一人跳了起来，挥舞双臂喊叫着……满月，是他！满月嘴巴拉得老大，能看见两排白晃晃牙齿一闪一闪的……喊的什么，妹妮却一点也听不清。

只见满月将一根酒杯口粗的绳索抛向豁口对面，把手一摆，腾身跳入豁口中，十多个光脊梁的人也串线一样齐崭崭跳下。有人没站稳，身子让激流打横冲倒，但因为是手臂紧扣手臂立即给拖起来。他们很快攀紧那根两头拉直的粗绳……就见后边人哗一下卷了上去，抬沙包的，抱土袋的，拖着三五个系在一起的石网络的，豁口两边泼命般齐发一声喊，同时抛入水中。

人墙后面，顷刻间垒起一道堤坝……水流遇到阻遏，变得更加狂躁疯癫，腾旋撞扑，浪花越过人头！

有人喊："凌乡长来了……快闪开！"

妹妮刚挤身往后退开一点，一帮子人裹风挟电似的从她跟前冲过，打头的正是她大大凌老黑。

未待凌老黑一帮人靠近豁口，就听见有人扯着嗓子喊：

"不好了！船在打直啦……"

众人抬眼望去，原来是那只堵豁口的木船正要酿下大祸：下在埂坡外侧的船尾锚链因吃劲太大，已将一整块船板撕扯翘裂起来，船体逐渐移动，眼看就要对直冲下，将豁口里人一齐扫走……

紧要关头，满月涨紫脸一声大吼，抱起一根杠棒贴上肩头抢前一步插进船底。两下里力道一磕碰，那身子如同给狠抽了一鞭，一跳抖，弹成一张弯弓！不料，"咔吧"一声脆响，茶杯粗的杠棒竟折成两段……

就在人们一声惊呼还未送出口当头，闪电般又冲上一人，把抱着的什么物件猛塞入船帮底。船略一打愣，齐刷刷十数支杠棒带起水花直插上去，拼死将船尾抵住了！那救命的人是凌老黑。

水在抽疯打滚，蹿跃腾扑！生死关头，人也不顾一切地拼着性命往上扑。

在这种场景里，人们的呼喊声显得非常微弱，水里那些打着极度夸张手势忙乱的人，一张张脸也都扭曲得走了形。

连妹妮都晓得，这脚下堤埂随时都会连片崩掉，到那时不要说这些人，光冲砸出的坑塘就有好几丈深，犁出数里远长沟！据说，这种情形下死的人，身上衣裳全都要让水剥得精光，捞上来赤身裸体，一丝不挂……

两丈多长的木桩被人们一根根竖起，扶桩头的人跟着扑上去抱紧，又一根根给砸了下去。

一个小伙子望着头顶两根高高叉开的立脚横木稍一犹豫，正好让凌老黑撞见："操死你瘟娘！"凌老黑暴吼一声："你长的猪脑壳……什么时辰啦？”当胸一掌掀去，夺过小伙子手中石锤，纵身跃起，踩住人肩头上了两根立脚横木。先屈膝沉腰试着砸了两锤，随即，身子长起，双臂抡圆石锤，犹似弯弓满月“嗨——”，一下沉声吆喝，狠狠一记夯下。

豁口，终于给堵住了。

水龙王带着被砍断的黑爪不甘心地败下阵去，在河心里回旋打转，沉沉低鸣。

声音稍一静落下来，四下里打桩的锤声顿显急遽了。

几张大摊篈被满月他们放到外坡水下，潜到水底钉上十字小木桩；埂里侧，则是一层土袋，一排粗木桩扎脚，自埂底严丝密缝铺码上来。最后，又将堆放在埂上的石块全部运来抛下去护埂脚。有人摸起刚才被凌老黑塞进船底的物件，是一只木匠砍削木桩时用来做支架的叉马，三只腿已折断两只。

妹妮在人丛中看到了满月。满月光着脊背正指指画画跟一帮子人说话，许多人都抬眼望着他。虽说只隔二十米远，妹妮想，满月是不会瞧见她的……满月在明处，自己在暗处哩！

正在这时，两个背枪的民兵搀扶着一个满身泥污的人闯入人丛，喊：

“凌乡长！凌乡长在这里么——”

“出了什么事？”凌老黑披了一件衣裳从一处不显眼角落里走出来。

“哦，你是凌乡长？”陌生人定住脚，缓了一口长气问。“我是县防汛抢险指挥部的……电话摇不通，联系不上，事关重大，特意让我来送信……”说着，费力地从胸前掏出一只装在防水袋里套红框的直写式信封递上。

凌老黑丢掉手里烟屁股，撕开封口抽出信瓤，抖开来对着光亮看……猛地，他眉头一沉，腮帮子急遽抽搐了几下，目光凶狠地瞪着对方，挤出低沉混浊的喉音：“看不清……这写的什么……”

那陌生人疑惑地望了望他，张嘴吸了一口气，指着信上说：“为了保住铁路和县城，还有下游的几个大厂矿……总指挥部要你们接到指令后立刻在八公湾老河口扒堤，炸开南天湖的泄洪道分洪……同时，务必要做好疏散工作，确保人民群众生命安全！”

人们面面相觑。没有一个人动一下，埂面上鸦雀无声。听得见老龙在河心里阵阵扯哼。

“拿酒过来！”凌老黑厉声喝道。

接过酒碗，他仰脖子一气猛灌，酒从嘴角两边溢出……随后，连酒带碗往水里一扔，伸手抹了一把泛光的口唇，转身朝外走去，人群无声地裂开一条通道。

“凌乡长……这上面有总指挥长签名……盖了几个大印。”那人急步撵上去提醒，“情况紧急，限接到指令后立即执行……刻不容缓！请你先在收文上签上名字和时间。”来人将一支笔和一个小本子一同递上。

妹妮字字听得真切。

“他讲什么？”后面有人没听准，使劲往前挤。

“要我们扒堤……心肠好歹毒！”

“这狗操的，只要自己养卵子……不顾众人养性命哟，甩河里喂鱼去！”

“捶扁他婊子养的！”

“敲死他！”

“敲死他！”

凌老黑站定，闷住嗓子一声咳嗽，木然地扫了众人一眼，最后看定了身边的几个干部。那几个干部连大气也不敢出，都悄悄把眼睛避往一边去。

“刘书记哩……刘书记晓得么？”一个村干部抬起头来苦着脸说：“要不要去老鸭滩电站通知他来！”

凌老黑再次迟缓地看了那几个人一下，眼里露出一丝悲凉，摆了摆手，说：“算了，他是外乡人，年纪还轻，往后还要在这块地面上干下去……”说着，那张粗砺的脸猛然一拧，朝着身边人凶狠地喊道，“敲锣！撤！点火堆发信号，让高音喇叭喊话，一个小时内全部撤上埂！什么也别管了，这黑更半夜只要不死人就行……你妈的，给老子把库房里雷管拿来，先炸小一点口子，还能抢点时间!”

人群哗一下膨胀开来，像蜂群炸了巢。妹妮立脚不住，给挤着往后退了好远。

“我们完了……完了，完了哇!”

是撕心裂肺般一声喊。

“不能扒，地下埋着祖宗先人哟……”一个颤巍巍声音滚过人们头顶，“不能扒……不能造孽，自毁家门，田园荡、荡尽……不肖子孙，祖宗睁眼望、望着哇……”老年人抽噎得上气不接下气的苍凉嘶哑号呼，分外让人揪心。

仿佛是信号，人群收住阵脚，又朝中心挤来，妹妮给挤上了一个砂石堆顶。

“敲锣!”

凌老黑不为所动，声音凶狠，嘎哑。

嘡！嘡！嘡……

瘆人的锣声又一次在耳边震荡，伸出带刺的利钩，撕破了人的胸膛，挠出血淋淋的肝肠肚肺！鲜红的血浆汩汩流出，任那燃烧而焦渴的太阳狂饮——眼前，分明是多少年前的另一个场面!

没有人动，没有人哭喊，也没有人跺脚叫骂，一个个如同给施了定身法术，嘴张着，眼瞪着，天地间的一切，全都凝止在一张张巴掌大的脸庞上……但只一会子功夫，仿佛有一阵疾风扫来，人群一晃，决堤般爆发起一片喧嚣。

“我……完了，我完了，我的家……我往后还怎么过日子呀……”一个五大三粗的汉子嚎哭着，蹦跳着，把挡在身前的人推得东倒西歪，不顾一切地朝外跑去。

“嚎你娘的丧!”凌老黑见了，破口大骂。甩掉肩上衣裳，蹿上去一把揪住那人后衣领，“通”地一拳打翻……随后，看也不看那人，噔噔噔几步跨到一堆草袋顶上，挥起胳膊朝着众人暴怒地吼道：

“不许乱！哪个孬种乱，老子甩他下河去……听好，全给我听好！多准备小船，圩里不留一个人，清查工作要做好，做仔细……党员、团员要百分之百负起责任……哪个村民组出了事，就找你那里党团员算账！现在是十一点十五分，一个小时后，十二点十五分，准时炸堤！”

“水……水退了！退水了——”就在那当头，一个惊喜得走了腔的声音飞起来撞在人们耳膜上，就像在绝望的水面上瞧见了一只救命船……人们“嗷”一下叫喊起来，那颗紧缩的心一下弹开，顿时冲起一线希望！

“凌乡长！凌乡长！水退了，水在退了！半寸……半寸多哇！”

凌老黑愣了一下，走了过去，从别人手里接过一只手电筒，照着水面，弯下身去仔细察看着标记。

由于水急浪摇，那插在水流中的标杆抖动厉害，看不准标记刻度。有人拿一块木板迎浪在外侧拦了一下，水流平缓，在许多支手电筒强光齐集照射下，一小段水痕印迹在刻度上准确显示出来。

“我刚才看过了，还不到八分钟又退下去两公分水。从最高水位开始……二十分钟内退了正好有一寸的水。”

说话的是满月，站在那里眼睛直盯着凌老黑，在远处灯光照射下，脸膛子有点发黯。

显然，这目光让凌老黑不舒适。

“嗯。最高水位——是多少？”

“十点五十五分最高水位达十四米二十五，后来有十分钟持平，到十一点零五分开始下退，现在水位是十三米九零……我都让人做了记录。看来，洪峰可能已过去了。”

“要是近旁哪个大圩子破了呢？”凌老黑直起身子问，“那也能短时退去三五寸水。”

“河里泡沫堆子少多了，而且现在起的东南风，只要上游陈村水库和黄村大坝已开始关闸节洪，天气晴稳，我们就算顶下来了……不管怎么说，情况总是有变化了。”

边上许多条嗓子应道：“对哟，说得在理，情况有变化了……”

“好，我没有多少功夫，我还有清理疏散的许多事要做，给你十分钟，十分钟内把情况搞清楚，到底是什么变化……我先把话给你讲明，要是延误了大事你得给我兜住，我这就等着！”凌老黑从嗓根处挤出像锯齿似的声音，眼睛里泛着生铁一样的冷光。

“你这是什么话？你……”满月语塞，“你是指挥长，你怎能这样决策行事？”

“还蹬鼻子上脸了……我问你，这时辰误事，晓得要担什么责任？再跟你讲清楚，这堤上有两千多民工，要是思想情绪受了影响，总指挥部的指令执行不下去，怕你想兜也兜不了！”

满月瞅住对方，眼神慢慢拧紧，突然迸出一声冷笑：

“哦，这可真遇上了难处，既要割卵子敬神仙，又要养性命……当初围滩造田，敲锣打鼓报喜，怎么就没想到留条后路？那时要是省点气力，少想着点露脸出头、整治别人的事，也能对得起天地良心了……”

“狗日的！”凌老黑一声暴喝，脸色陡地铁青，“你想要反了不成？”

“哼，要反，怕也犯不着在你手下反！不过我大大当年倒是反过你，在下面说了几句反对围滩联圩的话，就被你们当做阶级斗争活靶子活活整死了……好吧，算我碍了你，看透说不透，说透了没意思。二万多亩良田，一两万人生命财产，多重的分量你搁手里拎好，拎清爽了就是！”说完转身就走。

“站住！”凌老黑跳起来堵住，“你要反攻倒算不成？”

两人闪电似的相互晃了一眼，火星迸溅。

“你要干什么？”

“干什么？老子要你挖头一锹！

凌老黑聚紧了刀片子一样的目光，额上大筋蚯蚓似的挑起，随手拔起一把大锹丢到满月脚前。

满月望望众人，拣起那把锹，似乎掂了掂分量，接着转身跨出两步，手臂一扬，那锹刃映着灯火晃一道白光，飞鱼一样直蹿向河心里。

“给老子捆起来！”凌老黑一声闷吼。

随着那声吼，妹妮周身血液“呼”地直朝心房里压去。

就见两个民兵应声而上，是凌家子弟。那个绰号叫“烧包”的，人又喊“二百五”，敦实个子有蛮劲，走上去照着满月下巴就是一拳。满月也不避让，斜着肩膀将“烧包”撞开。

“在场的都睁大眼看清楚了，不是我先出手，往后凭良心给做个证明！”

满月喊着，顺嘴角流下血来，双眼闪烁发亮，露出那种猛兽撕咬打斗时的狂躁和激奋。

对面两个人相互交换了一下眼色，也不言语，扑上来一个扫堂腿后就来拧胳膊……满月闪身让过，瞅准“烧包”腰胯狠踹了一脚，踹得“烧包”突通一声倒下，一个屁股墩跌出好几步远。

立时，打四面又蹿上来好几个人，一齐扑向满月。满月抢前一步，猛往下一蹲，抓起地上一支杠棒，抡圆一圈扫过来，来不及避让的，都像柴禾捆一样惨叫着倒了下去……

“好个狗日的……真让你反了老子不姓凌！”凌老黑操起一支枪，刷地一下，黑洞洞的枪口直指满月。

“啊——”

人群里一声惊叫，前面的人拼命往后退，后面的人使劲朝前挤。

妹妮给紧夹在人缝里，半点动弹不得，五脏六腑直往喉咙口挤来，马上就要呕出来似的！她的心在哭泣，无能为力的眼泪顺着脸颊往下流，却全然不晓得口里一连串喊了些什么……只能拼命扒开别人肩膀头，踮起脚瞧着满月的半张脸，那半张脸古怪地抖动着，像要抖落掉脸上的什么虫子。

短时的静默里，听见满月拍了拍胸口，用轻蔑嘲弄的口吻说：“来呀……你敢朝这瞄……喃，你枪上保险还不晓得打开哩……”他身上的肌肉痉挛着，鼓胀着。

“操你老陶家祖宗十八代！”凌老黑喉音重浊，脸上罩一层可怕的黑气，牙齿咬得咯巴响；“这条埂硬是三四十年没喝人血了！你敢破坏防洪抢险……老子叫你晓得陶大巴掌怎么死的，你这个地主坏子！”接着，响起刺耳的拨拉金属物件的声音。

妹妮身前肩头一晃，豁一片空白……几乎同时，瞧见满月蛇吐信子般胳膊一闪，旁边一个民兵的枪已被夺在手中，枪身一抖，啪啦推弹上膛。

“你照刚才话再来一遍……”满月嗓音沙麻，眼球鼓凸，嘴巴往一边抽，抽得那一侧肩膀头上肉腱子一团一团地滚翻。

“不得了啦，要出人命啦！”

……

就在这当头，忽有一道强烈光柱劈入人群中，“突突突”，一阵炸裂般的机器声响仿佛自天而降。

竟然谁也没在意有一只船驶近身边……许多脑袋都掉转过来，东偏西歪地把手遮在额头前挡住炙人双目的强光。

“挂桨机打火打得这么凶，要震塌大埂的……”

“不许它靠！”有人响亮地喊了一声。

“不能靠呵！”

“不能靠！你要害死我们呵……”

许多人就一齐摇着胳膊膀子骂。

那船上探照灯光来回摆闪，像妖怪的长颈子。便听见有个生涩嗓子喊：“喂，我们是……防汛总指挥部的船！”

“不得了，船上装炸药来了！”

“妈的，硬要我们命哩……”

“打，打他灰孙子哟”

“打哟，不打没日子过啦！”

顿时，无数的石块、泥团、木棍从埂上飞出，人们推挤着，骚动着，叫骂着，把不能发泄的愤怒一股脑朝船上倾泻过去。

“喂——不要胡闹……”灌满耳底的嘈杂声里，勉强能听清船上人拿电喇叭喊话：“吴县长在船上！”

“我是吴东民……请大家不要激动……听我把话说清楚……”

“吴东民……吴拐子！不听他叫唤！”埂上响亮地喊。

“喂……听好了……埂上面有没有乡干部……吴县长要你们乡干部赶快过来一下……”

“他要我们命哩……打他，打他狗日的！”

“打他！就打他！打他拐子吴呵！”

“打！”

“打哟！”

泥团，石块更猛烈，更集中朝船上飞去，甚至有锹和斧头，只要是能抓到手的东西，抓到就扔……混乱中，妹妮叫人狠撞了一下，撞得耳底嗡嗡地敲小锣一样响，涩涩的疼。人们那股积压扭曲的恶气互相碰撞着，扭缠着，挤拧着，飓风一样猛烈升腾而起！

妹妮死死揪住自己胸前衣襟，脸上五官紧紧挤在一起，她只感到脚底的土地在裂开，地在塌陷。眼前那一齐踩跳的脚、一齐扯开的嗓门、一齐挥动乱舞的手臂，那狂暴的呼喊、狂暴的咒骂，那火炭一样烧糊的图景和声音，都弥漫着一种可怕的情绪与冲劲。

她的眼花了，耳乱了……她亲眼看到了一场年代久远但却清晰骇人的“打冤家”场面：

——无数匹铜锣在急遽震响：噹——噹噹！噹——噹噹！打呵，打他狗日的……他狗日的要毁我们埂，毁我们田，毁我们屋，毁我们祖宗尸骨……我们要拼个死活！要命干什么？父老兄弟都上去了……打起来了，打起来了！明晃晃的锄头，明晃晃的铲锹，明晃晃的禾叉和鱼叉……铁器撞击，火星迸射，肉体被击中，踉跄倒地；嘶哑的惨叫阻塞在胸腔，喷射的血沫踩在脚底又烫又滑黏……为了那传世的一座座巍巍青石丰碑，一条腿打折了，一只胳膊砸垮了，一边脸染了个玫瑰胭脂色，人们狂了，锣声也狂了……打呀，杀呀，砍呀……这是生存与死亡的夺命对掐！所有的金属和所有的肉体都在搏击，裹挟着洪荒年代积淀下来的野蛮和愚昧。每一个人都眼睛发直，脸上扭曲得走了样，谁也听不清谁喊的是什么！干燥而焦渴的落日在燃烧，河水也在熊熊燃烧……挺起一竿竿鱼叉，背着滚圆硕大的太阳，那冤家对头照直刺过来了！足有两丈长的竿柄，九根带着倒刺的利齿，饱经着血与火的洗礼！腥风袭来，金轮飞转，血红的焰质纷坠于苍茫的原野……呵，满月！满月怎么没瞅见……背后扎过来了！满月快回头，快回头呀……呵呵，心头剧跳，嗓子卡得透不过气来……

“砰！砰！”猛然间两声震耳枪响，夹着妹妮一声瘆人的尖叫。

——刚才，真有人瞅冷子觑准满月耳根部猛揍了一拳，另有一人同时跃起从背后一抄，拧偏了枪管。满月吃那一拳后，单腿古怪地跳起，怀里的枪响了，枪口一低，正指向河心里那只船……跟着一只杠棒劈头砍下，满月锐叫一声，顿时一脸血花！

“捆起来！把狗日的给老子捆起来！”凌老黑的呵斥声打破了死一般的短暂沉寂。

“真打起来啦！老凌家打死老陶家的人啦……”

“操……都不让人活啦！”

“死活一堆肉，张嘴一口气，老子跟你们拼了……老子也不想活啦！”

顿时就有人给扑倒在地，相互抱着在地上翻滚……愤怒的叫骂声中，夹杂着乒乒乓乓棍棒乱响，有人给扑通搡下了河……

“哪个杂种不想活了？”凌老黑一声断喝。

砰！砰！砰——！

一长串曳着光亮的子弹射向黑夜深处。

埂在十一点十五分溃破了，比预定时间提前了二十分钟，没有人炸，自己破的。

溃破口离人群只有四五十米远，在老埂与新埂的交接处，先是有几处漏子“骨嘟嘟”往外冒水，冒黑沙，起了数条裂缝……两个巡视的老头看到了，就拼命喊叫，还敲了锣，但是当时埂上正乱成一团糟。突然“轰隆”一声巨响，埂面塌陷，连同老埂都连带着崩掉了几丈宽。狂啸的水流像脱缰的野马直泻而下，三四十米宽的缺口内，扬起的水花有两层楼高，溅起水雾播撒到空中，又飘落在人头发和眉毛上。埂面上有两个人未来得及跑出来，竟给一下填了进去。

待吴县长一行人上得岸来，对着那震得耳底都跳痛的一片轰隆隆水声，连连跺脚，叫苦不迭，却已都是迟了！

原来，经过市里向省里请示交涉，刚刚竣工的泄洪配套工程冒着风险提前投入使用，各项测试数据证明，情况良好，超过了事前的预计分析。同时上游陈村水库和黄村大坝在气象部门的紧密协助下，提前关闸节洪，予以配合。这样，情况便出现了转折性变化，原先方案不再执行。

苦于通迅中断，一直联系不上。县防汛指挥部当即派副总指挥长吴东民带着对讲机火速赶到桃林圩传达新指令，并坐镇指挥抢险救灾工作，不惜一切力量，务必坚持渡过最后难关，保住桃林圩大堤。

……

洪水，钻了一个大空子，跟人们开了一个恶毒至极的玩笑，经八公湾横贯至老鸭滩电站，将桃林圩从中间撕开，在原址上犁出一条两头贯通的河道，重又恢复了十多年前的旧貌。

黎明来临之时的夜色下，大埂内外持平的河水闪着微弱的白光，缀着星星的天空压得很低，似乎就要贴紧在水面上漫漶开来。能清楚看到像勺子一样排列的北斗七星，勺柄前头，有一颗最亮的星，就是北极星。

天亮了。透过白茫茫的雾霭，那些平日看惯的村林，对面的圩堤，远处的山影，都有一种陌生、虚幻的感觉，如同又是一世。

暌违好久的太阳终于升起来了，炽热的阳光烘烤着潮湿的大地，天地间一片白亮，飘满湿闷的水蒸气。

大堤，像一条被腰斩的巨蟒，匍匐在被灾难重重洗劫过的大地上。

浑黄的水流似乎意犹未尽地仍在朝溃破口急速流淌。能看见黑压压的鱼群来回戏水浮沉。有一只船，在溃破口内里绕着圈子摆渡。

埂堤上，由门板、簸箕、塑料布临时倚树搭成的各式遮阳存身的棚子，一路望去，绵延不尽。那些湿了的箱笼杂物、粮食、衣被，一齐摊在埂上或挂在树枝上，五颜六色地翻晒。没有一丝风，树木耷拉着残缺不全的身体，空气里充满湿热，鸟不知躲藏到什么地方去了。人们见面时相互点个头，说几句，问一问受损情况，神情都有点木木的。

丧失家园的狗拖着尾巴顺埂坡跑，将回水湾里漂浮的死猪、死鸡拖上岸来撕咬。拴在树荫下的猪饿得嗷嗷叫，牛也哞哞地叫。

经过对各自然村人数的清点核对，数字很快报到刘成这里，一共失踪八人，已捞起四具尸体，尚有四人下落不明……其中，有凌老黑的女儿凌妹妮。满月带着人，扒篦子一样四处寻找打捞……

另外随吴县长同船来的一名县政府办公室赵副主任被枪击成贯通伤，右侧肺叶打穿了，大约正躺在市医院手术室里抢救。

有人在一处塘湾浅水里看到一团黑乎乎长头发，捞起来是个年轻女人，却是谁也认不得，肯定是从上游冲下来的。

吃午饭时，开来了两只船。

从第一只船上下来的依次是市里和县里的领导，带着满满一船救灾物资，吃的、穿的和用的都有。吴东民领着满脸憔悴但仍强打起精神的乡长凌老黑和副书记刘成在岸上接着，陪这些人冒着炙人的酷热边走边看，介绍情况，众人神情都很严肃。

第二只船上人是县医院和防疫站的，大热天一色套着白大褂，头戴白遮阳帽。这些人一下来立刻分成几组，由刘成指派人分别领着，看病人，发药物，拿固体的颗粒漂白精进行饮水消毒……并组织人专门捞取漂浮在水里的死鸡死猫死蛇烂老鼠，集中喷上药水，挖坑深埋。同时还捕杀那些无主的野狗，以防酿成瘟疫。对于那几具捞上来就已开始膨胀的尸体，在做通家属思想工作后，由乡里派船快速送去县火葬厂烧掉。

救灾防疫工作进展较为顺利。

下午，人们在圩心里一棵茂密大树上救下来一个瞎眼老太婆。这瞎老太婆是陶大巴掌的结发妻子，无儿无女，从小领养了满月，一直随满月过日子。瞎老太婆已在树上昏死过去，幸亏有一根带子将她牢牢捆在树枝上，才没掉到水里淹死。

瞎老太婆醒过来后，哭着告诉人：大水堵上门时，她给冲了出来，是一个姑娘推来一块门板救了她……刚把她送上一棵大树，那姑娘就没了声响动静。

估计，那姑娘可能就是妹妮，到现在为止，却一直没找到下落。和满月一道打捞的人都回来了，说是撒渔网、甩挠钩像梳头一样挠遍了每一寸水底，又往下游找寻了好几十里路，都是毫无所获。

满月不死心，拜托别人帮他照料一段时日瞎眼婶娘，便独自一人往湖口寻，要一直顺长江往下找去……

又过了三日，外河水已退去一大半，埂坡上遗留下高高一截灰白显目的泥污和干巴了的烂草。

因为桃林圩中间原来被堵死的老行洪道恢复贯通了，所以，缺口里的水还在汹涌流淌，经老鸭滩流出，入南天湖，再转道二郎河泻往长江。

毕竟，退水也快。圩里一些地势较高的菜地已率先露出水面，那些茄子、辣椒、豆角架、南瓜藤七拉八搭横躺竖卧在泥泞里，给骄阳一炸晒，顿见萎缩耷拉下去。

正对缺口的一溜几个村子，遭灾最惨重，树倒房毁，一片尸骸般残垣断壁浸泡在水里，叫人目不忍睹。

桃林圩共有六座机电排灌站，装机容量为一千九百二十千瓦的共十八台，七百二十马力的共五台，一般情况下能排涝二点五万亩。

根据这些情况，吴东民召集凌老黑、刘成等人开了会，准备复堤合龙缺口，并紧急调拨一批柴油，力争尽快实施圩内排水方案。同时，还去邻近乡镇求援种子和秧苗，抢插双晚，开展生产自救，将损失降低到最低程度。对于一些退出水面的高坦田里已长出芽胡的稻子，由各村干部立刻组织闲散劳力带上小船、鸭盆抢收。

会后，吴东民特地留下凌老黑谈话，问了妹妮的情况。凌老黑摇了摇头，说陶满月已去下游往长江找寻，到现在还没有消息回来……短短两日，凌老黑双眼深陷，铁青的脸膛上，尤显胡子拉碴，说话时声调语气里，露出深深的疲乏委顿。

凌老黑告诉吴东民说，他会坚持协助即将从医院赶回的荆大宝书记做好灾后补救工作，特别是要尽快领人把溃破口合龙起来……待过了这一段时日，他就打报告要求停职，接受审查处分。

吴东民摆摆手，说：“暂且不谈这些，先集中精力搞好救灾工作……另外，再派人追陶满月回来，不要让他过分沉浸在痛苦情绪里。可以向沿线居民、公安、民政部门逐个打招呼，若有什么情况，立即通知我们。一定要告诉陶满月，他是党员干部，眼下生产自救工作非常需要他做出努力。”

凌老黑一声不吭，只翻着两眼瞪向吴东民。

溃破口合龙分成两拨，在八公湾和老鸭滩同时进行。

蓝蓝的天，清澈得让人忘记一切烦恼。无数的白鸟，像听到了召唤从四面八方飞来。从漠漠水面之上飞过你的头顶，能看清它们将头缩在背上，颈向下突出，像坠着一个超大喉囊，缓慢而从容地鼓动两翅，一双长腿向后伸直，努力飞成一条直线。

“那不叫白鹭鸶，就是牛屎鹤子噢……它们飞来了，又飞走。该来的来，该走的走，就像南天河里的水，日夜不歇地淌。都讲陈米难吃，陈柴不经烧，有人记得千年样，大男小女在何方？凌黑头走了，陶大巴掌走了，陶莲香也走了。你见过劈头盖脸扑来的浪头么，三丈三尺高噢！你见过大青石从河底漂上来么……都是劫数，劫数噢！今日不见新郎面，福禄盖头掀开来，那个漂亮新娘子，在等噢，等她的新郎哥！六月六，晒龙袍，祠堂里发香拜神，家家门口贴太平符。大水落下去了，月亮也落下去，老鸭滩的黑狗精，就跑去追咬到处乱飘的鬼火……”

傍晚时分，从八公湾传来消息：就在被新埂拖带崩掉的那一段原来属凌家圩的老埂内，露出很大一角平整石块，很像是那块失踪的大青石碑！

老陶家和老凌家的人都赶来了，要看个究竟。平日里就雅好收集一点古董物什的吴东民听人讲述了原委，也动了兴趣，命人先将石块掏出来，说不定是件难遇的文物哩！

立刻就有许多人找来绳索杠棒，不待招呼便跳入水中，吭哧吭哧干得十分卖力。

果然，掏出来的是一块沧桑古义的青石巨碑！

吴东民不待洗刷干净，就扠开拇指与中指，一五一十量起来：碑约长一丈二尺，宽四尺八寸，厚四寸二分。经水冲洗，青色莹然，三步开外，寒气袭人。

碑上字迹都差不多尽数被铲平，只剩得最后两行：

……天河罡风，洪水震怒。至十七日，雨如悬绳连三昼夜，暴溢河水高逾屋楼，县地陆沉，漂流人物十数日！

一条落款，赫然写着：道光辛巳年五月。

吴东民凝视良久。直到耳中灌满噪鸣，方抬起头来，只见数不清的白鸟如漫天箭矢般射向落日，老鸭滩上一片火红……

陆

静静的茨菇河

夏天来临，西宁害大叶肺炎病刚从医院出来，勉强参加了五年级期末升学考试。

高音喇叭音量逐日增大，太阳晃眼，树荫深浓，城市头顶上空隐隐躁动着令人不安的恐惧和莫名的兴奋……不要说那些常聚在一起神秘交谈的大人，就连一向不爱闹腾的西宁也感受到了。

随后不久，西宁就被父母托付给一个喊做“表爷爷”的卖凉粉老人，带回遥远的南方乡下。

西宁跟着那个有点驼背的表爷爷，坐了两天一夜火车，终于在长江岸边芜湖下车出了站，来到一处停泊着许多黑黝黝小船的水埠头。

表爷爷立在石岸两头张望一番，放嗓门“呜么”“呜么”连喊几声。一颗花白的头，便斜仄着从一只怪异的两头尖长的船舱篷里伸出来。西宁后来才晓得，“呜么”就是“五毛”。

五毛也精瘦苍老，同表爷爷年纪相仿，但身手利索，眨眼间就站到了前舱头。他赤裸着上身，下面穿一件补丁摞补丁的黑布裤子，一双脚丫子张得很开。五毛扯咧着嘴笑，露出黑黑残牙，同表爷爷打诨一句什么，弯下身将一块窄溜溜跳板由船头搭到岸上。

表爷爷牵着西宁上了船，少不得要向五毛作介绍。五毛端着那张迎过来的老脸连“哦”了几声，很感叹地叫出了西宁妈妈的名字，直夸西宁长得文静俊气，招人喜爱，说娘儿俩就跟一个模子脱出来似的。西宁完全听得懂他的方言讲话，羞红了脸。

这是一条带帆的小划子船，埠头边水面就是青弋江。两支灰白开裂的木桨，被五毛骨节粗大的手装到了桨桩上。当小船晃悠悠地离开埠头往上游划去时，约摸早上七八点钟的太阳正斜斜升上头顶，缓缓地散布着热力。两岸滩头茂密的柳林也徐徐闪开，一条如带的水流，碧绿地展现在眼前。小小一片白帆，正从那绿带子上滑过，漾起粼粼波纹……水鸟负着瓦蓝的天空，平展细长的双翼在船头盘旋，却不知为什么要喑哑地啼号。

两岸有俯身挥着棰棒浣衣的女人，有在沙滩上追逐玩耍的孩童，堤坡上有埋头啃着青草的牛、白的羊和黑的猪。荡着鱼盆的收网人在水湾处忙乎，鱼儿不时跃出水面，溅起一片水花。放鱼鹰的渔人站在那种如同纸折的小艇上，撑着篙竿迎面而过。一只黑背的花狗追着粼粼浪纹，沿水线一路颠颠地跑开去。不知从哪里飞来一只铜绿金龟子，带着嗡嗡嗡声响，翅膀扇出微凉迷人的小风。

远离了街市的喧嚣，新奇中，四周一派宁谧。西宁抱着双膝坐在翘起的船头，吃风兜得饱鼓的有着一大块灰布补丁的白帆上，映射着白亮阳光。船后舱里，表爷爷扯起时高时低的呼噜，而五毛吱吱呀呀摇桨的声音便如歌如吟。

望着船舷两边流走的绿森森的江水，不知不觉中，西宁稚嫩的心灵，竟品出了别一番孤独与忧郁的滋味……

近午时分，五毛拿条丝网抖开，抛入船后水中，不长工夫，就收上来许多闪亮蹦跳的小鱼。已睡足一觉的表爷爷精神大好，帮着掐净肚肠，放船上小灶头烧出来，又用瓦釜焖了饭。一人一大碗，有鱼汤淘漉，吃得好香。

在一处渡口，有个红背心男人使劲挥手，不待船靠稳岸，就手提黄挎包纵身跳了上来，小船一阵猛晃。这人三十多岁，细长个，胡茬脸，坐倒后就瞅着眼想找人讲话，表爷爷似乎不愿搭理。五毛喊他“老周”，问今天跑了哪些队，签到收草合同了么？老周说厂里今年扩建大石灰腌料池，稻草收购任务大，怕难以完成。他讲南方普通话，喉结划来划去，划出的声音低沉而磁性好听。五毛一边摇着桨一边摇着头说是哩是哩，现在都推广矮秆粳稻农垦58号，高秆的江西早不让种，往后烧锅草怕都作难。老周满口词语打叠，说矮稻草不行，纤维长度和韧度都成问题，打出纸浆滤水性不好。去年在这边收的稻草没堆好，造成内燃，烧掉了自己半年工资，今年收完这季稻草就不干了。老婆走后，丢下小孩没人照应……唉，不说这些了。就从黄挎包里掏出一个布卷，抖开来是一只锃亮口琴，伸臂把口琴浸水里洗了洗，使劲甩干水珠，又从五毛脚边拿起水瓢舀了水喝下，坐正身子，双手抱琴捂在嘴边呜呜哇哇吹了起来。他左手竟然是残的，拇指和食指仅剩半截根桩。

炊烟四起的傍晚，小船收了帆，划入一条汊河。河面漂着许多白鹅，一群小孩子也浸泡在被西天晚霞染红的水里，有晚归的耕牛俯下身子大口地饮水。到擦黑时，他们的船给拖过闸坝，停在一个周遭环水、竹树四合的村子边。

昏蒙暮色里，西宁跳上岸，刚立稳酸麻的身子，就见木板桥那头大树黑影下奔出一群人，为首的一团白身影颤巍巍发声问："来的可是西宁呀……"

乖巧的西宁按着爸爸妈妈事先教导的，亲热热迎上去喊了一声："外婆！"

白身影痴一下，将手一拍，锐叫了一声"我的心肝宝贝呀……"奔过来一把将西宁拥进怀里。

一弯淡蓝闪亮的新月，在头顶天穹上跳荡了一下。

"小西宁……你要叫我姨哩！"一个年轻女子闪过来，拉起他的手。朦胧中，她有一口好白的牙齿，手很柔软。

"这是你莲姨。快叫莲姨！"外婆说。

"莲姨。"西宁叫了一声。随着欢悦一声"哎"，脸上被轻轻拧了一下。月光洒下一片青白，他闻到了一股淡淡花露水味，以及醇甜中混合着水腥味的植物的气息，同时，有一种"哑——瓯——哑"奇异鸣叫声落入耳中。

西宁绝没有料到，那气息和奇异的鸣叫声竟嵌入脑中，使他一辈子都不能淡忘。

第二天早上，西宁一觉醒来，听到院子里有脆亮亮嗓音在说话。站到窗前，看见一个水红衣俊俏姑娘正把一堆瓜果菜蔬搁在院里小桌上，一边跟外婆嗒着话一边朝门外走去。这不就是昨晚见过的莲姨吗，她脚穿红白花格布鞋，走路的样子好轻巧。后来，外婆告诉他：莲姨就是那个驼背表爷爷家最小女儿，叫红莲，在城里念过几年书。

在外婆家那个叫莲花落小圩村里，西宁结识了发姑、二妹、多妮、毛丫，还有一个穿白衣裙、眼如弯月一样沉静的梅芬。说也怪，齐茬茬都是一帮妹子，竟没一个这上下个头的男伢。

穿着白圆领夏布小褂的外婆说，那年头，莲花落村子前后左右都是水，送子娘娘不敢坐小划子盆过来，就隔水咕咚咕咚扔过来这些妹子，而男伢却马虎不得，是要亲自送到床头前的。

外婆怕寂寞了西宁，第二天上午，就把几个妹子叫到跟前，交代说，西宁虽是男伢，在家却是当妹子养，长得细皮嫩肉，又是比大家都小一两岁，在一起合个伴，不许男呀女呀圈外了。当然，外婆没忘了告诉她们：城里恰好是拧反的，妹子比男伢精贵，倘是把男伢当妹子养，那多半是娇惯的很。

她们都笑，用手扒着门框或搭着膀子笑，眼仁亮亮的，大约觉得挺开心。接下来，便一齐盯着西宁脚上一双粉红色塑料凉鞋，那可是乡下没见过的时尚物哩。西宁就友好地脱下来让试穿，她们一齐把赤脚往后蹭，受惊吓似的红了脸。歇了一会子，才恢复了平静，于是悄悄咬着耳朵议论了一番。这样，算是相互熟识了。

后来，西宁就知道了，额前垂着长长刘海的二妹同他一样，开学后升六年级；多妮年龄最大，却只有四年级，她十一岁才上的学；发姑和说话结巴的毛丫连教室门也没摸过。窈窕的梅芬原先在南京雨花台小学上到五年级，两年前全家迁到乡下，妈妈一绳子挂死在屋后桑树上，就没再上学了，但她却看过整本的《红楼梦》，还能背不少唐诗宋词。她们都穿着粗白坯布染成的短衫青衣，在强烈的绿色背景下，这种青色显得格外柔和顺眼，并有几分古朴。

阳光泼满大地，映入眼帘全是沉甸甸的稻穗。白昼里，大人下地干活，田畈里传来“嗵”“嗵”“嗵”掼稻声。一担担干湿不匀连带草屑的稻籽，挑过来倾倒在中间微微隆起的光洁禾场上，抄起扬抛子一阵扒划，瞬间就推成薄薄一层，如黄澄澄地毯。阳光烈烈，随稻籽而来的蚂蚱和甲虫，很快就逃往四周的草丛里。怕鸡和鸟雀还有小猪过来吃稻，大人们就叫小伢子看着，拿棍子赶。

大家陪伴西宁在禾场边开满黄花的丝瓜棚架下做作业，在一起编一些夜晚用来熏蚊子的艾蒿辫子，听大树上蝉鸣，听竹篱笆上纺织娘唱歌，拿竹竿敲院子里尚未熟透的枣子和水塘边酸毛桃……水塘边长着一种叫“瞿瞿哔”的植物，圆叶有一层薄膜，撕开贴在上颚上，会吹出响亮哨音，“瞿瞿哔”，“瞿瞿哔”，好听极了。间忽，西宁也跟着她们去帮毛丫忙活。毛丫便是撑船的五毛的长孙女，有半打模样都差不多的弟妹，她背上背一个，手里牵一个，摇窝篮里外带摇一个，有时还要把一小群鸭子赶到塘里去放，人像是未睡足觉一般整天晕晕乎乎，而那些脸上糊满鼻涕的小鬼头仍一个个哭得很委屈。

夏夜里，许多人聚集到禾场上乘凉。光裸上身，一边摇着芭蕉叶扇驱赶蚊虫，一边闲扯着天气收成和道听途说的奇闻逸事。这边说“大暑热不透，大热在秋后”，那边说丁家湾的水牛生了两条小黄牛……有人接着就讲“惯儿不孝，肥田出瘪稻”，西埂头死了一个姓刘的老太，刘老太平时跟小儿子过，和媳妇经常吵骂。有一天，她对货郎老五说，过几天就吃新米了，好想敞开口吃顿肉，再喝药死掉。大家以为是开玩笑，没有人当真。谁料到六月六晒龙袍那晚，她真的在家喝DDT死了，穿着两层新衣和新鞋。

有些讲述就非常恐怖了。有人讲青滩埂那里翻了船，淹死一对夫妻。找来两个打鱼佬捞尸，水性最好的那个潜下水却没再冒头。直到第二天傍晚，才用拖网拖上来缠成一团的三具死尸。那个打鱼佬被两具尸体抱得紧紧，掰都掰不开……要知道，打鱼佬下水，那两人已沉到水底大半天，早就死透了。

这时候，总有一种夜鸟飞来，歇在黑影树丛里叫“我要我的号，我要我的号”。讲那鸟原本是个吹号鬼，夜晚老跑到河湾里吹号，吵死人。有人拿锄头偷偷跑到鬼身后一把将号打落，并将鬼打跑。后来，鬼就天天跑到这个人屋外喊着讨要他的号。

黑黢黢的禾场另一头，传来轻轻唱歌声：“九九那个艳阳天来哟，十八岁的哥哥呀坐在河边，东风呀吹得那个风车转哪，蚕豆花儿香呀麦苗儿鲜，十八岁的哥哥……惦记着呀呵小英莲……”是莲姨，她唱得真好听。有人呜呜吹着口琴给她伴奏，虽是断断续续，却使夏夜的乡村显得幽邃沉静。

屋子里热浪熏人，蚊帐是挂在外面，露天睡觉。闻着微风中不知何处飘来的洗澡花香气，一轮弯镰一样下弦月很薄很亮地照着，直到幽微夜深，天上的银河移了位置，渐觉凉爽。外婆筋骨痛，下半夜是要回到屋里的，西宁贪凉，一人继续睡外面。外婆不放心，说要找人过来陪睡，西宁执意不肯。有时不小心把蚊帐蹬开了，早晨起来蚊帐里就会有很多肚子吃得胀鼓的蚊子，一拍全是血。禾场边草上露水很重，一踩一个白脚印，能够看到远处田畈里飘散着一阵阵白烟水汽。

有一回，西宁天亮前醒来，感觉帐子里并头睡了一个人，模糊中当成是外婆。吹号鸟叫得瘆人，就往外婆身边紧贴，外婆身上好沁凉。后来睡着了，梦到妈妈，就使劲朝妈妈柔软怀里拱……待天亮后一看，竟是和莲姨抵头睡一起，吓得心里好一顿跳！

外婆养的小鸡丢了几只，找到小鸡尸身，都是颈子下被咬小洞吸干了血，这肯定是黄鼠狼干的。外婆轻声骂着“杀千刀的”，叫西宁去莲姨家把那对看门的大白鹅借过来。外婆说，黄鼠狼爪子只要沾上鹅粪，就会烂脱掉，所以有鹅在，黄鼠狼不敢进院门。

笑盈盈的莲姨搅了一碗凉粉，要西宁吃下，又打了个谜语叫他猜：“太平车，四轮滚，上面坐着花大婶；榻榻板，马桶盖，上面睡着花老太。”西宁猜不出。

“小呆头鹅，不开窍！”莲姨照例又在他脸上拧一下，揭了谜底说是黄鼠狼呀。原来，这个“花”是小伢子“过麻花”（麻疹）的“花”——家里有小伢子“出花”了，不单要供“水花娘娘”和“土地婆婆”，还要供奉“花老太”。

一个人时，西宁就去捉蜻蜓。蜻蜓有好几种，最难捉到红蜻蜓和黄蜻蜓，它们警觉，飞得极快。最好捉的当然就是长得壮实的黑蜻蜓，用手捏尾巴，悄无声息地靠近，快速出手，一招就中。水塘边有一种喊做“鬼蜻蜓”的豆娘，黑黑细细的，两对翅膀却很大，飞起来摇摇闪闪，说是鬼变的。

去水塘边，或是傍晚出外，外婆有时会在西宁身上放些米，说是能驱鬼！

西宁知道了那条小河叫茨菇河，青青绿草连着河水，很安隐沉静。草皮滩上蹦跳着许多蚂蚱和土灰色小蛙，也长着许多高大的树木，林子后边裸露一大片坟地。高低起伏的坟头上长满野草棘刺，立着某某“先考大人”“先妣大人”字样的石碑。也有离得稍远的单个坟头，收拾得很干净，旁边种着柏树，或是万年青，四周弥漫着浓郁而又清新的草木香味。菱角菜从水里长出来，铺满河湾。河水涨了不少，漫过河滩，水流也急。便有高高堆着稻草的船儿乘着水流朝下游漂去，肯定是那个吹口琴的红背心老周收购的吧。

前面有一片玉米地，肥绿宽大的枝叶高过人头，风吹飒飒响。旁边山芋地里，密匝匝藤蔓长得能掩住人小腿，若是不翻动，藤下生出白根须，土下的山芋走窜养料就长不大。有个轻盈身影在弓身翻着山芋藤，一边在唱：“九九那个艳阳天来哟，十八岁的哥哥呀坐在河边……风车呀跟着那个东风转哪，哥哥惦记着呀呵小英莲……”

太阳在西边斜斜地照着，小南风软软吹在脸上，一大团浓云飘过头顶，终于将太阳完全遮住。休息了，莲姨躺在草地上，一双眼睛特别黑亮润湿。她的麻花辫有点松散，就侧身掐了两朵打碗花，朝西宁一呶嘴说：“过来，帮我戴上。”西宁接过花，很听话地帮她戴到了头上。

“漂亮吗？”

“漂亮。”

“老头跟我说，想不想……嗯，娶莲姨做老婆……哈哈，小呆头鹅，瞧你脸红的!”

河对岸走过一帮孩子，他们叫着：“小英莲，小英莲……你就是那个小英莲!”

享受着晚风的温柔，莲姨侧身斜撑在草地上，胸前显得越发鼓胀，不知为什么却发起了呆。其实，莲姨也就只比西宁大几岁，才来到二十头上吧。本来光闪闪的眼里，现在蒙上一层忧郁，并且如水雾般弥散开来。西边天空有几团黑黑的云，太阳的光线从云团缝隙射下来，照耀着茨菇河。平静的河水，像一面金色的镜子。

次日，西宁再来这里，却只看到掀山芋藤的棍棒插在玉米地旁，一顶草帽斜斜顶在上面。

“莲姨——”西宁喊了一声，不见回答。接着又喊：“莲姨！莲姨——”

莲姨从玉米地里钻出来，涨红着脸，衬衫上粘着草叶。

“莲姨，你跑哪去了?”

莲姨看了一下四周，拍掉身上的草叶和沙土。“我解个小溲。你叫唤什么呵……快回家吧!”

“那你哩?”

“听话，你先回。我嘛……嗯，等一会就回。”

待西宁走到清澈透亮的茨菇河边，回头望去，玉米地边分明立着两个人，莲姨和另外一个男人，红背心好扎眼！他心头一阵惶惑，接着，便像被划开了一道口子，有轻轻刺痛……西天落日的灿烂云层下，大阵鸟群低飞而去。

有意无意，西宁渐渐回避着莲姨。

那天，发姑过来说，双抢已忙完，牛都解了轭，问他愿不愿一起去放牛？西宁点点头答应了。发姑是远近闻名的“克娘女”。搞不懂什么叫“克娘女”，就问外婆。外婆叹了一口气，说发姑这丫头命硬，克娘克得凶奇……

原来，发姑的娘那年生伢子正害着热病，烧了两天两夜，血流不止，鬼门关上没跨过来，捱到天亮，就咽了气。一命连两口，死人挺着大肚子给装进棺材里。都要下葬入土了，有个吹丧曲的听到棺材缝里似有细细哭号声泄出，吓一跳，赶紧叫人打开棺盖，抱出一个剥了皮的小猫一样细伢，那拖着的脐带，一头还连通死去的娘肚腹里……这从棺材里爬出的小细伢，就是发姑。

发姑给生产队放的那条卷毛黑牯，身上有八个旋涡，筛盘角，铜铃眼，威风凛凛，常惹事，不是牛打角，就是人干架。而发姑挺着已经开始发育的胸脯，单手卡腰，一根桐油浸过的鞭子抽得呼呼响，嘴头没遮没拦时，那些圩乡放牛滩上出名的“好汉”们脚下就要开溜了。

吵架有时也演变为对歌形式，通常是隔着那条静静流淌的茨菇河，碧草萋萋的两岸，一伙寻衅的男伢总是瞅冷子起腔突袭：

哎来来，来来罗，
看牛的妹子喂，
你和我对田歌，
对不上田歌哟——
你（就）给我做老婆！

歌声歇落，便有那种变嗓门的嘎哑坏笑声肆意飞过来。这边自然不会示弱，一阵吱吱喳喳商量，就见伶牙俐齿的二妹站出来，把辫梢一甩，就甩出一长串亮脆的嗓音：

哎来来，来来罗，
看牛的小伢喂，
我和你对田歌，
对得上田歌哟——
你（就）歇嘴倒嗓莫作恶！

于是，两边就热闹地开起仗。舒润的旷野上，节奏明快悠扬的歌声飞荡开来：

什么开花节节高？
什么开花像双刀？
什么开花青草里？
什么开花在塘梢……

芝麻开花节节高，
扁豆开花像双刀，
蛇莓开花青草里，
芦柴开花在塘梢……

什么开花又开花？
什么开花在杈巴？
什么开花不结子？
什么结子不开花……

棉花开花又开花，
茄子开花在杈巴，
桂花开花不结子，
无花果结子不开花……

没料想，那边却对出了下流歌：

野鸡配窝（呵）并排垛，
端条板凳打连坐……

这边立马回应：

柴担高，板凳矮，
我要板凳吃喜酒，

你要板凳（呵）架棺材……

“不要脸，好不要脸呵！”一阵清脆快活的哄笑声响起，碧汪汪的水面也溅开微微涟漪。

几只禾花雀从草丛里惊起，射向远空，变作几粒黑点消失。只有那些水牛一点也不为所动，专心致志地埋头啃着青草，尾巴甩打甩打的……其实，牛也很可怜，黄昏时有一种很小的蠓子不单叮人也叮牛，再就是很大的像苍蝇的牛虻，绕着牛飞，专叮皮薄肉嫩的后胯窝。晚上，牛在厩栏里一边倒着沫一边不停地甩动尾巴，成团的蚊子扰得它们无法睡觉。

整日玩得好开心，但有一次瞒着外婆下塘打莲蓬，却差点弄出了事。西宁背诵过“莲叶荷田田”的古诗，却还没真正下过荷塘，更别提那些一咬满嘴甜汁的莲蓬米，大家便发誓要让他放开肚皮吃个够！

先在茨菇河边一个斗门塘，满眼绿森森荷叶，能看得清缝隙下面游来游去的小鱼，还有附在水草上的螺蛳。小巧青翠的沼蛙则端坐荷叶上，鼓着一对大眼，一点也不怕人。而那些饱实的莲蓬就勾头藏在荷叶底下，多妮她们嫌嫩的水多走味，老的莲心涩嘴，专挑那最饱臌饱胀、浆水欲收未收的采摘。

发姑坐腰盆去里头好一阵子才回来，没好气抛过几个莲蓬。“哪个烂手指头的前脚来过！”

旁边的多妮眼角一瞟，说：“不是有人牙缝里漏下来的吧？”

发姑回头狠盯一眼：“舌头没伸直吧……曲里带拐弯的！”

“哟，人嘴里也能吐出蛇信子么？”

“都不要吵了”，梅芬阻止；“这些莲蓬正好一人一个。”

“有味没嚼头的，我才不稀罕哩！”

“有味没嚼头……就来嚼舌头？你逞能，去找几个来呀！”发姑啐了一口，双目闪闪，不依不饶。

“净吵死！”二妹在旁边冒出一句：“敢到老溶塘去么？那里多的是。”

一提老溶塘，竟都没了声音。

那场子，西宁听外婆说过，“腥气重”“邋遢得很”。有个放鸭伢子丢了几只鸭，过来找，怎么也找不到……后来，那个放鸭伢子就翻了盆，绝好的水性也未爬上来。大月亮晚上，有人不止一次听到满塘鸭子呱呱地叫。

“回去吧”，梅芬苍白着脸劝着，“不要出事情……”

发姑一跺脚：“走！碰见鬼就揪它一把毛，倒要瞧瞧是红的还是绿的？”

多妮自然不愿拉后，眼睛一扫，“要去一起去！”

“这……还带？”黑傻傻的毛丫拖起腰盆，抓住提环问。

二妹说：“放着吧，那里藏着我老舅的放鸭盆哩！”

一行人踏着一条松软的有着许多大黑蚂蚁匆行的蒿草小路来到老溶塘边，回过头，村子已经离得很远。塘对面是一大片密不透风的竹树林，披头散发一般挂着藤蔓的树梢上，悬着许多白鹭做的窝，“腥气重”，想必是那些鸟排泄的秽物了。

好一派绿沉沉荷叶呵，亭亭翠盖，密密层层，就连岸边的野草也给映衬得葱郁而多汁，闪烁着鲜嫩的亮光。那大朵大朵白玉碗般的荷花，香气四溢，逼得你连呼吸都要屏住……再瞧下面荷箭，有探头探脑翠裙紧裹的，有嘴尖嫣红欲开还羞的……至于刚抖开一圈披肩须的莲房，玉琢贝雕的粉瓣已散落近旁水面。青膨膨那些莲蓬，打眼睃去，一个不见，稍经指点，就一一现身了。

二妹果然打树枝丛中拖出一张盆，凸底鸭蛋壳似的轻巧。她扯净搭在盆沿的水草，眨眨眼瞅住大家，担心地说：“我老舅的盆刁，怕没人坐得服……”

却见毛丫张了张厚嘴唇，低头拉过盆，一声不响地坐了进去。二妹轻送了一把力，小盆便荡开两条水纹，没入碧森森的荷叶深处。

“钻里头吃足了，记住照原路回来。”

“吔，舌头拐了几道弯，自家心里有数！”

岸上又吵开了。只有穿着白衣裙的梅芬，静静地守在水边，望着那一片荷叶出神……

西宁觉得梅芬好文静秀丽，极像爸爸爱画的那些伴着鹤的古代仕女。她轻轻言事，轻轻地笑，明显不同于一般乡下妹子。西宁便常偷眼瞅她的白衣裙，她的沉静眉眼，更有长了一层细细茸毛的白净面颊和掩在辫根下小巧贝肉般耳垂……偶然碰上她的目光，便突然脸红心跳。他未必想到，这份无人知晓的美丽，已是自己人生初识淡淡幽香的暗恋。

毛丫去了有一个时辰。忽然，什么地方轻微响了一声。梅芬支起耳朵听了听，连忙压低嗓子急急喊："毛丫，毛丫……"没有回答，她脸上立时煞白。

"毛丫！毛丫——"大伙都喊，一声压过一声。

"不远……我听见了响声。"多妮说着就和发姑同时扑下了塘。

二妹也跟着跳了下去。眼见着荷叶一路翻动往前移行。

"我去喊人……"梅芬颤抖失去血色的嘴唇朝西原说，"你守这里别乱动……"

可西宁满脑子闪现的都是《中国少年报》上舍己救人的事，哪还能听得进她的话，想也没想就扑通跳下水。梅芬惊叫一声，返身来拉，结果两人连扯带绊一同滑入冰凉的深水。

"在那里……那边……"前面荷叶丛中传来喘气声、拨水声和荷叶竿杆折断的脆响。西宁还想朝前摸去，哪知脚下掏空，人一闪失，只觉得绿沉沉的水铺天盖地压来，张嘴连灌几口，脑子里一片白雾，分辨不清上下左右……也不知喝进多少口水，忽然身子被什么托了一把，本能地伸手死死揪住，才冒出水面。脚下掏着土，人一下立起，肚子里头哗啦晃响，嘴一咧，便哇哇呕出水来。旁边，梅芬也在失魂落魄地张嘴吐水。

突然，西宁像给电打了似的浑身一酥麻，面前的梅芬竟白生生地光裸上半个身子，而自己仍然攥紧从她一边肩头滑落的衣角，惊慌中，竟不晓得松开……

西宁直愣愣的眼光，使梅芬一下省悟，她猛推了一把。西宁本来脚下未稳，就仰面朝后倒去，但立刻又被扑过来拉住。由于水的势头，西宁几乎一头撞在她身上，连脸颊都触着了她清凉而滑润的胸脯。

“你快上去！不许回头，快上去……”梅芬又急又羞，声音都走了腔调。西宁却仍是懵懵懂懂的把头扭着，他看到了梅芬已微微隆起的小小胸脯……

这时，一张倾翻的小盆给推了过来，发姑和多妮架着毛丫水淋淋地上了岸。梅芬立刻抢过去挽扶，另一只手仍捏着肩头撕裂的衣裙。毛丫疲惫地摇摇头，牙齿磕碰着颤瑟得像一片风口里叶子，黑圆的脸上透出一层乌青。

寻了一块草地，几个人坐倒下来。只有西宁脱下上衣铺在草上晒，几个妹子都是找了僻静处把衣裳绞干。西宁心头不安，偷瞅了一下梅芬。她不知用了什么法子，将撕破的上衣连缀起来，只露一小块白生生肩头在外面。

经过一场事故，所有人神情都有些异样。大家围住毛丫，问她话，她只管愣愣地咬住憨实的厚唇。一时间，几个人都沉默了。什么鸟在对面林子里叫了一声，又叫了一声，悠长，清亮，没有丝毫忧郁，仿佛是从另一个世界荡过来回声！

多妮把眼睛拉起，瞟紧二妹。二妹似吃不住劲，扯了几把白生生草根，抬起尖尖的下巴，平日里伶牙俐齿，眼下嘴头子却磕磕巴巴不利索：

“我老舅的鸭盆刁，脾性我晓得，我不该戗毛丫上……你们就站到水边上，我去……”

“你，你不要……”毛丫猛攥紧二妹胳膊，“那里，那里……”刚给水呛哑了嗓子，一急，更说不出话来，光用一双眼惊惧地盯住荷塘中间。就在那当下里，响起一阵嗦嗦声，如有人在荷叶丛里走动，跟着是“哗”一下很大拨水声……大家不约而同全站了起来，梅芬的脸又变得煞白，她挨个望了一下几个人，嘴唇动了一下，想说什么。

“倒是要看看鬼长个什么样子。”发姑憋红了脸，“我去，今天硬是要揪一把鬼毛！”

就在她说话时，背后，多妮却猫一般轻捷跳进了小盆。弓身从盆里伸出一只脚朝后一蹬，鸭蛋壳似的小盆，便荡入田田荷叶深处。

大家全都站到了水里，听着荷梗刮擦盆沿的声音，口里不断地喊：“多妮，小心……多妮……”

多妮是满载着归来了。她嘴角挑着那种近乎成人气的坦然和微笑，让二妹从小盆里大把捧出莲蓬，堆在西原跟前。那些翠绿的莲蓬，杆上折断处还拖着白丝和浆液，硕大饱满，拿在手里真不忍心掰开它们。

几个人一齐坐倒下来，围成一圈地。半边莲的细碎的小花，星星点点开在腿脚边。只有毛丫，眼睛里打着飘闪，仍是那般怔怔的。梅芬说：“毛丫，毛丫，想什么哩……莫再走神了哦。”

大家剥着莲蓬，往中间一张摊开的荷叶上丢。荷叶上隆起一堆漾着白亮光泽的米仁，于是，都催西宁趁着鲜灵尽兴吃，说城里人难得碰上。西宁知道今天是为了他，就一个劲请毛丫和二妹先吃……结果，面对铺陈在绿荷叶上莹白米仁，几个人就那么坐着……只是西宁偶一碰上梅芬的眼光时，心里头仍免不了异样地跳。

远处是蓝得透明的天幕，几朵白云不紧不慢缓缓移动。背后，一簇簇藤蔓从生满绿苔的节瘤斑斑树干上垂下来，夹杂着一嘟噜、一嘟噜蓝宝石一般的果实。花草浓郁的芳香，泥土潮润的腥味……还有荡漾在空气中的野蜂振翅声，在这静寂得如同被遗忘了的天地里，一刹那间，竟是那样亲切而令人战栗地融为一体！

“真，真的——”毛丫突然一下箍紧身旁的发姑，“往后，我们这，这几个……在一起，一辈子都不分开！”她竟抽咽了起来。

“也不嫁人么？”二妹觉得好玩，咯咯地笑。

“不嫁人就不嫁人！”发姑拧着声狠巴巴地说，她眉心和脸颊有数道荷叶梗剐痕。

“好，讲话不算话是小狗！”几个妹子望了西原一下，就挨个勾了小指头。

“哎，我们都掏句心窝子话……你们到底，嗯……喜欢不喜欢男伢子？”多妮的声音里打着飘闪，一双眼睛漆黑而透亮。

"……都兜底子招认，不许打埋伏。"

多妮率先掏开了"心窝子"："六年级那个大个子郑小义，学校壁报上常有他文章，我总喜欢跑去看他的名字。上回学校文艺演出，他演'哥哥'，演得多好，我恨死自己为什么没福气去演'妹妹'。他还踢一脚好球，人长得又……就是太神气了，从不拿正眼瞅我们女生，所以我心里又那么恨他！"

"我顶喜欢我表哥……哎哟，真羞死了！"二妹飞快地睃了西宁一眼，一下捂住嘴，脸红了。磨蹭一下身子，才低声接下说："其实也就我妈念叨他好。他是十里桥小学的学习委员，放割麦子假时来过我家，人瘦条条的，不多言语，看过许多书。他今年考县里中学稳取。那回来我家还带了一根包铜箍的笛子，真的，你听他吹起笛子真是爱得要死！"

"我是放牛的命"，发姑说得很快，"麻雀子跟不上雁飞，比你们不得。要我说，东李村二伢，家底子薄了，要是他能念上书，保不准比哪个都强！他抓鱼叉鳖、编筐织篓、栽秧割稻，门门在行……那回发大水，我们村一条小牛卷进了洗澡盆大漩涡子里，漩涡子'嗯嗯'地吸空了叫，亏他游过去，硬把小牛顶了出来，自己反被吸进去了，你猜他怎么着？摊开手脚往水面上一躺，瞅当头猛一蹬，出来了，直把小牛又顶上岸。连老牛都一个劲朝他哞哞直叫感谢哩……有朝一日，我就敢找他好！"

"你们啦，刚才赌咒发誓，一辈子不嫁人，这又在议论人家男孩子……"

梅芬，梅芬，你呢？"大家捉住她的胳膊。

"要我说什么呢？"梅芬定定地望着大家，"我唱个歌，唱个《小白菜》吧。"……不等大家说出什么，就轻轻唱了起来：

小白菜呀，叶子黄，三岁头上死了娘……

声音细细的，像牵着一根细线绳往远处走去，叫人想到水面漂流的草叶，想到在云缝里穿行的月亮，想到冷雨里无巢的小雀……大家都一齐看着梅芬。

忽然，梅芬停了下来，似乎耳中捕捉到了什么，急速地看了一眼毛丫，毛丫脸上立刻出现了受惊吓的神色。就在这时，荷塘深处传来如人走动的声音和哗啦啦的拨水响，还有尖细短促的打嗝声……众人面面相觑。等了一会，那响声却未再出现。

“是鱼”多妮有意不朝那边望。

“……鱼会叫吗?”

“会叫。不听老年人说，早先万岁爷，就封过我们这老溶塘里一种会叫的鱼，长着公鸡一样的冠子……”

“不，是、是——”毛丫后面的话吐不出来，光用眼睛瞅着大家。

“水猴子落水鬼。”二妹一伸舌头，又赶紧缩回：“快吐唾沫，鬼怕吐唾沫……不骗你们，村里的狗都不来这里，来了就打喷嚏。”

“二妹你先打个喷嚏。你真看见过水猴子落水鬼吗?”多妮冷笑一下。

“真的”，二妹避开多妮眼睛，神情认真：“我老舅说的，要是塘里漂了什么，哪怕明明是岸边一个鸭蛋，你弯腰捡，那蛋就会往塘里骨碌碌滚，一路吐泡泡……到那时什么都迟了!”

“怎么就迟了呢?”

“你身不由己，鬼把你迷住啦！明明是苍蝇嗡嗡，你却像听最好听的歌；明明是一片狗屎苔，你看去却是一嘟噜鲜花……到了这功夫，落水鬼就笑眯眯抓来烂泥糊你鼻子眼!”

“那是你老舅编来吓唬人的，怕人偷他鸭蛋才诌出来的鬼话！二妹，听说上面批了你老舅‘资本主义’，要没收鸭子，他就躲到这里来了，你妈还让你过来送饭?”

“多妮，你什么事都晓得，干脆顶了你大大当民兵营长吧!”

“……前几天淹死的那个放鸭伢子，听说是两个割草人一声咳嗽，以为是队长领人来了，就赶起鸭子拼命往塘心里藏。鸭子后来都从荷叶里钻出来，呱呱满处叫，人却一直没再出来。”

“往后，他除了有月亮的晚上上岸找鸭子……大白天也会坐在这里笑着朝人招手吗?”

“那是真的。找不到人做替身，就投不了胎，一辈子都在这里，浑身湿透，寂寞死了。还有塘埂上野狗，专门追咬那些夭折的鬼火……”

“命，命逃……不了，我奶奶说的。”毛丫哑声地说。

“毛丫，那你奶奶还要偷着在屋里烧香干什么?”

“愁她‘花疯子’叔叔讨不着婶子呗。一到油菜花灿黄连天时，她叔叔就要犯病跑不见影了。”

二妹叹息一声，戚戚地说：“我老舅一棚鸭子算给糟害完了。又不许卖，他送几只给我们家，天热吃不了，坏了许多……昨晚见着我老舅，人老了许多，老流泪，我真担心哪一天，他也会愁得变成‘苦哇子’鸟……”

“‘苦哇子’鸟都是小媳妇变的，受不了恶婆婆的虐待，就投了水。哪有男人变‘苦哇子’鸟?”

“我才不做这没出息的鸟，整夜到亮‘苦哇’‘苦哇’地叫。”发姑愤愤地说。

“听说，‘苦哇子’鸟只要沿着青弋江往上飞，不停地飞，找到一个能漂起石头的清水潭，在里面打个滚，就能还原人形。”

“要是恶婆婆没死……回来不仍做苦媳妇?”

“怎么会没死哩?”多妮提高了嗓音大声地说，“那都是解放前的事，现在是新社会了!”

梅芬在别人争论时从不介入，也不像别人那样易受感染，她老是一个人在走神。

“梅芬，你又想什么?”西宁忍不住问。

“我……”她的美丽的带有抑郁神情的大眼抬了起来，腮边是一粒浅浅小痣，更增添了那面容的娟洁与苍白，“我一想到许多比我好的人都死了……就老觉得自己也要死去。”

没想到她会说出这种话来！西宁那颗少年的心初次感受了震撼，他睁大眼望着白衣裙的梅芬。

“那时我在南京，住院时，同病室有个女孩叫韩晶晶，比我只小两天，偏要一口一声喊我姐姐。她爸爸原是乐团作曲子的，后来下到小学教音乐课，所以她能唱许多好听的歌。医生不让唱，就偷着唱。那天下午，我俩跑到离医院很远的一个荷花池边，尽情唱呵，唱《我们的田野》《我们多么幸福》，还有《听妈妈讲那过去的事情》……到后来，我们俩就搂一起唱！第二天，她就死了，再也不能唱歌了……从那以后，医生就老拿奇怪的眼光瞧我。是不是我也要死，和韩晶晶一样？我家庭出身也是白的，会不会也得白血病……晚上我净梦见韩晶晶，穿一套荷叶绿裙，辫梢结着白莲花，招手叫我去。韩晶晶对我讲过，她一生只系着一桩心事：想等年龄够上就做一名共青团员。她偷偷写了许多申请书，可又怕人家挖苦……她求我给她在手帕上绣一只蝴蝶，我还没绣好，她就死了。你们不知道，她怎么对我说：姐姐，姐姐，我真喜欢白蝴蝶！春天来了，它们飞呀、飞呀……阳光多好，花儿多好！真的，我真对不起韩晶晶，心里不知有多难过。见了面，她准要责怪我……我绣了白蝴蝶，还绣了许多白莲花，她喜欢白莲花，她的心就像白莲花一样清白。哪一天我都给她带去……真的。”

一阵风吹来，荷叶上下翻动着，簌簌有声。一只被喊做“鬼新娘”的钢蓝色蜻蜓飞来，就停歇在西宁面前的一片摇摆的草叶尖上。

四周是那般沉寂、荒凉。野草却无比的鲜嫩和浓密，各种斑斓的小花一无所知地充满生气地开放着，让人的心痛苦得郁结了起来。遥远的天穹，不再是炎热发亮，而是让人倾心地向往着！

突然，毛丫哆嗦着说：“我又，又听到了……”

“听到了什么？”所有人都猛一下站了起来。

“那、那个声……声音。”

话音刚落，扑噜噜，一只黑背白肚的水鸟从荷叶丛里飞了起来，一直扑翅飞入对岸的竹树林里去了。

“是‘苦哇子’鸟！”大家长长舒了一口气。

“——不，不是”，梅芬却怔怔地道，“那里，那荷叶深处……我觉得还有什么东西，你们听……”

然而，大家耳中什么也听不出来，连风吹荷叶的声音也没有。除了毛丫，全都面面相觑。

终于，大家穿过连畦的稻田，拖着被西斜的夕阳拉长的身影，向村子里走回去。西宁从草地上收回早已干硬的衬衫穿上身，是梅芬走过来帮他摘去粘在上面的几片草叶。她的肩头还有一大块裸露在外面哩，他俩像大人般平静地相互看了一眼。

一只纯白的大鸟似从天外飞来，悠悠地落在不远处的塘梢浅水中。

“鹤！”西宁叫了一声。

“是鹭，牛背鹭。”梅芬轻轻纠正着。

西宁在动物园里见过真的鹤，和这眼前大鸟一样，雪白的羽翼，细长的颈项和腿，很灵性很超然物外的样子。西宁呆呆地立着，目不转睛地看着那只大鸟……

大鸟突然张开翅膀飞升起来，飞得并不高，两条长腿伸在后面，转了一个弯，从头顶上空飞过。它的雪白闪亮的身子和悠悠扑扇翅翼的姿势，是那样美，美得让人从心底生出一阵忧郁。

“这怎么就不是一只鹤呢？”西宁在心里固执地坚持着。

然而，这又仅仅是一只鹤吗？没想到，它在缓缓飞过那片碧森森的荷塘上空时，竟将两声清长的唳鸣传了回来：“瓯——哑——”“瓯——哑——”

西宁心头顿时豁开一道亮缝，原来外婆迎接着他的那个有弯月的夜晚，听到的是数声“鹤”鸣……而蕴含在外婆和莲姨身上那股醇甜的、混合着水腥味的植物的气息，就是荷塘的气息呵！

回到家，外婆告诉他一个惊人的消息：莲姨走了，跟着那个吹口琴的老周走了。老周昨晚装满一船稻草，运往芜湖造纸厂……谁能想到把人藏在船上，连夜就走了哩……

西宁转身望向河坝那里，晚霞映照之下，天空犹如巨幕画布，被涂满金紫赤浓的色彩。而在另一半安宁如洗的蔚蓝里，一群鸟儿正排着队缓缓飞向远方。

茨菇河呵，静静的茨菇河！

㊆ 脚鱼阎王

双九姓隗，姓得古怪稀奇。倘使“认字认半边”果然行之有效，那么蘸着唾沫翻开发黄的老版《百家姓》，内中确能找到“牧隗山谷”一句。“在山谷里放牧鬼”，虽有点劈面惊耸，但日月经天，阴阳相当，你能说这鬼经扯得离谱么？

双九这名字析意不难，就是说诞生那年，他那专门给人出殡吹丧曲的前一代“双九”才十八岁。乡下讲虚岁，扣去一年半载，满打满算，父亲老子为造化他而完婚时不过才十六七岁，这是早婚。

早生儿子早得力，是那年头的价值取向，也是生存状态不佳生活质量低的一种表现，就好比恶劣环境里植物，只要长出稍具模样的茎叶，便举起非常劣质的生殖器官赶紧开花、结果，匆匆传下后代。事实确也如此，“三年自然灾害”时，双九父母相继饿毙，而他本人则全靠捉蛇抓蛤蟆掏乌龟填口腹的这种非正常生存方式，才得以延滞住一条滑溜溜小命——生活嘛，就是生下来，活下去。

当然，眼下没人取这名字了，以此类推，“三六”“三七”，以示庆贺三十六七岁就喜滋滋造化出孙子做了高堂祖父的，还有虽俗不可耐却与年景收成及肚皮着落有关的诸如“荒佬”“满仓”“三花子”什么的，也没人叫了。这是社会的进步，文明的拓展。

双九异相。据说，一些最妖娆的女人和最邪门异端的男子多出生在蛇年，双九正是蛇年落生。

那年月，捉鳖摸乌龟的全是些黑瘦怪异、目光飘忽的单身汉子，一篓一叉一行囊，孤鹭野鹤一样，无人知晓行踪栖止。

倘若还要寻证据，便是那时名冠三县四镇的丁瞎子曾给双九算过命。从来都是云山雾遮的老东西，掐指掐出一串真言，捏着嗓子哼叽道：蛇人生于未日，天狗占官，不可言吉……命中刑合并见，七古八怪；虽有红艳星动，但一生阴气不开，难免离群索居……不可说破，不可说破！

双九相貌确实与众不同，抠眼窝子，跑脸膛子，颧骨尖耸，鼻梁窄削，属于相书上那类“木形青而瘦长”之人。说青不青说乌不乌的凸脑门，形同河滩上落水落出的一块鹅卵石；天灵顶头黄发稀少，瘦田里缺水的稻秧苗一般。倒是肩宽肢长，身腰紧凑，多少透出一股利索劲儿。

他这一辈子到底捉过多少脚鱼？怕也没人能讲得清。头早，有个喊得很响的诨号：脚鱼阎王。后来弄丢了，他说，丢了干净，丢了才清爽。

双九使的一柄叉，祖上所传，精钢打制，乌溜抹黑，五根叉齿呼应一起，中齿挺突显露狰狞，柄把不过一人加一招长短，由一把起去内篾的竹篾紧紧扎成，提在手里晃悠晃悠的。人往塘埂上一站，逮眼就知水下多少成色，大小肥瘦，公母配对，是饱肚子还是饿肚子，放什么信子行什么路数，多长时辰出水换气……一目了然。叉入水中，如同瞎子使杖探路，这头点点，那头捣捣，猛往一处插下，晃一晃，提起来时，便有一只伸头曲颈、四脚乱扒的脚鱼钉在上面，少有落空。

双九有时还“扎洞”捉脚鱼，找准洞口将一根木棍探入搅插，根据洞内发回声响，判断有货，就伸臂进去一只一只往外掏，很简单粗暴。凡是洞子一半有水、一半无水，里面有泥沙，而且有后洞眼——即出气眼或逃生眼，附近有细碎的爪痕，一般都是稳拿有货。脚鱼不会撒谎使招，它们上午比下午好捉，其特点是前爪离水，后爪浸水。双九总结出许多心得体会，如“冬捉深潭夏捉边”“大滩捉稍，水滩捉腰，深水莫瞄”，“在家半边月，出门月团圆”，等等。

最不济，就拖来一根泥水沤过能沉得下塘底的粗绳索。一头找树桩拴牢，一头自己扯了，沿塘坝梢一趟拉开去——此技称为“抹刷”。眼睛紧盯浑水翻滚如云絮的地方，觑准苗头，一个猛子扎下去，也是十之八九有擒拿的。

双九捉脚鱼还有一绝招，就是在活水上游宰杀一只鸡，让鸡血慢慢凝住往下游流淌。下游的脚鱼见到这些血丝块，会迎流而上一路吞食，成群结队来到杀鸡的地方，正好自投罗网。

因此，这黑皮乌肉老远就让人闻见满身腥气的双九，是名副其实的“脚鱼阎王”！

“文革”中横扫牛鬼蛇神，清理阶级队伍，孤身一人撑着大门的“脚鱼阎王”，尽管才只二十几岁光景，竟也有幸与残喘苟延着半条老命的吴三爷、丁瞎子们一起给罗列，挂上马粪纸做的牌子，入了“坏分子”谱册，做了不知第二还是第三“梯队”。

一次牵着游乡，被打得口鼻喷血，脸肿若紫茄，双眼剩得细缝两条，又给人淋淋漓漓兜头泼了一桶黑狗血。一路上，惹得苍蝇们兴致大增，围追堵截，萦绕不绝。同行者备受其苦，无不掩口捏鼻，或者折了一截树枝在空中驱赶挥打着。偏是上渡船时，年纪轻轻的“脚鱼阎王”眼前昏蒙，脚下一个趔趄，旁边一执红白水火棍者避让不及，半边脸上毫不含糊给蹭满腥臭黏滞的血污。这位专政爷爷好不恶心，腾地火起，奋起千钧棒，只听得咯嚓一下，是骨头撞击碎裂的脆响……“脚鱼阎王”活似一具布口袋，晃一晃，栽倒翻出船外。水花溅起，骄阳下漾作五彩，美丽的涟漪悠悠闲闲地逐浪去了。竟无人敢去拉一把。

孰料，水鬼也好，河伯也好，都不敢随便造次将“脚鱼阎王”勾拿去。约摸半根烟功夫，只见远处有一黑乎乎牛粪团那样的人脑袋冲了两冲冒出水面，拖着一只伤膀子陀螺一样打旋……另一只拨水的手瑟瑟举起，竟赫然举着一只头号海碗大的脚鱼！

照讲，“脚鱼阎王”有如此好身手，这后半辈子，什么样规模等级的发家门户撑不起来？据他自己讲，一天出去，捉十来二十只大小不一的脚鱼不在话下。要是你晓得眼下这号纯野生宝贝疙瘩标到了什么价码，真不由你不张在嘴巴惊叹他要“发死了”！江河湖汊，水何澹澹，哪一片水下不藏着大把大把钞票？只要他愿意，站在哪一条塘坝埂上不可以跺一跺脚喊一声“芝麻芝麻开门”？

然而，命里有时终归有，命里无时莫强求，似这般极简单的道理，不说是这皮腥肉骚的“脚鱼阎王”，就是世上那许多有头有脸的体面人，不经过一场触及灵魂的变故，也是无法悟出的。

对于一贯离群独行的“脚鱼阎王”来说，这变故竟是起缘于一场水月镜花般的艳遇。

立夏前后，花褪残红。大凡花白肚子滋润厚实的雌脚鱼，都要上岸扒开沙土产下一粒粒卫生球一样圆白蛋卵。如果你权当自己也是一只腹部饱胀的雌脚鱼，怀着生儿育女衍延族类的神圣使命，自然会从一只雌脚鱼所处的角度去思考并发现：那些临水向阳且潮润松软又有屏障遮蔽的地方，是绝对美妙可心的去处！毫无疑问，“脚鱼阎王”是老于此道，深谙个中奥秘。

是夜，天气燠暖闷热，月色昏蒙，树影瑟瑟，金银花散发着凛冽的清香。荒野深处，正不知有多少水乡泽国的歌手，鼓其白腹，咯咯呱呱而鸣，将初夏的元气尽情地吐纳呵嘘。一条每至此季都要显得亢奋的河流，泛着灰白柔和的光，由远处直奔而来。到此，急弯回旋，水面空蒙，漾漾地往两边荡开。

“脚鱼阎王”在岸上轻手轻脚转悠一遭，风吹草动，细雨暗丝，了无遗漏。那一双眼睛，如同常年吞服过蛇胆一般，在暗中熠熠闪亮。倏然间，他眼光霍地拎直，盯牢一处水面，肯定那下面有异，三两下扒掉衣裤，活脱一只暗夜里觅食的水獭，赤条条无声朝一处水下潜去。

做梦也没想到，三拨两划从水里摸起的，竟是一具尸身——大约是从上游什么地方冲下来的！

好在阎王不怕鬼，见这尸身手脚尚软，心下不觉一动，连忙拖上岸摆弄平展，抠开口唇，含满一口气往那凉森森嘴里灌去。再抓起两支软塌塌胳膊往胸口上一压，摊开；再含送一口气，又是一压，摊开……如此几个来回反复，那尸身的喉嗓眼里还真有了动静……于是更加十二分地用力。

半魂袅袅，一气悠悠，那鼻息竟然给接转了过来！

心里好不欢喜，只是不知这人是自己投水还是失足不慎落水的？阴阳两界，程途殊异，有妄与无妄，进退全在咫尺间，不免好一顿感慨。随后，拿起自己的干衣裳，欲替这刚从阴界逃脱转还的人换上。

谁知，扒下两层湿衣，指尖触到下面肤体异常光细柔和，尤其那胸脯……刚才按压，就觉得这里不对劲，哪来这多软绵碍手的肉肉？

心头猛有惊疑，跳起来连忙蹬上裤头，摸来手电筒一照：仰面平躺在地上的，竟是一个窄腰紧收，白生生胸脯上挺翘着一对隆突奶子的年轻女人……立时吓得跌坐在地，心头怦怦打鼓，真是做梦也想不到会撞上这等事！

下意识地抬转头四下望了望，这深更半夜，倘使让人撞上，告他行暴不轨，纵使自己浑身长嘴，怕也辩说不清。再说，刚才电筒那一亮，照见这光裸身子自颈下至两坨乳房上都有伤痕，胸衣扯烂，纽扣崩脱，且捞上来时口鼻里也未抠出泥沙……情知非同一般。要是这女子脑里一时搭错线，纠缠不清，一口咬定他是事主，如何是好？罢，罢……是非干系，三十六计，赶快溜脱，早走为妙。

仓皇之间，帮着草草掩上胸衣……正待滑脚，那女子却已醒来，如幽风过林，先是一气长吐，接着二声微吟。稍顷，便嘤嘤幽幽哭泣起来，似一片枯叶被夜风旋起……哭了一阵，就见她摇摇晃晃从地上立起，往水边踉跄行去。

“脚鱼阎王”此时也顾不了许多，连声轻呼，从沟坎后跳起来拦住。岂知人若一心寻死，拦也拦不住。挣扎纠缠一会，只得将她放开，让出一条道，说：“我好心救你一命，你却一心要害我，要是公安追着痕迹查到这里，我如何说得清爽？岂不要给拉去铳了脑壳……你死了，我倒霉垫背，可我连你姓什么叫什么，是哪里人都搞不清。也罢，谁叫我鬼迷心窍要做什么好心肠人，你走吧，我再也不拉你了……

这一手果然有效，那女子呆愣有间，突然一下抱住“脚鱼阎王”，大放悲声。

待哭过一阵后，“脚鱼阎王”方才试探着问她家在何处，好送她归去……岂料，那女子哽哽咽咽一张嘴，竟是生生的一口外地腔，且死活不愿说清住家地址，一提到就放声哭，像是有着无限心酸悲伤。

这可真犯难了，没想到晚上摸脚鱼竟摸出这等花头来。立那里思忖了一会，说：“不能欺骗你，我家就我一人，你要不介意的话，欢迎先去暂住几日。”

那女子沉吟片刻，总算把头点了点……

次日一早，水塘边群鸟且飞且鸣，载歌载舞。人们隐约见那厢破屋里有一摆柳腰女子身影，赶过来一看，皆瞪眼乍舌，大受惊吓。我的乖乖，天底下怎生出落得如此美女子，瓜子脸，吊梢眼……莫非是从昨夜里正播放的狐女电视剧里走脱出来的？到吃早饭功夫，各色版本香艳消息就流传开来。

顷刻，门庭若市，人心浮动，前来观瞻丰采打探奇闻的人摩肩接踵，络绎不绝，踩垮了几道篱笆，踏坏门前几块田里的青苗。

事情惊动基层组织，为此专门坐下来开了半天会议。讨论激烈，莫衷一是，多数人觉得此事虽蹊跷，但不好管；男女之事，犹如公榫套母榫，天成地合其美，以不管为上策。唯有那位在后来整党中下台的马队长默然不语……“翻毛皮鞋咔嚓响，村里来了马队长”，马队长素来性警，斗争觉悟高，抓路线教育十分了得，公而忘私，年届三十尚未婚娶，虽是血气方刚，奈何山高月小，良缘难觅……

古之善将者，必以其身先之。当晚，日理万机的马队长亲自出马来闯美人关，踏入村尾水塘边小屋，严肃认真地邀请女子过去住他屋里。作为驻村抓路线教育的工作队队长，有义务、有责任保护妇女，以此为己任，并陆续送来时装及香水、摩丝等雅物数件，足见其关心备至情怀不俗。无奈，这来路奇异的外乡女子不肯入彀就范。马队长旋又差遣自己那长年累月害着眼睑炎的老婶娘过来陪女子作伴，并借口详细调查事情经过，每晚都要将“脚鱼阎王”叫出带离家门，让他宿在小学值班室背诵“治安条例”与“村民公约”。

半个月过去了，情形毫无进展。那腰肢亭匀如出水莲花般秀美女子，尽管楚楚动人，却终日西子捧心一般低首蹙眉，远山锁雾，近水含烟，死活不肯开口。

为了做通思想工作，害得马队长磨肿嘴，跑破鞋。此外，身后尚有精力充沛、体内荷尔蒙分泌旺盛的候补者无数，须时时提防这帮人滋生野心，抢班夺权。忽然有一晚，那花容月貌的女子一番精心洗抹梳妆后，提出让“脚鱼阎王”夜晚不要再去小学，她要跟他找个僻静野地谈一谈，谈清爽了，就脱掉干系一撇两清。马队长耳里纳入这好听的外地口音，狠吸了一口烟，沉沉扫了这秀美女子一眼，半晌，喉结划动，点头同意了。

也不知那晚二人谈了些什么，反正是甩掉了盯梢的，一宿未归。天地玄黄，无限暗示，想来是做了那等野合的勾当。

第二日大早，“脚鱼阎王”踏进门便抱拳向众人告示：他已娶了女子为妻，算是婚姻事实在先，至于手续嘛，待日后开了户口证明过来补办也不迟……往后夜晚，再也不去小学校里学习“路线教育”了。此话一出，如水溅油锅。尤其是马队长，一脚踢到铁板上，憋得满脸痘疱乌黑，眼光发绿，恨不能一口吞了他！

“脚鱼阎王”不管这些，只将一块沾了露水草屑的可疑塑料布朝桌子上一丢，径自收拾亦已荒疏多日的叉篓去了。

马队长恨恨地咽回那一口恶气，临走时朝着“脚鱼阎王”咬牙切齿道：“你个鬼日的，等着瞧！”

若论相由心生，那么似马队长这般满脸黑疱，应该就是平日里怀恨太多、事事警心而又缺失心理疏导所致相貌变态。

哪知，没等到“脚鱼阎王”什么好瞧的，却等来自己一场“信仰危机”。原来，马队长住宿邻近一所二进式庵堂老宅，早先住着一个死活不肯还俗的尼姑，“文革”中被红卫兵捉将去一顿暴打，爬回来就去见佛祖了。后来这庵堂又做过“敬老院”，收入十来个孤寡老人先后于此死去，屋子便没人敢住而荒废了。马队长是无神论者。但无神论者并不见得就能止得住一些怪异事发生，比如明明刚刚粉刷过的雪白墙壁，不知怎么就会冒出一些血点？把这些血点抹白，又会慢慢渗出新的血点。

那晚马队长在灯下写材料，讲述如何站稳立场抵挡诱惑，并列数“脚鱼阎王”如何破坏路线教育……忽听窗外塑料雨篷上有“啪啪”响声，起先并未多在意。岂料，“啪啪”声愈响愈成一回事，且屋门上也传来阵阵“扑笃”“扑笃”拍击声……马队长自然不信这便是村人早传得有鼻子有眼“鬼敲门”的恐怖事。就丢下笔，提了条木棍猛然拉开门冲出来，却是什么东西也没有。抬头望望，头顶是一碧如洗蓝天，一轮圆月正挂在西边山峰上。待回到屋里，拍击声又响起，再开门看，除了满天星辰、一地黑黢黢鬼怪也似树影外，仍是什么也没见着……如此三番五次，不说一夜睡不成觉，单是因为心里焦躁发毛，路线教育的材料也写不成了，后来索性一把扯了。再次冲到屋外时，电筒光照见正有无数的蝙蝠萦绕屋宅疾速穿飞，接连撞击在雨篷和门上，发出“啪答”“啪答”的瘆人声响……马队长看过一部外国吸血蝙蝠恐怖片，那情节一经突现，这里吃不住劲，赶紧一下把大门连同所有窗子都紧紧关严，呆在屋子里，心里仍一个劲怦怦狂跳……

没料到这只是恐怖的首夜，此后，第二夜，第三夜……夜夜皆如此。马队长眼泡浮肿，眼光散乱，神情明显委顿了。跟着受罪的，还有烂眼圈的老婶娘。老太婆口口声声骂造孽招来报应，是尼山老母要惩罚坏心肠人，马队长第四夜干脆逃回城里家中去了。说来也怪，这一夜寂无声息，什么事也没有……反倒吓得老太婆一个劲地跑到那半坍塌的庵堂前磕头作揖，请尼山老母饶了她那“作孽”的侄子……如此一渲染，村里人晓得了，于是神情都有点凛然，有点兴奋，有点惴惴不安。

对此，只有“脚鱼阎王”表现漠然。因为那些作祟的蝙蝠，其实都是他勾引召来的。内中奥秘，就在于蝙蝠对于脚鱼血和剁碎的脚鱼肝肠杂碎有着特殊爱好与敏感，倘将此物涂抹在门窗上，到了夜深人静时，那些麇集于老宅洞窟里的蝙蝠闻到浓腥味，便成群扑上来觅食。一只接一只冲向门窗，啄一口血腥，又绕圈飞起，你来我往，轮番拍击，因而门窗上不断发出“笃啪”“笃啪”的恐怖声响。这就同用蜜糖水在大路上写字，招引来蚂蚁排出字形的道理一样简单……当然，如果这能算是一种法术，也只有“脚鱼阎王”懂得使用，因为他窥破了存在于蝙蝠同脚鱼之间的这种奥秘，于是才在不得已时小试了一下身手。

“脚鱼阎王”排除干扰，恢复了日常工作，仍旧一如既往背篓提叉去做缉拿那些水下倒霉蛋的营生。所不同的，从此以后，便有一女子相随，带上装有面包、水果、方便面之类的干粮袋和大水壶搞后勤。“脚鱼阎王”有吃有喝，有人聊话，精力充盈，工作成效便成倍上翻。这女子是一朵云，从早到晚都被头顶的太阳照得轻盈透亮，被野外的风吹得轻盈飘忽，时而云翳淡白，时而云霞浅红。身影轻，说话轻，就是啃一口水果，也是轻轻地吐皮，轻轻地咂味。走在那些前路无尽的塘坝埂上，这好看的外乡女子便有着许多悠爽的问话随意扯出：

“咦，那是么子花，白晃晃开在水边上?”

“那叫打碗花，不能拿手指，指了回家要打碎碗。”

“那黄花哩？灿灿照眼开……”

“那是婆婆丁。”

“哟！快瞧，苇塘里是么子雀？黑背白胸，像穿了件背心子……扑噜噜飞起来了!”

“那叫‘苦哇子’鸟，是小媳妇变的，受不了恶婆婆虐待，就投了塘。你不听整夜‘苦哇——苦哇——’地叫，伤心哩……嘘，别出声，这水下有货……你看那从水草边上，有信子放上来，就是那些小水泡……看好了，单个单个地放，是寻食回来，饱肚子；一把一把地放，是正在满塘急急寻食，饿着肚子……唔，这只脚鱼还小了一点，算了吧，放这养着，到明年再来捉。”

“真怪，为嘛要喊‘脚鱼’，明明不是鱼嘛。”

“它长着脚，不喊‘脚鱼’喊什么？一生都在水里过着，怎么就不是鱼哩?”

“我们家那里喊鳖，对了，也叫‘团鱼’。”

"鳖是学名大号，哪里都喊得通。往北边，那里人都喊'王八'……你晓得'王八'这名字怎么得来的?"

"'王八'不是乌龟么?"

"'王八'就是脚鱼，脚鱼老婆跟人家乱搞，那盖壳壳碍事，公母合不到一起，所以就让蛇缠着搞，听说乌龟也是这么回事……但谁也没亲眼见到过，瞎说说嚼舌根呗。"

见对方那张好看的脸腾地一下红了，才意识到讲得有点难为情了，心里很歉意，顿了一顿，才又拾起话头："脚鱼也当过'大将军'，是皇帝亲口封的。听讲过么?"

"哦，没有……听你讲讲。"

"都是扯九经，当不得真呵。讲那一年，乾隆皇帝带了个小太监，乘坐一只小船下江南。这天正行着船，就见一大团乌云自西边冲过来，眨眼工夫狂风大作，江面掀起骇人大浪高过人头，小船像一片树叶被抛来抛去。老艄公使劲把橹，稳住小船，哪知节骨眼上船橹突然不听使唤，起劲一扳，折断了……立时，浪头上小船就像陀螺直打转！乾隆爷和小太监吓得面无人色，趴在船上连连磕头祷告。小太监转头结结巴巴对老艄公说：实、实话告诉你，这位就是当今万岁爷，要是出了啥差错，你可吃罪不起！那乾隆爷在一旁，也直点头称是……见两人这副德性模样，老艄公真是又好气又好笑，大声喝道：你们还不快划桨，扯什么万岁千岁的，皇上又怎样？翻船掉到大江里，也得一样喂脚鱼！说来也怪，话音刚落，手里那支断橹突然接上，又好使唤了。大家一齐出力，拼命将船驶到了避风的岸边。老艄公系好船，把橹提出水面，你猜看见了什么，一只足有洗脚盆大的脚鱼紧紧咬住船橹的断头！老艄公惊喜得大叫起来，哎呀，原来是你帮了大忙呀，咬紧断头当橹头……那边乾隆爷更是来劲，抢过来道：救驾有功，寡人封你为'大将军'！从此以后，我们这里的脚鱼就得了'大将军'封号，很是威风。"

——当然，"脚鱼阎王"最高兴讲的，还是那些从不宣人的秘术要招。

如"脚鱼好捉，活水难摸（读莫mo音）"，"摸"就是琢磨，"活水"，就是流水，意为脚鱼喜欢出没之处。且打比方说，这好比钓鱼的要会看塘口找“位子”，只有看准了路子，下手才顺畅。一般找路子，大都找湾角，找水跳，找塘墩。湾角乃回水打漩之处，水流冲在身上比按摩还舒服，水下杂物又多，脚鱼有事没事都爱来此处巡查觅食。水跳头因常有人来剖洗鸡鸭鱼鳝等腥物，丢出的脏器多，等于是替你常年“打位子”。脚鱼跟人一样，夏天贪凉，冬天喜暖，所以它们最喜欢爬上塘墩或漂浮水面的朽树上晒背壳，有时你都能听到它们通体舒畅地吧嗒嘴的叹息声。

总之，以人心揣摩脚鱼心，一猜一个准。比如人贪杯失事，同样也可用酒饵算计脚鱼。这酒饵又分小泡和大泡，小泡三六一十八小时，大泡七七四十九小时，小泡用于小塘，大泡用于大塘，泡不足和泡过了头皆不行。泡不足酒力单薄，脚鱼不会失态胡乱在水下行蹿放信子；泡过了头，脚鱼忌于味道太冲不愿吞饵，或是吞食饵料后不胜酒力，当即醉翻沉落水底不动。不管是人是物，只要失了动静踪迹，你就是神仙也难下手。

两人边谈论边做着营生，各自都体验着一种心悦柔柔的新奇感受。太阳湿漉漉的，像是刚从水里捞上来。数百米开外的河堤上，几条水牛正负着远天的蔚蓝在悠闲地啃着草。风儿轻，云儿软，水鸟翩翩盘旋于头顶，远乡僻野的沼泽水光照在脸上，何等的松爽和自由！

“脚鱼阎王”说，他虽精通用饵之道，却又最瞧不起用饵，因为用饵如同挖陷阱一样，都是欺诈，会让人心变黑变险恶。这世上，要是绝了所有精心布局，那才真叫好……闻此一说，那女子有稍顷功夫没有接话，俊美姣好的脸上不易察觉地落下一丝迷惘之色。

倘若没有发生一些重大事件来影响和改变一个人的话，对于方圆百里周遭一带的脚鱼来说，确实很不幸。因为这“阎王”确实太肆虐和穷凶极恶了，弄得脚鱼们成长的远没有被缉拿的快，后继不上，数量锐减，直接威胁到种族的衍存。这问题的另一面，便是“脚鱼阎王”的产值不可避免地掉落下来。

好日子过得特别快，白露已去，秋分将临。太阳出来之前，能够看到田里飘散着阵阵白烟水汽，的确令人舒爽心怡。这一天，两人大清早坐汽车到邻乡转了一上午塘坝口，只有两次俘获，其中一只不上一斤重的，还给丢回塘里，不免神情都有点恹恹的。他们来到一处约有十亩方圆的山塘，四周林木幽郁，水平无纹……一只水鸟正仄着细长的翅翼自碧清水面掠起，划过一条孤独的痕迹，并留下一记长长唳鸣。

“脚鱼阎王”站在塘坝埂上凝神周遭巡视一番，突然神情一振，转脸对身后女子道：“水下有货，还是个大家伙，但藏在深穴里不出来……你往后站站，看我露一手给你提提神！”

说完，脱下外衫朝后一丢，提了那竿笃悠悠的精钢叉，踩着一种怪异步子在塘坝埂上走动起来。双眼死死盯牢一处水面，五官挤紧，嘬口发出极具穿透力的吹瓶子口一样的啸音，仿佛驱赶着什么。随着那啸音越来越高昂和尖锐刺耳，绕塘走动的步伐也越来越快疾……并不时挥起叉柄东一下西一下击打水面。

沿塘坝埂转了数个来回，突然于疾行中停下来，将一只手捂在唇下，口中啸音立时顿挫有致，变得徐缓舒松，且邈邈杳杳，具有一种摄人心魄的召唤力。就在渐入佳境的当头，随着一声暴喝，“脚鱼阎王”目射精光，身形一晃，那支乌漆抹黑的精钢叉疾飞而起，带着破空之声朝一处水面扎去。

叉落水中，顿见一片殷红的絮状血水泛上来……数分钟后，那支露在水面上左右摇摆剧烈的叉柄，终被一根连系在手腕上的细绳慢慢地扯到岸边，由水里拖上一只黑乎乎的足有洗脸盆大、重十多斤的巨型脚鱼来！

因这出乎意料的捕获，喜形于色的两人便选了一片树林子躺倒休息，吃干粮喝水。

“脚鱼阎王”仰望天空悠闲地吸着烟。天气真是好得不得了，风儿悠悠，蜂吟蝶飞，一时间，草木的芳甜清凉气味伴着一种美妙意趣直透肺腑。树梢头两只黑白背小雀儿不歇地叫，一口气叫好长，起始很急，末了收稍时很温柔地拖长一笔，特别琐碎缠绵。

那只巨型脚鱼因篓子装不进，“脚鱼阎王”就拿网兜套了拴在一处树桩上。虽是生命力极强之物，但因背甲上叉眼处还有殷红的血丝缓流不止，故已显出委顿之象。也许是这样大的脚鱼稀罕少见，才特别容易让人生出影响情绪的恻隐之心，谁能说清它平时在水底不也是孤独之极呢？眼下，它被擒获，难说不正是一种败落之兆示……

“我心里咋有点害怕……”

“害怕？怕啥？”

“一时也说不清……”

“以后不叫你一道出来了，在家守着也好。哦，要是不忍心看这只脚鱼受罪，我回去就给它把伤治好，再带到这里来放生，它会稳妥妥地一直活下去，除了我，谁也逮它不住。”

“不，不是这意思……”

“啥意思呢？”

“真的，不管是么子东西，长大都不易，而我们为了自己的利益却要把它们捉尽，这总不是事，得想个稳妥踏实的长远办法来。你说哩……”

于是，荒郊僻野之中，便有了久长的思忖。

一段时日过去，两人果真不再背篓提叉携着干粮袋出外跑塘坝埂了。“脚鱼阎王”选了自家一块老屋基场，请人烧了两窑砖，运来一堆黄沙、片石，大小不等的水泥预制板，准备建楼修路，砌塘筑坝，大池套小池，小池暗涵连水渠……全都拉皮尺量了，洒了白石灰线，钉下小木桩。

“脚鱼阎王”意气风发抖擞着精神，口袋里鼓鼓囊囊揣满大把票子，往外数着掏出。

仿佛是一颗盐渍的青橄榄，新鲜，诱惑，却谁也说不上味儿来。要知道，对于多年前的大众来说，“中华鳖养殖基地”，绝对是一个闻所未闻的名词，虽然初听起来是那般毛刺扎心，毕竟还是在人们嘴头上流传开来了。

原来，一切皆出自那女子筹谋。女子正好也属蛇，比“脚鱼阎王”整整小了一轮，不独出落得水妖般冶艳，且念过多年书，写写画画，来往账目，协议合同，乃至交流商品信息，函求技术资料，以及领着“脚鱼阎王”外出考察等等，都能识得大体套路……他们欣喜于自己的“长远之策”这么快就能进入实施之中。

“你是水，我是沙，我和你拌成泥巴巴……”女声轻轻哼唱，尤其入耳好听。

但是，“脚鱼阎王”的人生书写，终未能飞流直下，须臾成篇，乃至造化惊人。

因为现实中存在的问题早已迫不及待暴露了出来，“脚鱼阎王”实实在在成了一桩公害，日益严重地危害着大众的心理健康。你想，一个捉鳖摸乌龟的，花子一般东西……哼，人模狗样，凭了骚哄哄一身异样黑皮贱骨头，也配独占花魁，折腾翻筋轧闹欢？靠智吃智，靠力吃力，有钱又怎样，什么“鸡地”（基地）“鸭地”的，谁不知那几个腥秽钱的来路……

于是，有关“脚鱼阎王”邪祟的种种传闻，雨后杂草一样丛生出来，一个赛过一个惊耸。在命里养蛊，在深夜放毒，箭无虚发，招招致命。说他喜食蚂蚁，脑顶门有一撮白毛，到夜晚，肚脐以下就会长出鳞片来，白森森放毫光，头上阴云缭绕，能念动咒语……真是不得了呵！

剃头佬小黄毛就证明自己曾亲眼看见过“脚鱼阎王”唤了足足成百上千只脚鱼开会，由大到小，列队成阵，伸颈瞪眼地密麻麻排满一条塘坝埂！“脚鱼阎王”头顶锅盖，身披麻袋，手持一柄桃木剑，口中念念有词，但见阴风习习，飞沙若雾，百步之外，景物全无……

那造成的效果，便是人们夜晚走路，黑地里猛一下撞见“脚鱼阎王”，会头皮悚然发麻，背上一激灵如同被人贴上一块湿布……天色昏暗，地皮坎坷，刚好那路旁某一棵树杈上顶了一个黑黝黝的稻草堆，而稻草堆上方的枝头正好又蹲伏着一只心怀叵测的老鸹或猫头鹰，冷不丁扇翅冲你大叫一下，不吓得你跌断腿才怪！

关于鬼怪邪祟的故事早已淘空，人们交头接耳，无所适从。于是，背运倒霉的事，全要算到“脚鱼阎王”份上。买个茶壶没有嘴，牵头驴子不上套，连有人生不来男伢，也往他头上找不是，骂他“害人的阴物”。偏巧那一阵子村里接二连三养下来全是女伢，有一对表兄弟妹养下的还是兔嘴六指头。

“脚鱼阎王”屋檐下电线便时常断，即使没断，那电灯也忽明忽暗，钨丝同受潮上霉要烂掉一般发红。并且，门窗前总是少不了烂蛇死猫臭老鼠。大至水泵，小到砖瓦木石，弄不好就不翼而飞。

要想将失物找回，也只有他屋里那个俏丽娇娆的女子方能办到，男人都愿赔上功夫，乐滋滋为这女子跑腿，颠前颠后，找话搭，搭不上话嚼，就拿眼撵那走路时一搭一搭掀动的胸乳……心里一阵稣痒之后，却又要灌满毒液。

一日，正是收下草籽插完单晚的农闲时辰。村里来了三个陌生人，一高一矮两中年人操外地口音，另一人则为本地县城口音。他们一路向人打听，找到了正在往工地上拉电线的“脚鱼阎王”，先是站着讲了一通话，随后又挪地方分别坐倒在水泥预制板和片石上说话。据站在稍远处观望的人讲，“脚鱼阎王”当即失魂落魄遭了霜打一般，颈脖根矮下去了半截，连手中捏的老虎钳子也跌落在地，脸色晦暗异常。

后来，“脚鱼阎王”便将那三个人领到家中……再后来，又将三男一女四人送出门上了路。

那夹在中间的娇俏女子，一双眼睛木木地望着远方，走路腿僵僵的，却也未哭，大约伤透了心才那般模样。他们路过浑浊而平静的泥塘，一群呷水的鸭子，突然一齐抬起长颈大声呱呱吵嚷起来。

自此以后，水塘边小屋里再见不到那俏丽的身影。

人们打各种角度猜测，说那女子家人寻了来，她原是有男人的，也有人说来的几个人其实是办案子便衣老警……“脚鱼阎王”这回犯了婚姻法，似乎要喝上一壶了，起码要罚款破财。还有的说那女子是别人放的“鹰子”，坑人钱财后被寻上招致毒打丢到水里……

小黄毛绘声绘色讲述更吊人胃口，道是那女子仍好好的花苞一样女儿身子，“脚鱼阎王”从未尝鲜打开过。别人问：你如何晓得的？小黄毛便说是窗下听到的，并举出某夜同往听墙根者以资证明。

“……半夜里好好地哭起来，嗤，就连哭出的声音也那般美妙，比唱小戏还好听，保准你们都没福气听过！哭着哭着，就说你来吧，你救了我，你是好人，我不能让你只担个虚名。你来吧，你上来吧……好人哋，你就让我报答你一回吧……听听，嗤，这叫什么话？”

众人眼里打着飘闪，身体出现反应，走了好一会子神，才有人问：“脚鱼阎王”那东西怕是不能抵事，不然，哪有不馋鱼腥的猫？守着那么俊俏的女人……那迷得死人的脸蛋，那奶翘翘的身段，嗤嗤，要是压身子底下受用一回，我的妈呀……快活过后，就是给拖去铳了脑壳也干吆！

不管怎么说，人们终究是瞎讲讲嚼着舌根子。天空低矮，暗香已故。对于那“漂亮的邪门”水妖一样女子，真正来龙去脉，恐怕就连“脚鱼阎王”本人也未必不是个谜！

一件美丽绝伦的东西永远从他们的生活中消失了，来的奇特，去的倏忽，光彩只照了那么短短半年的工夫！仿佛闹腾腾一支曲子，正弹到高潮处，突然弓折弦断，四周猛一下沉落寂寞下来。

大家受不住先前猫抓心一般的无名躁动，却更难耐眼下这份失落后的空虚冷清。

时已入冬，村子里一条小母狗起草了。周遭一带公狗闻讯赶来，都想性侵得手，吵闹着，追咬着，撕扯下一团团毛絮，丢给北风吹向远处的塘梢。最后，一条目光炯炯雄伟壮硕的黑狗趴到小母狗身上，夹紧两前肢一阵鼓捣做成了活。但它下得来，却分不开，因为肚腹下伸出那物件还留置对方体内。经过一阵磨蹭，它们屁股抵屁股相持不动，眼中已贮满惶恐之色；倘使都想向前逃行，就犯下大错，打连部位一扯紧，痛疼会让它们不约而同发出低吠。村子里许多人跑来追看狗打连，笑着，喊着，讲着下流话，同时也表达着对于爱与欲望的困惑，没有谁觉得有什么不妥，因为大家的人品并无缺陷。

那天，马队长把一张脸黑煞煞端着，义无反顾走入“脚鱼阎王”屋里，训示道：“保护耕地是国家明文规定，是国策，我问你晓得不晓得，唵？关于这个，乡村两级政权各自还有一个补充法规……你必须无条件退还建房修池侵占的耕地，立即执行。否则，就要对你开展路线教育，绝不姑息……”三言两语说毕，便仍旧举一张黑脸转身走了。

冬至是个祭祖日子，此夕，大鬼小鬼纷纷出来透口气。它们虽然少不了也干些坏事，但终究不如人。许多事鬼没有想到，人想到了，鬼做不出来，人却做得出来。半夜过后，村尾水塘边那处孤零零黑屋里忽然传出凄厉号呼。众人听得不对劲，赶去撞开屋门。原来，“脚鱼阎王”腹痛如裂，满头豆汗，身呈角弓反张状，在床上翻身打滚，厉叫如鬼……

众人动了恻隐之心，急忙找来一辆挂拖斗的手扶拖拉机，在拖斗里铺上稻草棉被，拖手抱脚拉去县医院。挂了急诊号，叫医生这里摸摸，那里按按，量体温，验血，做B超，很快诊断出来了：急性胆囊炎并发肝区脓肿。开了一刀，割开四五寸长的口子，输了三瓶血，是大手术，睡了一个多月医院，花去费用万余元。

“脚鱼阎王”回来后，整个人好比蜕了一层壳，丢魂失魄，蔫巴唧溜，瘟头瘟脑了好多时日。继而，大悟大彻，多日一直耷拉的脑袋抬起来时，眼底便渐渐有了几分活气。只说为答谢众人扶危救难，将堆放在那里的已损耗一多半的砖瓦、砂石，还有水泥，索性全部送出。刚好有那几户要做屋，正愁备不齐材料，故也没了那许多忌讳，千恩万谢收将下来。

这里存款折上还剩六万四千五，一次取出，放进人造革提包里拎了，亲自送到小学校长刘眼镜子家。说是帮贴学校打百来套课桌椅，建几间房舍，窗子一定全部安上玻璃，不要到了冬天又让学生带稻草塞，坏了学生脊梁骨又坏了眼睛……稍顿一下，接着又叮嘱道：虽说有钱并非都是坏事，而捐钱行善又并非全是好事，只请校长多多体谅苦衷，就说是上面拨下来的款，好歹让人相信就中了。

一番话说得极是恳切。校长哆嗦手摘下眼镜子擦了戴，戴了又擦，无论如何要叫来老会计打张收条。“脚鱼阎王”摆摆手，淡然一笑，道是：“算了吧。我都不计较，你还计较哪一门呢……”

说罢，丢下那包钱，头也不回地踉跄而去。远方的水塘边，有间小屋，顶着厚厚茅草，立在冬天的萧瑟里。

从此便脱胎换骨，一心侍候自己的一亩一分五水田。人家栽秧他栽秧，人家打稻他打稻，走路低头眼望地，放水过渠先让人。哪家有忙不过来的事，便丢下自己手头活抢过去帮一把。闲来无事就在家睏觉，偶尔也去热闹地方站站……或者，出神地看着一只风流成性的大红公鸡率领成群妻妾从长满杂草的低矮天空下走过，母鸡们一边觅食，一边做出幸福满满的样子。

渐渐地，人们谅解了他，跟他拉话，跟他扔香烟，念及他终归人缘好，搜尽肝肠也想不起来到底碍过谁家什么事，又有哪回跟人红过脸？尤其至今仍光杆一根烂命一条，茅屋泥墙，外出铁匠把门，进屋冷锅冷灶，田里挑谷，河里吃水，日子过得并不比谁花哨轻爽。脚鱼几乎是没见他捉过，说是开过刀，伤了真元，半截身子下不得水了……

人们心里那颗同情的种子冒了芽，一夜蹿高几尺，青枝绿叶鲜活活，阳光下漾动异彩，把原来那些嫉恨的杂草全都遮没挤退。转而又为他那一场折腾扼腕叹息，如今大伙都长了见识，磨炼出几分新见识，口袋里有了几个钱，三观颠覆，看事自不比从前。当讲到四村八邻谁谁已"发"了，谁谁也快要"发"时，无不真心地替他感喟："唉，没能发起来……可惜!"

都晓得他心中隐秘的伤疤，"文革"中挂的牌子上"脚鱼阎王"几个字是用黑狗血颠倒写的，脸上、身上也常给涂得臭哄哄，所以现在最是闻不得那气味，就连看到狗，听说起狗，也止不住要打嗝翻胃……人们古道热肠，以未曾有过的热心相约皆不许养狗。就是"脚鱼阎王"绰号，人前背后，也喊得稀了，还之以双九本名，虽不分上下，三尺孩童亦可造次，当面呼称，而双九也总是热乎乎地笑对应答。但谁又能晓得，在他本人心底暗深处，不会有一番沧海桑田般的感慨？

双九熬不住又捉了一回脚鱼。

虽说本性难移，但到底是品质担当情有可原，又是在外乡，自己不说，也就无人晓得。

那回，村子里年高德劭的旺发大爹忽然发了两天烧，茶饭不思，神志看着昏蒙起来。九十好几的人，秋风黄叶，说过去就过去。大爹有一女儿，早年逃荒时丢在江北，是一定要叫回的。那时通讯远没有眼下这般便捷完善，众人商议结果，决定派双九把信过去。

双九受此信任，自当欣然领命。问准了名姓、地址和行路途径，起个大早，坐车搭船，马不停蹄，午后四点钟赶着将信把到了。大爹的女儿，双九喊做“老姑子”，也是六十出头的人了，当即稍事收拾带了一儿一女搭村里一辆拉货过江的农用车先行，双九则因驾驶室坐不下许多人留了下来。次日，又起一大早，戴露晓行，赶到那个县城坐火车。偏生不巧，头班火车刚开走，只得买了二班车的票，但要候到下午。双九受不了候车室里噪闹污浊气息，索性去外面逛逛。

出车站胡乱走去，扫入眼中的，照例是那等挤满街巷的商店、发廊和餐馆，还有银行储蓄所，要想找一处厕所方便，却连鬼毛影都瞄不着。只管脚下有道，亦懒得问人，七转八转，不觉转到近郊，视野顿开，遥见一细腰葫芦状水塘，石头筑堤，细浪粼粼。走近去看，水质还算清爽干净。有几只麻鸭游荡着，把头颈埋下去呷呷啜水。

双九天性恋水，就那么走走看看绕了一圈。水塘葫芦腰处是菜市场。回转时正好打一处摊口旁经过，见围了许多人，就趋近伸头一望，原来是在成交一桩脚鱼生意。两脚底便粘住，想看看这地头上脚鱼是怎样卖法？料想无分江南江北，不管称做甲鱼、团鱼或是沙鳖、王八，终归都是白花肚板黑盖壳，模样不会差异到哪里去。

摊主是一小个子老头，二绺鲢鱼胡子微微泛红，眼珠转得滑溜，周遭扫一眼，扯开嗓门：“喏！看好啦——瞧准喏——”秤尾翘起，悠然一圈，一手捺了，扣住秤砣。网兜里巴掌大一只脚鱼，竟有一斤九两六钱！“……二百四十块扣掉四块八，二百三十五块二，喏，就给二百三好啦！”

买主是个中年人，模样斯文，疑惑是疑惑，扶着眼镜瞧瞧秤杆，再凑近瞅瞅网兜，从网兜里又瞅到秤杆……神色全不似那等财大气粗主子。最后，一狠心打贴身衣袋里掏出一沓“大团结”，抽出来几张，反复数了几遍才捏手里递过去。看得边上人无不咋舌！

双九是何等人，闭上眼也能默出个子丑寅卯来，晓得是秤上做了鬼。想了想，就挤上前，学着文明礼貌抬起一只手，说：“老板，转转手气，这水货我要了，价码么，我再抬举一点。”

活该小老头倒霉，只当有人没得啖这大补之物的口福，贱得牙痒没处擦……压根就没想起来要给个正眼。

双九见对方不理睬，清了清嗓子开腔又道：“要不，老板，我拿一只跟你换，保险你没亏吃。你这一只嘛，不是我眼大漏光，一斤八两半怕也挂不住秤砣……又是母的，一肚子蛋，太伤生。”

小老头一双倒扒眉眼梢轻轻一逐，抬起头，大约才瞧出跟前这人有几分不凡异相，碍着人多，表面未动声色，道：“朋友，听口音，怕不是本乡人吧……我干湿活，你行旱路，各人头顶一片天……今日算是领教了。”说着，打了一支阿诗玛香烟过来。

双九接了，未去对火，先伸手打网兜里捉出脚鱼——单那捉法，叫人看了就皮肉发紧！他未去掐脚鱼二后腿窝子，三根手指随随便便当头拈了，就跟拈了块鞋底、瓦片什么似的，一颠，颠到手掌心里托着，白花花肚皮朝上，再一抛，脚鱼在手掌心里翻了个身，玩杂耍一样。那脚鱼也硬是日鬼，方才还在网兜里凶狠地乱扒乱咬，这晌子仿佛给施了法术，头伸着，不动，两粒镶金圈的小眼傻乎乎地望着人，吻突细长光润，葱管似的一对小鼻孔可爱地并列张开。那模样德性，乖巧温柔极了，足以令天下最胆小的深闺小姐也禁不住想伸手抚摸一下……

只这一手，便镇得小老头颈脖缩下三寸。

其时，有人递过一杆盘秤，让旁边呆鹅一样斯文中年人去称。脚鱼到底不明究竟，要往盘外爬，那人手忙脚乱，按捺不住。双九见状，伸手在背甲处轻轻一拍，立马不爬了。

一称，果然一斤七两略旺一点，绝了！观者喝彩称奇。

小老头眼疾手快，抢过脚鱼朝旁边瓮里一丢，横身一屁股坐住瓮口：“不卖了！不卖了……”

双九本不是好事逞能之徒，丢还给小老头那支烟，双手抱抱拳，口里说声“得罪”，转身欲离去。

事情到此结束，便也无可赘述——孰料，人丛里突然闯入一牛仔西装裤头黑对襟短衫的卷毛汉子，凶眼圆睁，来势汹汹，伸出一只刺了恶鹰的手臂，劈面揪住双九，喝道：“你讲，什么母的公的？指教指教老子开开眼荤！”

双九先是一怔，后退一步，稳住了脚下，打量对方一眼，大约心里想：原来草棵里长刺，山沟里出蛇，不分江南江北，都产这种浑不吝……心里是这般想，脸上却一划拉，端出了一副笑模样，道声：“好，好，蒙这位兄弟抬举，真想见识，就照我样子捉来，搁手掌心托好，不咬不爬，我指教你看门道。”

卷毛打了个横噎，口里咻咻道：“……鸡巴毛！”

“小老子哎，你少给我搅事——”小老头扑上来拉开了卷毛。

“行咧，算老子让你一码……你讲你有一只换，拿来，老子看看成色！”卷毛显见是惯会歪刁打横的角色，瞧准了这外乡人扎煞着两手，量他变戏法也没个道具。

旁边自有人劝算了，算了……但卷毛不依不饶，拧过颈子冲那人吼道：“也不看看，老子是叫人捏弄的？”

这边，双九却只是笑，眼窝子抠抠地笑。他用手一指，道：“有倒是有一只，在你身后那边塘心里放养着。”

算是出语惊人，旁边围着的人一愣，转而哄一声笑开来。

“好哇，你他妈当真要寻穷开心？老子叫你有好看的！”卷毛晃抖胳膊，似乎只要一发力，眼前这个可怜的黑瘦家伙必然飞出三米开外。

“哪敢哩？那边塘里真有一只你这东西……是公的。”

边上人“哄”地又是一阵笑。卷毛黑黪黪脸，眼看着就乌了。

“兄弟，我是实话，约摸小二斤重咧，不信我捉上来给你瞧。”

“你从塘里捉、捉上来？”卷毛鼓凸眼珠子，恶狠狠地望牢双九；“你他妈别是弄一只拴好了扔在塘里，糊弄老子！”

双九只是摇一摇头，笑而不答。

卷毛猛将脖根一拧：“说清楚，多长时辰捉上来？老子这就等着瞧！”

双九越过卷毛肩头朝那塘里瞄了一眼，回转眼看了看卷毛，慢悠悠地说："两个钟头，怎样？"

"你要是跟老子扯蛋呢？"

双九照例含笑摇头，不语，一副气沉丹田、内里极深的样子。

这当下里，小老头一把揪住卷毛："你娘的个蠢驴日的……要干什么？你胀板筋啦！"往一边拖。

"少来碍手脚，老东西！"

"啪！"一声脆响，卷毛满是疱痘的脸上现出数根指印。"……我求求你，小老子！求求你，你不长眼瞧瞧……江湖有异人啦！"

卷毛恶狠狠甩了小老头一个踉跄，红了眼，打嗓根底挤出声音来："把话先挑明白，诳了老子，你得从这里折腿断胳膊爬了走……"

双九平平和和应一句："要是没诳你呢？"

"你赢了……老子这瓮里还有十来只这玩艺，一齐掀到塘里放生！"

"没让你下这筹码。"

"我下了！一言为定，凭众人在场！"卷毛咬牙切齿道。

双九容颜一变，兴致顿来："好！承你抬举。不过……"他拍了拍肚皮，"先得给这里头垫点东西，空的哩！"

"妈的！想滑脚？"卷毛早有防备，双手出击，连同两臂上的恶鹰，一齐来扑双九。

双九轻轻让过，抬臂架住卷毛。另一只手向旁边一指道："就在那家饭铺上，用饭时间算在内。怎样？"说话时脸上一直端着微微笑意，着实气度不凡。

下一碗面条吃下肚，用了九分钟，捋裤子解完一泡胀了长时的小溲，共耗去十四分钟。门市小摊子上，双九买了一根三号缝衣针，六尺浅色卡普龙钓线。

当即，将线从针鼻眼里穿过，然后食指勾住线，在针体中间部位一绕一勒，再一绕一勒，打了两道横结。接着，又向烧火店家讨了一条指头粗细的猪肝，含一口酒喷了，捏罢搓揉几下，猪肝缩去一半。穿上针，一提线，穿了猪肝的针钩正好水平悬起。

收拾停当，双九起身离了小饭铺，后面早跟了一长串人。

来到塘边，双九立住脚，转身对卷毛说："这架式恐怕不行，这么多人，影子一晃照，什么水族也吓跑了……"

不待卷毛说话，就有那么几个牙根咬着过滤嘴烟卷的二吊蛋小青年要饱眼福，跑上来，横打歪踢，推着众人朝后退了十多米。

双九依次投出了几粒小石子，听听声响，看看水下冒上来气泡，又伸手试了试风向，塘坝上一圈走下来，最后，选在一棵老柳树下，将系着针钩的一段尺把长树棍送下了水。

老柳树斜斜倒向水面，扭腰曲颈似要挣扎爬起来的样子……上年纪枝干上，叶已不太浓密，点点光斑漏脱下来，洒向水面，枝叶间还是悬挂下来许多江南喊作"吊死鬼"的虫茧。隔五六米外，是一处伸向塘心洗菜淘米的水跳。

双九投放好针钩，无事可做，原地转了一圈，吐一口唾沫，便双手抱住脑勺，往树身底下一躺倒，目瞑意暇，云天雾水，竟当众打起眯糊来了。时间一分一秒地滑过去，那棵老柳树，分明是曲回颈脖俯看着打瞌睡的人，意态颇似爱怜。水面映衬着人与树的剪影造型，所有的微风都属于他们了。

可惜，大众爱的是热闹，瞧的是稀奇，只管伸长头颈，兴致勃勃地将双九从头顶到脚尖、再从脚尖到头顶瞧了无数个来回……大眼小眼，俊眼丑眼，射出来的视线又齐集水面系了针钩的尺来长的小木棍上。仿佛一刹那间，那漂在水面上的木棍会竖直立起来且歌且舞一样，众人唯恐错过一个千载难逢的机会！如果眼光也有重量，那木棍怕早就给压沉水底烂泥下去了……

可是十分钟、一刻钟过去，木棍兀自是木棍，惬意舒适地平躺在水面，根本无意领受与回报人们的那份热爱巴望。

风软得很，太阳很黄，万物静穆如谜。一两条头脑简单的细鱼秧子或小虾米跳起，弄些细碎的水纹逗乐。再后来，木棍就慢慢换了指向，仿佛风水先生的水罗盘一样，一头试探着对准·了远处一座巍巍荡荡的灰色高楼。

双九的身子蠕动了一下，侧转身子，一肘着地，抬头瞄了瞄水面上木棍，又瞅瞅顶头树叶，知道风向没变，喉咙里咕噜了一声，竟无视众人的热望，侧回身，一如先前姿势，在老柳树充满怜爱的垂视下，慢慢合上眼皮。谁知道又神游何方去了……

由来无一物，何处惹尘埃？倘若不是十多米外围了那许多人，不是远处有汽车按着喇叭轰轰地开过，单看这水塘，看这躺倒在塘边老柳树下的双九，你会觉得，这天地间真够静静的，乏乏的，仿如一幅正待收卷起的古韵画轴。

六道轮回，决之于定力，有人开始失去好耐性了。急着办事的人，一面蹙着眉头看腕上的表，一面频频转动颈脖去看身旁的人。间歇里，谁的腰悬时髦高科技产品“大哥大”发出如蛐蛐般动听鸣叫，稍稍分散了众人一点注意力。

但众人爱看热闹的癖性，终究是修炼得有根有底，且涵养得好。人自然越聚越多，农工商旅，士女官警，拉板车的，推自行车的，挎包的，提篮的……新围上来的人情急急打听，把眼去搜索，弄清了原委，有人走了，有人留下。个子大的踮起脚，个子矮的则将前面肩头扒开一条缝，挤扁了头探望。弄不好要遭白眼或呵斥，但只要赔上笑脸或视而不见，站稳脚下，片刻后则又可将自己的白眼或呵斥同样地回掷身后，算是扳了回来。

一些站在前面的人，心浮气躁，虚火上升，到底渐渐沉不住了……双九那副嘴脸，在他们眼中看腻了，甚是有点无聊，虽说异相，却并不曾有第三只眼自额头长出，抑或是有一只悬胆鼻孔生颠倒了。

人丛中噪音渐大，且感染开去，有嘲讽，有骂娘，皆因感受器官未获得满足而生出怨詈……好比仰着干渴的嘴，却未能从希望的壶口接下一滴水。

又有一会子过去了。一只红蜻蜓飞来，悠然转了几圈，停歇水面木棍上，似乎浸入片刻遐想。有断续的不正歪风零落吹来，木棍开始变化了。

双九爬起来，众目睽睽之下，竟伸出左手小指去眼角勾出一粒眼屎，看了看，用大拇指刮着弹开……倏忽之间，不知就瞧见什么，一对抠得很深的眼窝子里迷蒙神色随着那一弹霍然退去，陡地换作精光射了出来。

就在此时，那只仿佛是第三代先锋诗人灵感的红蜻蜓，突然自小木棍上飞起。细看，小木棍在动，小木棍已在水面上翻滚……

听得一声细微水响，已脱光上衣黑瘦如铁的双九下水了，一手护在胸前，一手前伸划水，水獭一般柔软无声地朝木棍游去。

众人被推挤着一齐拥向前去，水泥筑的塘坝埂上站满了人。

缠在木棍上的线绳旋转完了，木棍给笔直地向塘心里拉去。双九追在后面改用两只手交替划，很快撵上小木棍，一个猛子扎下……随着，小木棍也从水面消失。

约摸半根烟功夫，双九露出水面，先举一只手抹了抹眼睛上的水，摇一摇头，尔后，将另一只手举起，赫然举着一只黑甲白肚四肢乱划的花脚鱼！那些屏声歇气呆若木鸡一般看热闹人顿时爆响一阵喝彩：

“嗨……”

“嗷耶……正好两个小时！”

这边，卷毛二话没说，豪气突来，仿佛自己赢了，“嘿”的一声吼，当众搬倒瓮，里面头十只脚鱼下饺子一般落花流水统统倒下塘！

又赢得回肠荡气好一阵喝彩！

双九上得岸来，接了不知谁点燃送上来的一根香烟，沉沉地一口气下去，吸掉了半截。抬眼朝两旁转悠了一下，猛然，那眼光刷一下拎直，绷得眼珠子几乎要打抠眼窝里弹射出来，身子也同猫那样古怪地弓起……众人顿觉异常，顺那灼灼眼光望去，见人丛中一张脸面闪了一下，虽只一闪，却都暗吃一惊：

好粲然俏丽的一张女子脸面！

[illegible]

[illegible]

[illegible]

[illegible]

[illegible]

[illegible]

[illegible]

捌

后记

后记

本不打算写后记，还是写了，补说几句吧。

这是一个很难凭文学悲情的年代，我扒拉在书中的人物，依然涂抹着命中注定的迷惘和遗憾，无论好人或坏人，都未能善终。山河万里，夜色阑珊，许多结局，是宿命，也是归宿。就好比夜晚带来月亮，漆黑的夜与皎洁的光搅合在一起，便是场景。而小说，总是在预设场景和走入场景。所以，我尤其关注月亮，那些笼罩着生命的诗意清寒的夜晚。

故人、故事和故乡，构成了我的叙事基调。展示地方性时刻和历史性方向，题材可以很常见，但人物和情节叙述，却是小说必经的考验。完美的构架、生动的场景、个性的语言和深邃的寓寄，于我而言，皆有着许多力所不逮与难言梗塞。世途茫茫，明日隔山岳……好在我的手段并不单一，米饭蒸馍、炕饼叉烧乃至煮水饺，什么都能来上一点。在我几十年磕磕绊绊写作中，从传统古典到现实主义，以及欧美的现代主义和后现代主义，都曾叨扰过，说是古今杂沓仅得皮毛也行，说是左突右进苦心经营也不差。

贾平凹说过："漫长的写作从来都是一种修行和觉悟的过程。"说到命运、格局与隐秘的意义，说到精神的来源以及表达的欲望，我以为，只有努力扎根在自己的地盘才是必须，这也正是我们喜欢将"以本土文化为根"作为一种解释性话语的偏爱。山河故人，草木依稀，记忆搁浅彼岸，光影斑驳。美妙的文字景象，在视线能及的远方，却总难赶上。当我在故乡的土地上来回游走时，当我的认知在内心封闭与世界开放之间不断徘徊时，总是希望能以回归自然的状态，来掩饰自我力量匮乏的窘迫。

其实，对于现世和过往，那种针脚绵密的讲述恰是我的短板。我比较偏爱本质上极端写实，而将情境内化在更广阔的叙述空间的超视距写法。一年前出版的长篇小说《芙蓉女儿》，被评论界公认为“广聚闻识，淡织情节”，是一部介于报告文学与小说之间的“第三种文体”，或可称作“抒情叙事小说”……在小说的文本价值和人文意义上，包括与市场的对接方面，却又大大超出我预期，多次加印，一再售罄。我的这部中篇小说集《青碑》，在精神主题上，或在叙事方式上，也都程度不等地承袭类似的审美趋向。说到底，一个普通写作者，如同微弱的一盏灯，无月的夜晚，只能照亮有限的前路。没有限制与困厄的写作，是不存在的，除非你是真正的圣手大佬。

本书共收入7个中篇，基本涵盖了我不同时期的写作风貌。年代不同，场景有别，手法各异，就是要检验一下自己驾驭不同题材的文字能力。实际上，这也是在我早年那本《白狐》基础上的一次扩写。说来惭愧，当年鲁彦周先生曾在《白狐》序文中写过：“谈正衡的小说、散文都写得很有个性，尤其是他的小说，不仅富于江南特色，也极有现代性和哲理性……读他的小说，不仅会受小说本身的感染，还能在读者心里引起很多联想和共鸣，这种共鸣有的是关于谈正衡小说的，也有关于江南这片土地的。美妙的江南山水和江南文化传统，一定会滋养出有个性有才华的作家的。”然而，对照当下状况，真的是无地自容，我对不起鲁彦周先生了！

《哗变》抒的是抗战题材，离家国情怀有点远，主人公以江湖的方式理解并践行江湖，触碰的也是地区特有的江湖体系的边角。风尘俗世，民间视角，代表了一种江湖文化。无论招抚或是哗变，演绎于其中的忠义和奸诈，为那个时代留下了一份文学叙事。由于仍属以意谋篇，故刀分七路虚实难测的悬念和释疑方面铺展不够，小说缺少了一定纵深。

《三棵树》弥漫着一种人生无定的忧伤气息，一个说不上是痛楚的长夜里独隅，也是我自己在写作之夜面对无边黑暗与虚空时的自言自语。说些什么哩？比如人之来路与归途、生之苦痛与自我救赎，以及割不断的根脉所系。按老家人说法，走夜路时只须一意前行，不可回头，因为每人肩扛两团火，左回头会吹灭左肩之火，右回头会吹灭右肩之火……身经死亡，感受爱恨，命运像蛛网一样裂开，其间许多无法自圆其说的问题，只能借助于白狐的灵异了，因而便多了一层宿命的涵义。春来浮绿草，遍地生芳菲，红尘歌哭与寄啸，主要靠事件支撑，但构架上还是存在许多遗漏，节奏没能控制好。

《罪孽》是比较特殊的一篇，属于非虚构地方史写实，写了一个真实的人格撕裂的坏人，作恶多端，死于非命。心色惶惶，场面血腥。人性的善与恶，欲望的正当与异化，道德的崇高与虚伪，还有枭雄与草寇的分化等等，都糅合在一处。若要区别真实与虚构，只能说，罪孽是心灵上永恒的荒原……其残酷，就残酷在以黑暗为养料的人格建构上。如果这个真实姓名叫张正道的人不是生存于那个年代，或者另投了一条风义云天的路，又会是怎样结局哩？因为包含着对人生辛酸和命运苍凉的复杂体验，故而笔下留情，尽量让一些诗意场景来冲淡人性中的丑恶狰狞。然而，极其有限的一点温情，很难让诗意冲破云霾。

《巨鼋》写作年代较早，作为一项很具抱负的实验小说，虚置背景，诡实其事，自有别一番沉重感。在当年，代表拉美魔幻现实主义写作的《百年孤独》，不仅开创了一种新文体，更反映了诸多现实问题：本土的愚昧，人性的扭曲，内心的孤独与黑暗，等等。当天空很低矮时，我们每个人都活在有形与无形的限制和困厄之中，都面临着一个挣脱与突围的问题。正是这样一个过程，让人体悟到了心灵世界和精神层面的生涩苦痛……浮沉中遥远的岸，就是一种意向安排，至少我本意如此。

《青碑》是另一种乡土叙事，冤冤相报，洪流汹涌，历史与地域定型，他们的命运在时代的暗流与明河上起伏溺沉。描述的是抗洪场景，却以繁复折叠的方式讲述了一个宗族仇杀故事，欲在叙事范式上有所突破。生命的激情，精神的张力，虽说省略的事实越多，想象的空间越大，但是如果写得不够节制、隐忍，则爆发力、冲击力就难以凸显，在语言和经验上更难获得典型性。

《静静的茨菇河》是本人一段少年经历，早期的青春朦胧与成长涩痛，也是抹不去的生命记忆。青弋江边的圩野上，那些像一朵朵野花一样兀自绽放的女孩，她们代表了去已不返的清纯，无疑更需要一种忧伤与抒情的格调。现今的读者，可能不太喜欢影痕斑驳的时光，会觉得这种“风景画”文字过于拖沓冗长。但在我，半个世纪前乡野的气息、村庄的气息，甚至夕阳黄昏的气息，都是那么好闻，并且渴望同人分享。姚祥先生曾评说我写小说“明明是小说的骨子，却从皮相上流露出散文的气息”，看来是积习难除了。

最后一篇《脚鱼阎王》，触及了卑微生活中固有的肮脏与粗野，于调侃中体现出一种批判情绪，展示的是特殊年代里生存挣扎和最终不舍的人性辉光。如果说个体的灰度和时代的厄运是背景，那么，人性的逃遁与归来则是难得的微烛浅光。

值得一提的是，《巨鼋》和《静静的茨菇河》（原名《荷塘》）当初曾被《青春》杂志社的王陆君先生和在《文学》月刊做编辑的高玉超先生看中，两家都要刊出，并先后做了发排计划，最后都因故未能付梓。为此，两位先生与我前后通了十数封信。王陆君先生心肠最热，多次约我去他南京家中樽酒论文，在最后致我的信中，为无力发出我的作品而深表歉疚，遣词忧忿凄怆，此信至今读来犹能令人动容！怀抱理想，轻身躁进，因为过于批判性，而遭逢当时思想舆论界一场寒流……这也是我写作生涯里耿耿于怀的一件事。

“尘世难逢开口笑，菊花须插满头归。”路同归不同，虽一点执念，望一眼，却是千山万水。人间以扑腾为表象，但以生命做底，希望与绝望，欢乐与忧伤，生命的样态，往往见出人与人之间的基本认知。犹如宏大的写作一定须有具体精准的细节来支撑，写作的个性才不至于被反噬。日月无声，所谓经修，拜年龄所赐，我总是在写一些故旧。人物出于虚构，似乎又源于身世，源于一些极待厘清的纷繁复杂的历史变故。关于白狐、白鸟，还有猫呵蛇的，我愿意被这些意象久久缠绕，从而让个体作为某种象征，指向更广泛更本质的事源。我是多么希望能以一种夹杂着写实、隐喻和荒诞且带有诗性与超迈的笔触，承载起自己的生命体验、情感憬悟，一叶浮舟，溯往历史时空深处。

然而，就文学而言，当今我本人的小说感觉早已衰退。打开一本本杂志，传统的文学写作已经越来越边缘化，越来越小众……我非常佩服那些年轻的写作者，他们善于思索现代社会里普通民众人生中无问题的问题。作品直现生活中或奇崛或灰暗的样态、人性的或闪光或鄙陋的面向，叙事穿越皮毛，贴着血肉延伸，人物塑造，行为动机，每一处着墨都能保持叙述张力，人物逻辑具有底层真实的原色。我根本不具备那样智力强度，只能沉浸于过往的乡村经验和乡村书写模式上，让故事在时间和记忆中回旋，是相当常见的低开低走。

当我漫无目的地随便写点东西时，能收获一堆赞美。可真正的创作都是方向感极强的，匠心独运，玄机深潜，而非仅凭袍袖带风。因为常将往事与经验作为常备与便利工具，当然就带来了写作的重复与创新的难度，很难滑开同质化……其实，不独是我，对现实生活和社会变化的迷失，一直是当代文学写作中的一个巨大焦虑。就这个问题的看法，我曾与姚祥先生有过深入交流。他说，真正的创新，首先应该是发现的新、感受的新、思想的新，当然更包括表现手法和艺术形式的新，没有创新肯定是走不远的。我们需要创新，但创新不是衡量一部作品的绝对标准，创新的作品不一定就好，不创新的作品不一定不好。传统的写作技巧，依赖本地的文化和经验，同样可以出新，即便是在潮头前端的人，也带着许多旧……山围故国，潮来潮又去。我知道，他这是在照顾一位年长者的颜面。

2020年已成过往，猝不及防的疫情侵入与肆虐，打乱了所有人的生活节奏，改变了人生轨迹；大时代里的苍凉，小人物的哀伤，年轮划过，恍如烟花腾逝，实在有着太多的欲说还休。经历了这一切之后，我们去伪存真，重新审视自己的生活。可是，新的一年刚开始，疫情似乎又在重复上年……但愿这是已然望见尾声的真正“后疫情时代”，因缘际会和悲欣交集，一切皆需愈后重生。于文学而言，那种能透露生死之间隐秘意义及精神个性深度而又注重文体创新的写作，格外让人期待。

童年的玩伴四散天涯，许多东西一去不返，在心底，是多么渴望能于某个夕阳黄昏或是清朗月夜再回到那片熟稔的乡野上自由行走，吹一吹往昔的风。感谢那些人那些事那些曾经喂养过自己的饮食和水，无论时代如何流转，它们都会一如既往地温暖和照耀我的生命。而我，终会成为田野的亡灵，在故乡游荡。

蒙姚祥先生为本书作序。姚祥先生眼神好，识微知著，善于喻说那些纸页间底色风景，那些审美与感悟，对于把脉文字有着丰富的历练和积累，出版有文评专著。他最了解我的脉络，掌握我的趣旨与心志，写过多篇关于我的文字的评论，精辟指点，使我受益良多。对于过誉赞评，权且当作是指明努力方向，不是有句老话叫“人皆可以为尧舜”么，引导与鼓励很重要。在此，一并衷心致谢！

南方，花草茂盛，生命蓬勃，万物交替振鸣。一切，不应再有轮回。

二零二一年春节于西双版纳澜沧江边椰林旅次